Branca Rosa
Rosa Branca

CB123492

Branca Rosa
Rosa Branca

Uma comovente história de separação e reencontro

K.R.S. Pimenta

INSÍGNIA

Copyright @ 2021 K.R.S.Pimenta
Copyright @ 2021 INSIGNIA EDITORIAL LTDA

Todos os direitos reservados. Nenhuma parte desta publicação pode ser reproduzida ou transmitida de qualquer forma ou por qualquer meio — gráfico, eletrônico ou mecânico, incluindo fotocópia, gravação ou outros — sem o consentimento prévio por escrito da editora.

EDITOR: Felipe Colbert

DESIGN & PRODUÇÃO: Equipe Insígnia

IMAGEM DA CAPA: Obra do artista Sir George Clausen (1852-1944)

IMAGEM DA QUARTA CAPA: Rawpixel

ILUSTRAÇÃO DA MOLDURA: GarryKillian / Freepik

DEMAIS ILUSTRAÇÕES: Freepik

Publicado por Insígnia Editorial
www.insigniaeditorial.com.br
Instagram: @insigniaeditorial
Facebook: facebook.com/insigniaeditorial
E-mail: contato@insigniaeditorial.com.br

Impresso no Brasil.

Dados Internacionais de Catalogação na Publicação (CIP)
(Câmara Brasileira do Livro, SP, Brasil)

Pimenta, K.R.S.
Branca rosa rosa branca / K.R.S. Pimenta. -- 1. ed. -- São Paulo, SP : Insígnia Editorial, 2021.

ISBN 978-65-996157-3-3

1. Romance brasileiro I. Título.

21-86174 CDD-B869.3

Índices para catálogo sistemático:

1. Romances : Literatura brasileira B869.3

Eliete Marques da Silva - Bibliotecária - CRB-8/9380

Aos irmãos.

Agradecimentos

A DEUS — sempre e em primeiríssimo lugar — por "SEU AMOR", que é "TUDO"!

Aos amigos: DRA. FERNANDA DE SENA ARANDAS, DR. FÁBIO JÚNIOR DE OLIVEIRA FAVARETTO e CRISTIANO SILVEIRA CHAUÍ, pela leitura atenta e sugestões importantíssimas.

À querida GEANNINE ELAUDIENE HERONVILLE ALVES, pela avaliação minuciosa deste manuscrito e suas preciosas observações que contribuíram grandemente para o resultado da obra.

A cada um dos meus irmãos: CARLOS JÚNIOR, RODRIGO AUGUSTO, TATIANA PENNA e KARLA GUIMARÃES, com os quais tenho o privilégio de viver este incomparável e valioso amor fraterno, cuja união e cumplicidade sempre me fortaleceram.

A todos os meus tios e avós paternos — muitos dos quais já caminham na eternidade — pelas presenças que deixaram calor em meu coração e as melhores lembranças em minha memória.

Aos meus pais, CARLOS e LIA, por serem quem são em minha vida.

Aos meus filhos BENÍCIO e CASSIANO PIMENTA, por existirem, por me mostrarem a face de Deus todos os dias e me fazerem um ser humano melhor.

Ao meu esposo LITO PIMENTA, por ser o meu amor, meu companheiro, a alegria dos meus dias, meu maior incentivador e me ensinar tanto.

Capítulo I

Fazenda São Sebastião, Curvelo, Minas Gerais, Brasil.
Março de 2018.

— 9 *horas. Tempo bom. Manhã ensolarada. 23 graus. Pouso liberado. Estamos descendo!* — informou Aquiles, nosso piloto.

Olhei pela janela e reconheci o lugar. Respirei fundo, cruzei os dedos no peito, colei as pálpebras e agradeci. Uma lágrima furtiva me escorreu pelo rosto. Senti meu coração acelerar e o repreendi. Ordenei-lhe que se contivesse e não me deixasse na mão! Sem que ninguém percebesse, tomei minha pulsação. Ainda conseguia fazer isso. Queria certificar-me de que a ampulheta do tempo estava a meu favor. Constatei que meu sangue ainda circulava com fôlego e o sorriso brotava fácil. Minha alma festejava o retorno para casa!

"O que fiz para merecer tanto da vida e ainda ter direito a um último desejo?", indaguei a mim mesma. Não encontrei resposta, mas agradeci e reiterei: se me era permitido, queria voltar aonde fui mais feliz. Queria voltar lá e partir criança. Quase todos os que mais amei partiram. Quase todos os que mais me amaram também. Morreram? Jamais. Apenas adentraram a existência eterna, onde todos seguiram invisíveis. Etéreos, eu diria. E agora, deviam estar lá, provavelmente, à minha espera.

Enquanto descíamos, Lia me olhava de soslaio, descansava sua mão sobre a minha e fazia uma leve pressão, exatamente no momento em que um turbilhão de imagens e sons assaltavam meus pensamentos. Retribuí com um sorriso raso, tentando conter minha ansiedade por pisar o meu chão novamente.

Assim que a aeronave tocou o solo, um misto de alegria e saudade se apoderou da minha alma. Ganhei alguns anos de vida e lembrei-me da criança feliz que um dia viveu ali.

— Tudo bem, senhora? — perguntou Aquiles, abrindo a porta e já tomando a cadeira de rodas.

— Sem cadeira, Aquiles! — pedi.

Ele estancou por uns instantes e fitou Lia, que logo interviu dizendo-me que o menor esforço poderia fazer-nos retornar para Belo Horizonte mais rápido do que prevíamos.

— Precisava pisar este chão, caminhar pelo menos um pouco! — obtemperei com olhar rogado.

Antes mesmo que Lia se manifestasse, Aquiles entrou na aeronave novamente e me serviu de apoio. Disse que iríamos bem devagar e caminharíamos juntos.

Observei a pista de pouso, bem maior do que a anterior e mais bem cuidada, por sinal. Logo nos primeiros passos, voltei aos meus sete anos de idade... *O asfalto mudou, estava grosso, com algumas emendas e cercado por um descampado de terra batida. Vi Teobaldo ali, acenando com o chapéu para mim. Acenei de volta com entusiasmo. Ele estava junto ao carro do Sr. Honorato, o sempre bonito Toyota AC 1943. Não queria deixar o motorista do dono da fazenda esperando e tratei de apressar o passo, que não acatava o meu mando.*

"Onde está Teobaldo?", perguntei a mim mesma, olhando em volta. "Estava aqui há pouco!" Queria entrar no velho possante novamente e ouvir seu motor roncar, atraindo a atenção da meninada da vila. Não tenho dúvida de que Corsino, ao me ver andando nele, viria correndo atrás.

— Tudo bem? Consegue continuar? — inquiriu Aquiles, trazendo-me ao presente.

— Sim, só que mais devagar, por favor! Quero aproveitar esta brisa me refrescando os pulmões. Sente o cheiro de terra molhada, Aquiles? Ah, esse cheiro!

Alguns metros à nossa frente, Lia estava acompanhada de um homem. O aparato hospitalar trazido era colocado, por eles, em uma caminhonete branca, de duas cabines, daquelas cheias de faustos de que não precisamos.

— Este é o Alencar, motorista da fazenda — apresentou Lia a mim e ao Aquiles.

— É um grande prazer conhecê-los! — exclamou ele, estendendo-nos a mão e expressando contentamento.

— O prazer é nosso, rapaz! — respondi.

— Para a sede? — perguntou Alencar, assim que todos nos acomodamos dentro do automóvel.

— Sim — respondeu Lia.

— Não! — intervi. — Quero rever a vila!

— Não gostaria de ir mais tarde, tia? A viagem foi puxada para a senhora e talvez fosse melhor descansar e comer algo. Soube que estão nos esperando para um café.

— Temos protocolo aqui? — perguntei num tom bem humorado.

— Não, tia. Mas...

— Mas tenho fome do que me sacia, Lia. E antes de alimentar meu corpo, quero alimentar meu coração — retornei, interrompendo-a, sem deixar espaço para argumentação.

— Para a vila, Alencar! — ordenou Lia. — Não consigo mesmo contrapor esta mulher! — completou, sorrindo de volta.

Sorriso de amor dedicado, chancela que valida o meu último desejo.

Com a janela aberta, coloquei o rosto parcialmente para fora. O carro arrancou.

Teobaldo voltou e assumiu a direção. O ronco do possante quebrou o silêncio e preencheu o ar. Ao longe, os vaqueiros iam tocando a boiada chão afora. Teobaldo buzinou e reduziu a velocidade. Avistei Zé Aprígio no pasto do meio, cercando uma vaca recém-parida, brava que só ela. Sorri. "Está tudo lindo, tudo verde! Papai deve estar feliz... A colheita será farta este ano!", pensei comigo. Paramos para abrir a porteira.

— Onde estão os mata-burros que papai e Zé Aprígio colocaram aqui, Teobaldo?

— O que perguntou, senhora? — indagou Alencar.

— Os mata-burros... — respondi em tom baixo e pausado, já me dando conta de que estava no passado novamente.

— Os mata-burros foram retirados há muitos anos — retornou ele, gentilmente. — Mas a senhora disse outro nome: Teobaldo.

— Desculpe-me! São os devaneios de uma velha...

— Tudo bem, senhora. Estamos em casa. Teobaldo é meu avô — afirmou sorrindo.

Mal pude acreditar. Aquela frase coroou de vez minha empatia por aquele rapaz. Puxei o ar e soltei um sorriso travesso. Não contive o desejo de saber notícias daquele que foi tão presente em minha infância e inquiri a respeito. Ele disse que Teobaldo, seu avô, havia completado 103 anos e ainda morava na casa 35. Era o mais vetusto da fazenda.

Sorri de uma orelha a outra e emendei mais do que depressa:

— E Dona Quininha?

— Está bem, considerando o que seus 96 anos lhe permitem. Os dois fizeram, há pouco, 75 anos de casados.

A prosa ganhou corpo. Lia e Aquiles eram só ouvidos.

— Você é filho do Caetano ou do Apolinário? — indaguei, evidenciando o quanto os conhecia.

— Do Caetano.

— E tem irmãos?

— Não, senhora.

— Como está Caetano?

— Morreu faz tempo, quando eu tinha dois anos.

Esta notícia emudeceu meu coração por uns segundos e tratei logo de mudar o rumo da prosa:

— E sua mãe?

— Contam que morreu de pneumonia, mas Vó Quininha diz que foi de paixão, pois depois que papai partiu, ela deixou de comer, não saiu de casa mais e foi perdendo o viço pela vida. Em menos de dois meses, ela se juntou a ele no Campo Santo.

Não me atrevi a perguntar de que o pai de Alencar havia morrido. Não queria entrar na seara dos que partiram cedo e passei logo ao Apolinário. Fiquei feliz em saber que este estava vivo, gozava de boa saúde e havia se tornado padre na juventude. Dirigia uma paróquia na cidade de Paraopeba e conduzia a missa aos domingos na fazenda. Eram os dois, filho e neto, que cuidavam dos avós.

Tomada de saudosismo, manifestei minha vontade de rever Teobaldo e Dona Quininha. Alencar, sem demora, prontificou-se a promover o encontro na hora oportuna.

Chegamos à vila. Pedi ao Alencar para ir bem devagar e parar o carro próximo à casa 21. Pus o quanto pude a cabeça para fora. Inspirei lentamente aquele ar que só existia ali, ar de felicidade que curava tantos anos de saudade...

Fui observando o chão, agora de paralelepípedos. "Como puderam fazer isso com a nossa rua? Como as crianças brincariam num calçamento como esse?", pensei. É certo que não havia a poeira de antes e os braços das mães deviam estar gratos por isso, mas nada justificava retirar nosso quintal particular... E as casas, ah!, elas agora tinham passeios gramados e árvores enfileiradas. Ficaram mais bonitas assim!

A cada casa pela qual passávamos, pronunciava o nome dos amigos que lá moraram. Sim, amigos, porque nesta vila de trabalhadores, todos éramos mais do que companheiros. Com defeitos, é claro, mas éramos uns pelos outros, desde sempre.

Quase que podia escutar a folia nossa nas brincadeiras de rua. A grande roda em torno da fogueira, as queimadas com bolas de meia, rouba-bandeira, chicotinho queimado, pique-esconde e pique-pega, guerrinhas de sabugo de milho e de mamona, teatros de bonecos de caroços de manga e outras brincadeiras inventadas na hora. Todos estavam comigo: Erina, Honório, Corsino, Pacífico, Zé Mulato, Jacinta... Todos. A ledice brotou. As lágrimas também. Sorri porque percebi que as lembranças desconheciam o tempo e que meu coração os mantinha comigo. Chorei porque não estavam mais ali. Limpei o rosto e tomei novo fôlego.

O carro mal parou em frente à casa 21 e Aquiles já estava de pé e a postos perguntando se eu queria descer. Rateei por um segundo, receosa pelo meu coração, mas antes que ele desse o grito, pedi a Aquiles que abrisse a porta. À esta altura, Lia já havia se antecipado à minha ação. Devagar, fui colocando o corpo para fora do veículo, buscando o chão com a ajuda dos dois. Minha sobrinha fez menção de me fazer companhia. Com um gesto de mão, sinalizei que não precisava, afinal, os meus 80 anos ainda não me tiraram a autonomia. Ela entendeu e permaneceu junto do carro. Sabia que o momento era meu e de todos que eu trazia comigo.

Ciente de que meu coração poderia não aguentar o percurso das lembranças, pedi a Aquiles que me levasse no colo. À medida que nos aproximávamos da casa de paredes brancas e janelas azuis, fui percebendo o quanto o tempo havia sido implacável com ela. O branco que já não era branco e o azul descascado como estava não faziam menção à vida de outrora. Contudo, a imagem da Mãe de Jesus Cristo — a *Mare de Déu de Montserrat* — continuava lá. Recordei-me do dia em que papai, com esmero, afixou aquela pintura na quadrela, ao lado da porta de entrada, e da fé que ele lhe devotava.

Observei cada detalhe com uma memória comparativa que preferia não ter naquele momento. Não existiam as flores nas janelas, tampouco o pequeno jardim na entrada. A varanda se mostrava bem menor do que era. A vivenda fechada parecia dormir com sono profundo. Aquela imagem da Mãe Santíssima era a única parte da casa que atestava o nosso passado ali. O mais, não havia. Contudo, a emoção foi tanta que não me lembro do que aconteceu depois disso.

Quando voltei, estava deitada na grama da praça, em frente à nossa antiga casa, debaixo de um Jacarandá azul e, para variar, de volta ao oxigênio. Cercada por Aquiles e uma meia dúzia de desconhecidos, levei uns segundos para me situar. O olhar terno de Lia me assentou.

— Está se sentindo bem, tia? — perguntou enquanto massageava algo frio em meus pulsos.

Sorri em resposta.

— Consegue se levantar?

Fiz que sim com a cabeça.

Fui me erguendo devagar com a ajuda de Aquiles, que há anos me cercava de cuidados. Sorvi um pouco de água que desceu em conta-gotas. Lia tomou-me a pressão com seu aparelho. Depois de aferi-la — que não duvido ter sido pela trigésima vez —, disse que devíamos ter seguido para a sede. Ponderei que precisava estar ali. Pelo seu olhar de cumplicidade, ela pareceu compreender.

Alencar logo chegou com uma cesta. Trazia uma garrafa térmica e biscoitos de polvilho. Lia agradeceu, encheu a caneca esmaltada com chá de capim-cidreira e pegou um biscoito quentinho. Tirou-me do oxigênio, esperou um tempo e foi encostando delicadamente a caneca em meus lábios. Com movimentos pacientes e atentos, virou o chá em minha boca aos poucos, no intuito de me poupar esforço. Achei um exagero aquele gesto, mas há horas em que não se pode contraditar uma sobrinha cardiologista.

O chá me esquentou. O aroma da erva levou-me às tardes de infância. O biscoito, nossa!, esse tinha o exato sabor da vila. Comi devagar, nutrindo-me de memórias e de gratidão pelo carinho do neto de Teobaldo.

Não sei quanto tempo ficamos naquela praça. Mas, assim que pude me manter de pé, Lia chamou-me para retornarmos para a pista de pouso dali mesmo. Ao pé do ouvido, disse-lhe que não questionaria sua decisão, porém, antes, precisava ir a um lugar. Precisava fazer o que me trouxe ali. E ela não poderia me negar isso, afinal, era o presente de aniversário que lhe pedi.

Seu olhar para mim não escondia que a razão médica duelava com a compaixão de sobrinha. E amorosa, porém firme, preveniu-me que mais um susto como o que eu acabara de lhe dar, ela não mais daria ouvidos aos meus anseios, ainda que fossem pelo mais fidalgo dos motivos. Depois, pediu que Aquiles me amparasse até o carro, já que eu precisava caminhar para fazer o sangue circular. Passo a passo, fui rompendo os metros que nos separava do veículo. Parei duas vezes e olhei para trás. Queria ver "minha casa" pela última vez.

De volta à imponente máquina branca, Alencar perguntou, dando partida na chave:

— Para a sede?

— Não — respondeu Lia, soltando um suspiro forte e longo enquanto me fitava.

— Para o Campo Santo, Alencar! — exclamei.

Não reconheci o caminho que ele fez, mas não demorou para que parássemos junto à cancela, à beira do pasto, onde, lá no meio, descansava a grande gameleira. Carro ali não entrava, nunca entrou, por questão de respeito. Descemos a uma distância de mais de 50 metros da maior árvore da fazenda e a única naquele terreno.

Sem qualquer comando, Aquiles aproximou-se e perguntou:

— Está pronta, senhora?

Gesticulei que sim com a cabeça.

Alencar abriu a cancela e meu leal piloto pegou-me no colo, com a segurança de quem estava acostumado a isso.

A robusta gameleira repousava na parte mais íngreme do pasto, motivo pelo qual era vista à distância. À medida que nos aproximávamos, tinha a sensação de ouvi-la rezando...

— Deixe-me aos pés dela, por favor!

Ele sentou-me cuidadosamente sobre a grama, junto àquele ser vivo respeitável, selo dos meus melhores anos. Sem nada dizer, permaneceu em pé ao meu lado até que Lia nos alcançasse, trazendo sua inseparável maleta. Não percebi o momento em que ela se colocou ao meu lado e Aquiles se afastou.

De frente para aquele campo, coberto por um tapete lindo de grama verde bandeira e vários jardins de flores silvestres, assumi-me menina novamente e senti a alegria que não sentia há muito tempo. Ventura em caixa alta por retomar aquela visão.

Não consegui conter minha emoção e o coração disparou novamente. Pus a mão no peito e tentei segurar suas batidas. Implorei para que me desse um tempo mais, mas o ar começou a me faltar.

Comovida, notei um pequeno horto de rosas que se sobressaíam no prado, a uns nove metros da gente. Destacava-se por ser o único em toda a planície. Mal acreditei no que estava vendo. Seria possível, depois de tantos anos, elas ainda florescerem lá, exatamente onde os meus descansavam? Quem as cultivava, se quem o fazia já partiu? Não. Não poderia ser! Devia estar enganada quanto ao local onde a minha mãe e os outros estavam enterrados, afinal, minha memória poderia estar equivocada, já que andava misturando as coisas desde que cheguei à fazenda. Fiz força para levantar-me e ir até lá, mas meu corpo não respondeu de imediato.

— Não, tia! Não faça esforço por agora! Aonde quer ir? Pedirei ao Aquiles que a leve — disse enquanto já preparava o oxigênio.

— Meu corpo octogenário ainda me dá ouvidos, apesar de não obedecer de pronto, Lia...

— Mas seu coração tem se esquecido disso, tia — discorreu com carinho e firmeza enquanto gesticulava para o nosso piloto.

Não sei se era por ansiedade ou porque o tempo falava aos meus ouvidos, mas não podia esperá-lo chegar para fazer o trajeto comigo. Assim, pedi à minha escudeira:

— Faça-me um favor, Lia: vá àquelas flores — apontei com o indicador — e descreva-me exatamente o que existe lá.

Parecendo sentir minha urgência, ela não temporizou. Enquanto se afastava, fui abraçada por uma paz indizível. Agradeci por tudo o que vivi, pelo quanto amei e fui amada até ali, pelas vidas que salvei e pelas que me salvaram... E, sobretudo, pelas promessas que cumpri. Neste momento, tive a sensação de que todos já estavam à minha espera.

Lia retornou num pique só.

— E então?

— Uma pequena cruz com o nome de Anna Marina Ribeiro de Castro — Moreninha.

Sorri.

— Eram rosas?

— Sim. Branco-azuladas e belíssimas como nunca vi — respondeu com fascínio.

— Quantas?

— Cinco, tia.

Não segurei as lágrimas e só tive tempo de ver Aquiles se aproximando...

Capítulo II

Fazenda São Sebastião, Curvelo, Minas Gerais, Brasil. Dezembro de 1944.

— Branca Rosa, espera! — gritava Rosa Branca, correndo com dificuldade atrás de mim pelos pastos da fazenda em direção ao Campo Santo, local onde a nossa mãe, Moreninha, estava enterrada.

— Mais rápido! — eu retornava, com a destreza de não deixar cair as flores e nem diminuir a velocidade, apesar de saber que Rosa tinha pouco fôlego. — Desse jeito não teremos tempo para ficarmos com a mamãe!

Fazíamos esse ritual de visita ao Campo Santo na companhia de papai e tia Manena todos os domingos, após a missa, desde que éramos de colo. Papai apanhava flores pelo caminho para enfeitar o túmulo onde nossa mãe descansava e depois cuidava com primor do local, capinando e plantando todo o espaço. Mas o que ninguém sabia é que era para lá que eu e Rosa corríamos sozinhas, desde os 6 anos, "em segredo", quando queríamos estar com a nossa mãe.

— Oi, mãe, a sua bênção! — exclamei ofegante, olhando a que distância Rosa estava. Trouxe suas flores, veja como são bonitas!

Rosa levou um tempo para me alcançar e, como não podia deixar de ser, já chegou reclamando:

— Não sabe vir mais devagar?!

Respondi com o sorriso de sempre, pois já era de praxe disparar na frente dela logo na subida do morro só para vê-la protestar. No fundo, achava graça em mostrar que eu era mais rápida. E por que não dizer mais forte?!

— A bênção, mãe! Hoje, trouxe-lhe sementes. Vamos plantar uma árvore aqui para senhora ter um pouco de sombra — disse Rosa enquanto tirava de sua capanga uma pequena pá e o saquinho com as sementes.

Plantamos uma gameleira na parte maia alta do campo, a uma boa distância de onde mamãe estava. E, por quase dois anos, conversamos com nossa pequena árvore e a regamos quase todos os dias, sem sabermos que o nosso carinho faria dela, anos mais tarde, a árvore mais imponente da fazenda.

Não foram poucas as vezes em que nos perdemos e tomamos chuva no caminho. Certa vez, chegamos a cochilar de cansadas, o que nos rendeu uma bronca descomunal por parte de papai e de tia Manena, que saíram à nossa procura pelos pastos, juntamente com os vaqueiros da fazenda.

Depois desse episódio, passamos a ter medo não só da bronca, mas de nos perdermos novamente e, por isso, ficamos um tempo sem irmos lá sozinhas. Isso durou pouco, claro, porque alguns meses depois completamos sete anos. Aí, ah!, ficamos mais espertas em correr sem perder a direção. E a fazenda que era grande ficou pequena para nós, que passamos a levar o Corsino, nosso melhor amigo e vizinho, conosco. E os nossos dias eram assim: cheios de alegria e liberdade na Fazenda São Sebastião, onde morávamos com papai e tia Manena.

Como capataz daquelas terras, Modesto de Castro, nosso pai, saía antes do sol nascer e só voltava quando ele já havia se posto. Com muitos agregados sob o seu comando, papai era estimado pelos donos da fazenda, o Sr. Honorato e D. Faustina Mascarenhas. O casal acolheu-nos prontamente quando chegamos ao Brasil.

Era terra que não acabava mais e a fazenda produzia de um tudo: do algodão ao feijão. Havia também as vacas que provinham o leite para abastecer a vila, os porcos, a criação de cavalos de raça, as mulas que puxavam a cana e a fábrica de tecidos.

O sangue espanhol que corria nas veias de nosso pai o fazia diferente em algumas situações — com um pouco mais de pulso, eu diria. Em relação a isso, papai era uma figura respeitada e admirada por todos.

Não chegamos a conhecer nossa mãe. Fomos criadas por papai e tia Maria Magdalena — a tia Manena —, que não era nossa tia de sangue apesar de a considerarmos mais do que tal. Foi ela quem cuidou de nossa mãe até os dois anos de idade nesta mesma fazenda. Nunca perderam o vínculo e, mesmo depois de mamãe mudar-se para a Espanha, ainda criança, as duas sempre se escreviam.

Apesar de não ser nossa mãe de sangue, tia Manena era como se fosse. Graças a ela, portávamos uma educação "de berço" apreciada por todos que conviviam conosco. Tínhamos ritmo em tudo. Horário de acordar e de dormir, de brincar, de ajudar em casa e, sobretudo, de estudar. Sob a sua condução, aprendemos as regras básicas da vida, as boas maneiras, o cuidado com tudo o que nos cercava, o valor do perdão, a fortaleza, a temperança e a gratidão.

Foi graças à sua dedicação que aprendemos a ler e a escrever. A escola da fazenda, que possuía uma única turma com crianças de várias idades, não me aceitou. Quero dizer, aceitou-me por uns meses apenas e logo a professora pediu à tia Manena que me tirasse da escola. O motivo real, que eu só soube anos depois, foi uma aparente dificuldade de aprendizado que eu manifestava por não conseguir escrever o meu nome e nem decorar parte da tabuada nos nove primeiros meses naquele reduto de crianças "inteligentes". Isso causava incômodo à professora e aos colegas em relação a mim. Na época, eu e Rosa tínhamos apenas oito anos. Então, para não deixar com que eu me sentisse inferior a nenhuma outra criança e nem desanimasse nos estudos, tia Manena tirou a nós duas da escola e passou ela mesma a nos ensinar tudo de que precisávamos. Portanto, foi graças à decisão e esforço de nossa tia que despertamos o amor pelo conhecimento por meio da leitura e de modo especial pela busca da verdade, da beleza e da bondade. E, com o tempo, desenvolvemos uma espécie de sede cada vez maior de conhecimento.

Nossa sala de aula era o fundo da nossa casa. Nosso lápis, uma varinha, e nosso papel, a terra batida. Depois do domínio das letras e dos números, nossa tia conduziu-nos em outras matérias. Nessa fase, conseguiu com D. Faustina os cadernos e livros usados dos seus filhos, que estudavam em colégios no Rio de Janeiro. As folhas em branco, que seriam descartadas, eram cuidadosamente costuradas por nós e serviam-nos de brochura. Tia Manena introduziu-nos, também, ao universo de outras línguas: o inglês e o francês, o que era motivo de revanche junto à escola, considerando que, naquela época, somente os donos da fazenda e seus filhos falavam outros idiomas; além do que, eu e Rosa, já entendíamos bem o espanhol, língua pátria de papai. O resultado de tamanho empenho e devoção de nossa mestra foi que, aos dez anos, eu e Rosa sabíamos mais do que qualquer aluno daquelas redondezas. E, por isso, passamos a ajudar aos colegas nas dificuldades que eles tinham, os quais, não raro, formavam fila em nossa porta.

A nossa casa era simples: uma cozinha, dois quartos, uma despensa, que papai fazia de aposento, um banheiro e uma varandinha, que era nossa sala, repleta de plantas. Nos fundos, papai fez uma cobertura e, debaixo dela, um forno e uma mesa de serviço, que sediava nossa escola domiciliar durante as manhãs e, às tardes, era utilizada na lida com as quitandas. Nossa casa branca, pintada a cal todos os anos, era farta e limpa. O chão de cimento vermelho gritava sob as paredes alvas e era quase um espelho. Tia Manena ensinou-nos a cuidar do nosso lar com esmero e nunca deixou faltar flores nos vasos, feitos de latas e garrafas pintadas, os quais ornamentavam as janelas e cada canto que os coubessem. Aprendemos que as flores mantinham a casa viva e traziam acolhimento e prosperidade. Nunca duvidamos disso, pois a nossa casa tinha tudo do que necessitávamos, principalmente união.

Sempre fomos honrados com a fartura. Tínhamos horta, cujo cuidado era de responsabilidade minha e de Rosa, e muitas galinhas. Um litro de leite, deixado na porta da nossa e de todas as casas da vila nas primeiras horas da manhã alimentava a meninada. E o grande pomar ficava sempre coalhado de frutas da época, trabalho coletivo dos empregados em suas horas de folga, os quais se organizavam para garantir as frutas da estação: bananas, limões, goiabas, laranjas, mexericas, mangas e jabuticabas, dentre outras.

Eu e Rosa éramos gêmeas e inseparáveis. Dividíamos tudo: as roupas, a comida, o quarto e até a cama. Brincávamos muito e não ansiávamos outros brinquedos que não as bonecas de pano e as suas roupinhas, além, é claro, das viagens que fazíamos através dos livros. Contudo, havia algo curioso entre nós duas que chamava a atenção de todos, sem exceção: a nossa gritante diferença física. Sim, porque éramos, de fato, como o sol e a lua, o dia e a noite. Nossa semelhança física se resumia aos narizes acuminados, que tia Manena dizia terem sido esculpidos com esmero, às manchinhas de nascença em formato de submarino que trazíamos, cada uma, num dedo indicador, e a alguns poucos traços faciais. Aliás, eu nunca me cansei de perguntar ao papai porque me deram o nome de Branca Rosa, se minha pele sempre foi mais escura e meus olhos também. Meus cabelos negros e encaracolados cresciam feito galhos de árvore, para o alto e para os lados, o que complicava ainda mais a minha situação junto à meninada da fazenda, cuja zombaria corria solta por causa do meu nome. Já a Rosa Branca, diziam ser a cara de papai, não só pelos cabelos cor de mel que cresciam para baixo, feito raízes — e nem careciam de pente — mas por sua pele muitas vezes mais clara do que a minha e por seus olhos azuis cambiantes. Sim, eles, além de expressivos, reluziam um lápis-lazúli que nunca vi em pessoa alguma, os quais conseguiam ser ainda mais intensos dos que os de nosso pai. Era também mais magra e menor do que eu em estatura.

E como nem tudo eram flores, uma coisa tirava a paz da nossa família: a saúde preocupante de Rosa, motivo pelo qual papai trabalhava todos os dias da semana, inclusive em suas folgas. Ela sempre foi a mais frágil de nós duas. Ainda muito nova, diagnosticada com um provável sopro no coração e uma anemia bem acima do normal, fez controle durante anos com um médico na cidade.

Para nosso desespero, aos oito anos, Rosa começou com uma dor de garganta aparentemente costumeira, depois de um dos incontáveis banhos de chuva que tomamos. Essa dor persistiu a ponto de levá-la ao hospital. Tratada inicialmente como amigdalite, que tornou-se crônica com o tempo, a doença acometia-lhe febre alta e dores no corpo. Por outras duas vezes, papai correu com ela para o hospital de Curvelo, onde chegaram a permanecer por três dias numa delas. Medicada, voltava para casa e para a vida normal, até que houvesse outra recidiva, o que muito nos desalentava.

E foi um médico jovem, recém-chegado de São Paulo, o Dr. Mário José, quem, ao consultar Rosa em sua última ida ao hospital, identificou que ela não tinha amigdalite crônica, mas febre reumática, provavelmente oriunda de uma faringite estreptocócica; e que sua anemia nada tinha a ver com o quadro em questão, exceto pelo fato de que baixava ainda mais a sua imunidade, o que ele creditava a um fator genético, acentuado, provavelmente, pela ausência de leite materno.

Se a revelação da natureza da afecção de Rosa, por um lado, pôs fim a um ciclo de angústia de papai, por outro iniciou um período de apreensão maior do que o primeiro, considerando que se tratava de uma doença autoimune e cujos tratamentos eram limitados para a medicina da época. Ou seja, nossa Rosa Branca estava nas mãos do destino... Ou seria da ciência? O que faríamos dali pra frente? Para os acometimentos de Rosa, a princípio, haveria antibióticos, mas para o nosso medo de perdê-la, haveria o quê? Muitas perguntas para as quais não existiam respostas surgiriam dali pra frente. Entretanto, o Dr. Mário, com todo o seu pragmatismo, sempre nos lembrava de que devíamos nos segurar ao que tínhamos de concreto e, nesse sentido, a fé já estava senhora feita enquanto a medicina ainda engatinhava no terreno do coração.

Capítulo III

Era o ano de 1948, véspera do nosso aniversário de dez anos de idade, quando Rosa amanheceu diferente. Calada e triste, queixava-se de dor nas articulações e a febre havia voltado depois de meses. Nada conseguia fazer brotar o sorriso que sempre foi fácil em seu rosto. Não queria comer nem beber nada. Tia Manena e eu insistíamos sem sucesso. Não queria brincar nem conversar. Papai havia ido para o trabalho antes de acordarmos e, por isso, não sabia do ocorrido. Perto da hora do almoço, Rosa me chamou para irmos ao nosso esconderijo de sempre. Mais do que depressa, me arrumei. Coloquei duas bananas nos bolsos e seguimos para o Campo Santo, desta vez com o consentimento de nossa tia.

No caminho, vimos um avião sobrevoando baixo a fazenda. Rosa quebrou o silêncio da caminhada para dizer que quando crescesse, voaria muito. Segurei sua mão e apertei, como forma de atestar que eu colocava fé em suas palavras e completei que voaria com ela. Com a cara pálida e patente falta de ar, ela volveu o olhar para mim estampando anuência. Foi a primeira vez naquele dia que vi brilho em seus olhos.

Levamos mais tempo do que de costume para alcançarmos o Campo Santo e, desta vez, não cheguei na frente. Sentamo-nos ao lado do túmulo de mamãe, outrora sempre coberto por flores campestres. Para nossa surpresa, o túmulo estava tomado por uma grama verde baixinha e ostentava não as flores costumeiras, mas uma única rosa branco-azulada. A primeira e mais perfumada que vi na vida.

Rosa a admirou por longos segundos, depois debruçou-se sobre o gramado aveludado e chorou baixinho. Soluçou. Conversou em tom pequeno com mamãe. Depois, voltando-se para mim, disse que estava com medo e que não queria partir. Engoli em seco ao ouvir aquelas palavras. Apertei a mão dela, puxei-a para perto e a abracei forte.

Notadamente cansada, ela deitou a cabeça em meu colo e fechou os olhos. Parecia abafada. Fiquei desesperada por vê-la daquele jeito. Perguntei onde doía. Ela disse que por dentro. Então inquiri onde doía mais. Foi quando ela pegou minha mão e a colocou em seu coração.

Cingi seu corpo frágil e chorei mais do que ela enquanto chamava por Deus. Foi a súplica mais pura que fiz na vida: pedi a Ele que tirasse a dor dela e passasse para mim, porque eu era a mais forte de nós duas e aguentaria. Prometi que nunca mais a deixaria para trás e que, se Ele não pudesse curar Rosa lá do céu, que me ensinasse a fazê-lo direitinho aqui na Terra, mas que não a levasse de mim.

Não sei quantos minutos se passaram até que nos recuperamos. Quando nos sentamos novamente, seus olhos continuavam turvados pelas lágrimas. Tomei a sua mão e afirmei que ela era a irmã mais corajosa do mundo e que agora era a mais rápida, também. Acho que essa frase foi o melhor presente que ela ganhou no dia, porque seus olhos sorriram e ela me fitou curiosa, como quem ouve uma notícia boa e quer garantir que ouviu direito.

— É isso mesmo que você ouviu, Rosa! Você, agora, é mais rápida do que eu porque te dei um pouco da minha força. Conversei com Deus e expliquei a Ele que eu nasci mais forte do que você, por isso aguentaria a dor que está no seu coração. Como Ele não falou nada, acho que concordou, porque o meu coração doeu muito e a dor do seu passou, não é?

Ela deu uma leve aprumada e assentiu com a cabeça, sem pôr dúvida às minhas palavras. Depois fitou-me como nunca antes:

— Você promete, Branca? Promete que nunca se separará de mim? — perguntou enquanto as lágrimas desciam amiúde.

— Prometo, Rosa. Prometo que nunca vou te deixar! Irei atrás de você onde for e conseguirei a cura. Já conversei com Deus também sobre isso!

Voltamos em silêncio para casa e ela ficou quietinha o resto do dia. Um mingau de fubá foi a única coisa que colocou no estômago antes de dormir nos braços de papai, que, por puro pressentimento, voltou para casa mais cedo do que de costume, já procurando por ela. Nem ele sabia exatamente o porquê. Quanto a mim, não imaginava que, naquele dia, havia feito as duas promessas que norteariam a minha vida.

Rosa amanheceu com manchas vermelhas na pele. Bebeu muita água e não quis comer. Estava sonolenta, mas insistiu em manter-se de pé, pois não queria ficar na cama. Apesar de eu lhe dizer que cuidaria da horta sozinha, teimosa como era, não aceitou. Então acentuei, com simplicidade austera, que avisasse à tia Manena antes de sairmos. Nesse ínterim, corri para a cerca do nosso quintal e gritei por Corsino, que veio antes mesmo que eu repetisse o chamado. Pedi que nos acompanhasse e ficasse de olho em Rosa enquanto eu cuidava da horta.

O céu, nesse dia, estava tomado de um fulgor ardente e me feria de tal forma as vistas que eu mal conseguia encher o regador. "O que teria acontecido para o tempo estar tão sisudo?", pensei.

Segundos depois, o grito de Corsino cortou meus pensamentos. Olhei aflita em sua direção e o vi segurando Rosa, com dificuldade, na porta da cozinha, de onde ela nem havia saído. Soltei o regador ali mesmo e corri para junto deles. Rosa vomitava muito e estava quase desfalecida em seus braços. Tia Manena, que também devia ter se assustado, chegou antes de mim e pegou Rosa no colo. Pediu a Corsino para chamar Sinhá Preta enquanto colocava-a em uma posição melhor para que o vômito saísse. A mim, pediu que trouxesse uma bacia com água e uma toalha limpa.

Rosa pôs para fora o pouco que tinha no estômago. Quando tia Manena a colocou na cama, ela já havia perdido a consciência, para o nosso desespero. A mãe de Corsino, parteira experiente e benzedeira respeitada, era quem acudia minha irmã na maioria das vezes. Chegou nessa hora, com um punhado de ervas sob o braço, acompanhada do filho, que estava tão pálido quanto mudo. Com semblante que eu não soube descrever, ela lavou as mãos na pia cozinha, passou por mim sem me notar e entrou no quarto. Entrei junto e segurei a mão amarela e fria de minha irmã. Num lapso de tempo, a lembrança do dia anterior no Campo Santo me veio à mente e senti medo, muito medo de perder quem eu mais amava.

Sinhá Preta pediu que eu me afastasse um pouco. Debruçou-se sobre Rosa e, com a força da oração e de sua experiência, trouxe-a de volta. Depois, segurou-lhe o pulso e avaliou seus olhos. Chamou o filho e ordenou que fosse ao encontro do primeiro vaqueiro que visse e pedisse para chamar o meu pai.

Mal terminou de falar, Rosa começou a apresentar confusão mental. Tia Manena solicitou que eu ajudasse a contê-la, para que Sinhá Preta fosse à cozinha preparar o chá. Enquanto ele não levantava fervura, a mãe de Corsino voltou ao quarto três vezes com o terço em punho. Percebi que neste ir e vir, a benzedeira recitava baixinho a Ave-Maria. E assim que voltou para o quarto com o chá, pediu que eu saísse.

Corri para a cozinha e agachei-me no cantinho do chão, junto ao fogão à lenha. Com as pernas abraçadas, coloquei minha testa sobre os joelhos. Chorei baixinho e chamei por Deus novamente:

— Lembra-se do nosso trato?

Mal terminei a pergunta, meu coração doeu como nunca, como se cada fibra se rompesse uma a uma. Foi aí que percebi que Ele realmente se lembrava.

Tentei conter as lágrimas e segurar a dor, quando ouvi papai chegar esbaforido. A respiração do cavalo que o trouxera denotava o quanto havia corrido para estar ali. Escutei Sinhá Preta deixar o quarto e colocar meu pai a par do quanto a situação era grave. Saí pela porta da cozinha, dei a volta na casa e apoiei-me na janela do nosso quarto, com a ajuda de um tamborete.

Papai entrou no quarto com o chapéu sustentado no peito por uma das mãos. Dobrou os joelhos ao lado da cama e, com as mãos marcadas pela lida, pôs-se a acariciar o rosto e os cabelos de minha irmã.

Pela primeira vez, vi aquele homem grande derramar lágrimas de menino. Senti um amor imenso pelo meu pai naquele dia. Mais do que isso, senti o quanto ele nos amava e tive orgulho de ser sua filha.

Instantes depois, Sinhá Preta entrou no quarto com uma caneca, um maço de folhas e outro chá em uma vasilha à parte. Solicitou ao papai que se retirasse, o que valia também para mim. Ponderou que apenas ela e tia Manena seriam necessárias ali no momento. Fechou a porta e soltou a pequena cortina de algodão da janela, bloqueando qualquer visão.

Do lado de fora, escutamos ela pedir a minha tia para rezar à Mãe Santíssima enquanto banharia Rosa com seu chá.

Foram os minutos mais longos da minha vida.

Quando Sinhá Preta abriu a porta, estava cansada, porém com o olhar menos apreensivo. Sua feição, comparada com a qual chegara, mudara nitidamente, embora ainda permanecesse carregada. Encontrava-me enroscada no colo de papai na varanda, quando ela dirigiu-se a mim e cumprimentou-me com carinho. Disse que eu poderia entrar e ficar com Rosa e tia Manena. Já o papai ela barrou e pediu que conseguisse condução para levar Rosa para o hospital de Curvelo. E isso não poderia demorar.

Do pequeno corredor, ouvi papai perguntar como Rosa estava. Sinhá Preta respondeu que ela havia acordado e voltado a si, mas seu coração, cansado, parecia permanecer com sono.

Ele então foi à janela do quarto e lançou um olhar para minha irmã. Precisava atestar que ela ainda estava lá. Depois, pegou o cavalo e disparou rumo à sede da fazenda.

Fazia menos de uma hora que papai havia nos deixado para buscar ajuda, quando escutamos o barulho do motor de um carro se aproximando. A essa altura, Sinhá Preta havia conseguido com que Rosa bebericasse poucos goles de chá e cochilasse.

Eu e tia Manena corremos para a porta e celebramos o automóvel que vinha em nossa direção, apesar de bem diferente dos raros que estávamos habituadas a ver na fazenda. E quando o mesmo parou em frente a nossa casa, não nos coubemos de contentamento, ainda que não reconhecêssemos aquele veículo pomposo.

A porta da frente, cujo vidro estava coberto por uma espécie de cortina, abriu-se. Papai, com ar contrito, desceu sem delonga. Parado junto do carro, lançou um olhar trespassado para tia Manena. Olhar daqueles em que se comunicavam sem serem necessárias palavras, e os quais eu e Rosa jamais conseguimos decifrar. Depois, como quem tentava mitigar os gestos, esboçou sorriso amarelo, notadamente forçado, e abriu a porta traseira.

Uma mão fina com unhas pintadas de carmim apontou para fora buscando outra que a amparasse. Papai correspondeu ao gesto oferecendo apoio galhardo.

Arrimada no braço forte de papai, uma mulher, de traços finos e pés que se sustentavam em sapatos de bico delgado, desceu do carro, ordenando ao motorista, o qual também não conhecíamos, que permanecesse ali. Olhei para tia Manena e a percebi igualmente surpresa.

Desprovida de cerimônia, a mulher caminhou junto de papai em nossa direção fazendo um panorama da nossa casa e dos arredores. De frente pra gente, papai parou um tanto sem graça e, perceptivelmente incomodado, fez as apresentações:

— Esta é Pilar Franco, recém-chegada da França e irmã de criação de Moreninha.

Neste momento, ele não mirou em mim, mas em tia Manena novamente, que estava branca feito cera. Havia algo estranho naquela situação que meus olhos não deixaram escapar, contudo, era algo muito além do que minha compreensão pueril alcançava.

— Esta é Manena, amiga de Moreninha, com quem crio minhas filhas. Esta é Branca Rosa, minha filha.

A mulher esboçou-nos o melhor dos sorrisos. Eu e tia Manena retornamos, ao mesmo tempo e sem qualquer combinado, com um movimento assertivo de cabeça. Não sei porque o meu sorriso, sempre tão fácil, não se dispôs a sair dessa vez.

Notadamente constrangido, papai pediu licença e deixou a mulher ali. Passou por nós e foi ver Rosa.

À nossa frente, a visitante, dispensando a discrição, despiu tia Manena dos pés à cabeça, deixando-a deveras acanhada. Pela forma que perscrutou minha tia, arriscava dizer que a conhecia de algum lugar. Depois, voltou-se para mim:

— Como você se parece com sua mãe!

Essas palavras alegraram-me a alma. Tomei-as como um elogio e voltei para tia Manena, procurando confirmação para o que acabava de escutar. Afinal, nunca havia visto uma foto sequer de minha mãe e, desde sempre, ansiava conhecer-lhe a face.

Para meu espanto, tia Manena havia mudado de cor novamente e estava inóspita. E como bem a conhecia, sabia que esse não era um bom sinal e nem uma boa hora para fazer perguntas. Então puxei-lhe a mão e pedi para vermos como Rosa estava.

Fomos à frente com a visitante em nosso encalço. Assim que pisamos a varanda, a três passos da porta de entrada, tia Manena virou-se e — com ar de imposição — solicitou à recém-chegada que esperasse ali. Fiz menção de fazer-lhe sala, mas minha tia-mãe impeliu-me a recolher os meus bons costumes, apertando firme minha mão e colocando-me porta adentro.

Por mais estranha que parecesse aquela situação, no fundo, eu estava grata por ter outra tia na família, especialmente uma que conviveu tanto tempo com minha mãe e, quem sabe, pudesse alimentar as fantasias que eu e Rosa construímos dela.

Quando entramos no quarto, Rosa dormia feito anjo enquanto Sinhá Preta conversava com papai em tom de missa. Logo que a mãe de Corsino notou a minha presença, pediu que eu, cujos pensamentos estavam em despertar minha irmã para contar-lhe a novidade, me retirasse dali. E chamou tia Manena para se juntar a eles.

Antes que eu alegasse ter ordens, por parte de minha instância superior, de não deixar o recinto, Sinhá Preta conduziu-me para fora.

Do pequeno corredor, vi a cabeça da recém-vinda esgueirando-se para dentro da nossa cozinha, excogitando cada palmo. Assim que ela se apercebeu de que eu a estava observando, aprumou-se. Depois, me chamou.

Fui feito água que rumoreja e estanquei junto à porta, temerosa por tia Manena.

— Sente-se ao meu lado! — exclamou minha mais nova tia em tom ameno.

Como era o que eu queria, mas não sabia se devia, fiz o que ela me pedia, feito filhote desconfiado.

— Você sabia que sua mãe tinha os cabelos como os seus?

Fiz que não com a cabeça baixa.

— Ei, levante o rosto, não precisa ter vergonha... Olhe para mim! — exclamou, externando candura. Sou sua tia!

— Por que está aqui? Sabia que Rosa estava doente? — perguntei com inocência e curiosidade.

Ela me fitou avena e sorriu. Depois de uma pausa, como quem se esmera na escolha das palavras, disse que não sabia que minha irmã estava enferma, mas sentia-se satisfeita em poder ajudar.

— Este carro é da senhora?

— Não. Está a meu serviço desde que cheguei a São Paulo. E este motorista, contratei para me servir — respondeu, olhando-me de banda. Quer dar uma volta?

— A senhora permitiria?

— Claro, quando quiser.

— Posso levar o meu amigo Corsino?

— Por que não?

Contudo, tão logo me lembrei de que Rosa não viria conosco, as doses generosas de energia, inoculadas por essas poucas palavras, perderam força e sentido. E objetei:

— Quando minha irmã melhorar, quem sabe?! Mas é muito bonito seu automóvel, D. Pilar!

— Tia, por favor! — interrompeu-me. — Sou sua tia, Branca Rosa! — exclamou colocando sua mão muito branca sobre a minha, justamente no momento em que tia Manena apontou na porta.

Levantei-me de inopino para não contrariá-la.

— Preciso lhe falar, Branca!

Fui ao seu encontro e nos dirigimos ao seu quarto. Ela fechou a porta, abaixou-se até mim e disse, quase cochichando:

— Trate a Pilar com atenção, mas seja econômica nas palavras. Ela sabe muito pouco da gente e assim deve continuar, está bem?

— Sim, mas por que isso, tia? Ela disse que ajudará Rosa...

— Não sabemos o que a trouxe aqui. Seu pai não a via fazia anos. Foi surpresa encontrá-la hospedada na sede quando foi pedir o carro da fazenda para levar Rosa ao hospital. Como o Sr. Honorato está viajando e o carro de serviço foi a São José da Lagoa para D. Faustina, Modesto aceitou a oferta de Pilar em ceder seu automóvel com o motorista. Isso é tudo que sabemos. Agora vá se despedir de Rosa!

— Deixe-me ir com minha irmã!

— Não pode, querida — disse, abraçando-me. — Não sabemos quanto tempo ficaremos lá, mas te prometo que traremos Rosa Branca de volta. Agora, precisamos que fique aos cuidados de Sinhá Preta, até que eu ou o seu pai volte para casa, está bem?!

Diante da firmeza e urgência de suas palavras, concluí que era irrelevante insistir. Deixei o quarto de minha tia e fui para o meu, contrariada por me separar de quem eu tanto amava. Encontrei Rosa acordada, apesar de modorrenta.

Quando me viu, lançou-me seu olhar percuciente e escorreu um dos braços pela coberta. Sentei-me à beira da cama que dividíamos e segurei sua mão, agora quentinha.

— Seu coração dói?

— Não — respondeu-me com voz quase desvanecida, demonstrando uma fraqueza que não lhe era própria.

"Ufa... É sinal de que Deus tem bons ouvidos!", concluí, aliviada. — Tia Manena disse que você precisa ir ao hospital e que não posso te acompanhar. Então ficarei aqui fazendo a sua parte na horta, está bem? Quando você voltar, fará a minha, não é?!

Ela fechou e abriu os olhos devagar, como que assentindo as minhas palavras. Nem bem terminei de falar, tia Pilar chegou ao quarto, conduzida por tia Manena, que, à sua frente, estancou sob o marco, impedindo-a que avançasse porta adentro. Ao ser apresentada à Sinhá Preta, a visitante cumprimentou-a com um sorriso cordial e um aceno de cabeça. Voltou-se para Rosa, olhou-a vigorosamente e sorriu enigmática. Parecia admirá-la enquanto a analisava. Com manifesta satisfação, proferiu que minha irmã era o retrato de papai.

Quando ia, ela própria apresentar-se, tia Manena se antecipou:

— Esta é Pilar, convidada do Sr. Honorato, que chegou ontem à fazenda e que, generosamente, ofereceu o carro para levá-la ao hospital, querida!

As duas tias se entreolharam enquanto Rosa sorriu agradecida.

Do lado de fora, o motor do carro foi ligado exatamente na hora de cortar o clima entre as duas tias do lado de dentro. E, sem tardança, tia Manena conduziu a nova tia para a área externa, sem nem mesmo dar-lhe oportunidade de se despedir.

A hora da separação havia chegado e não havia nada que eu pudesse fazer para impedir. Deitei meu dorso sobre Rosa e abracei-a. Tia Manena voltou ao quarto e levantou-me devagar. Papai veio em seguida, pegou Rosa no colo e a levou.

No automóvel, ele colocou Rosa no banco de trás, acomodada no colo de tia Manena, com a irmã de mamãe ao lado.

Nunca consegui colocar para fora o que senti naquele momento, já que não havia nascido palavra que descrevesse tamanha dor. Mas o que eu não podia imaginar era que esse sentimento seria apenas o prelúdio do que me consumiria nos anos seguintes.

Corri para a varanda e abracei-me à Sinhá Preta. Corsino abarcou-me do outro lado. Acenei o quanto pude e acompanhei o carro até que sumisse. Desta vez, meu amigo não correu atrás do veículo e nem fez festa na poeira que as rodas levantavam.

Sinhá Preta levou-me para dentro da nossa casa, que pareceu bem maior do que era. Enquanto ela dava um jeito na cozinha, fui para o meu quarto. Deitei sem conseguir me conter.

Minha tutora não tardou a vir e me aconchegar em seus braços.

Com voz afogada, perguntei:

— Ela voltará logo, Sinhá?

— Vamos rezar para que ela volte boa, está bem?! Por ora, quero que arrume as suas coisas enquanto eu fecho a casa. Você e Corsino me ajudarão no almoço de hoje — completou, mudando de assunto e osculando-me a testa.

Assim que chegamos na casa dela, cujo quintal dividia cerca com o nosso, Corsino veio ao meu encontro e me abraçou. A cumplicidade fraternal que nos unia validava-o a inferir o que eu sentia, sem necessidade de qualquer palavra.

Como era cedo para fazer o almoço, sua mãe nos deixou sozinhos e se retirou. Sentamo-nos no degrau da varanda e coloquei a cabeça em seu ombro. Chorei como nunca. Senti o medo que Rosa havia sentido no dia anterior. Mais do que isso, pela primeira vez, tive a sensação de que nada mais seria como antes.

Dois dias depois, passava do meio da tarde e eu me banhava em nossa casa quando escutei o barulho do motor de um carro se aproximando. Em menos de cinco minutos, despontei na porta da casa de Corsino. O meu pai havia retornado de Curvelo com o motorista de tia Pilar e já estava em prosa com Sinhá Preta.

Assim que vi papai, grudei-me nele com estampada alegria e ávida por notícias de Rosa e de tia Manena. Ele contou-nos que Rosa havia dado entrada no hospital com febre alta, dor nos joelhos e cotovelos, além de abrupta falta de ar. O Dr. Mário, por sorte, estava lá e tomou a frente de tudo. Diante do quadro que Rosa apresentava, instalou-a em um quarto para repouso absoluto por sete dias, com tia Manena ao lado. Vários exames seriam feitos e refeitos nesse período para atestar o que ele supunha.

Mas pelo que conhecíamos de papai, sabíamos que ele não deixaria filha sua para trás, a menos que fosse obrigado pelo médico a fazê-lo, o que de fato ocorreu e resultou em seu retorno para casa.

Após saber de tia Manena, perguntei por tia Pilar. Ele respondeu que ela estava hospedada em um hotel na cidade, e que se propôs a ser o ponto de apoio para as duas lá e para nós aqui, comunicando diariamente com a sede da fazenda para passar notícias de Rosa.

Corsino, cuja ingenuidade maior era impossível, perguntou ao meu pai o que ele fez para ganharmos uma tia assim, de uma hora para outra, dessas que chegavam na hora em que a gente mais precisava...

Papai achou graça da pergunta, talvez pela inocência e seriedade com a qual foi feita e não temporizou:

— Não fiz nada, Corsino. Pilar sempre existiu, mas não mantínhamos contato. Depois que deixamos a Espanha, nunca mais nos falamos. Ainda hoje não sei como ela nos encontrou aqui — finalizou, deixando transparecer um leve acento de preocupação.

— E ela vai voltar para a fazenda? — inquiriu curioso.

— Penso que não. Seu motorista veio me deixar e buscar suas malas. Ela ficará em Curvelo para acompanhar a situação de Rosa e retornará a Santos, de onde partirá para a França, de navio, em duas semanas.

Enquanto acompanhava a conversa entre eles, percebi que o tempo fora benevolente comigo, apesar desses dois dias longe da minha família parecerem-me duas semanas. Já para com o meu pai, não houve a mesma brandura, pois a angústia das últimas horas de apreensão açoitaram o seu corpo e experimentaram de tal forma a sua alma, que lhe renderam a feição esquálida e cansada que adquirira. Todavia, o que mais despertou-me a atenção foi a melancolia inconteste estampada em suas palavras, apesar da alegria de estar de volta à fazenda. Sentimento esse que eu apostava não ter nada a ver com o seu paternal desvelo por Rosa.

Jantamos na casa de Sinhá Preta e fomos para nossa. Minha cabeça borbulhava de perguntas. Entretanto, preferi guardá-las para um momento oportuno tão logo soube que ele não dormia havia dois dias.

Deitamos cedo e agradeci por Rosa ter tia Manena ao seu lado e por eu ter meu pai de volta à nossa casa.

Quando acordei na manhã seguinte, papai já havia saído para o trabalho, depois de deixar o café e uma farofa quentinhos em cima do fogão, à minha espera. Um bilhete dizia que retornaria no final do dia.

Chamei Corsino para me acompanhar ao Campo Santo. Pelo caminho, colhi flores para mamãe e para ornar o nosso lar, afinal, casa que era casa precisava ter vida. Na volta, almocei com Corsino. Esse ritual passou a ser diário durante os dias em que papai estava na fazenda e Rosa e tia Manena permaneciam no hospital.

Desconhecia se as mães da São Sebastião sabiam que minha tia não permitia que eu me arriscasse com faca e fogo na cozinha. Só sei que todas as tardes, pratos imantados, cobertos por panos de algodão alvejados, chegavam à nossa porta, repletos de gentilezas caseiras, as quais garantiam a mim e ao papai o alimento saboroso e fresco.

Quanto às crianças da fazenda, assim que deixavam a escola, baixavam na porta de nossa casa e só saiam quando eu as acompanhava nas brincadeiras. Era esse o momento em que a lembrança da ausência de Rosa e de tia Manena dava trégua e eu brincava feliz, sob os olhos diligentes de Sinhá Preta e de outras mães, que se reuniam na porta das casas para bordarem juntas. Eu tinha a impressão de que queriam me mostrar que eu sempre seria guardada de alguma forma.

Após dez dias de hospital, Rosa e tia Manena voltaram para casa. Chegaram de surpresa, numa sexta-feira de manhã, trazidas pelo mesmo carro disponibilizado ao papai.

Fiquei num contentamento só. Estava cuidando da nossa horta, quando escutei o barulho do motor. Corri para o degrau da varanda e acompanhei o trajeto do veículo enquanto meu coração esmurrava as paredes do peito, ansiando que fosse quem eu esperava.

Quando o carro parou em frente à nossa casa, acelerei-me para junto dele à espera de quem desceria. O motorista desligou o motor e saiu. Deu a volta, cumprimentou-me formalmente e abriu a porta do passageiro.

Duas perninhas tocaram o chão de uma só vez.

Bem mais magra do que de costume, mas com olhar expressivo, Rosa Branca abriu um sorriso de orelha a orelha quando me viu.

Muda de felicidade, eu a abracei emocionada, sem noção da minha própria força. Apertei-a em meus braços até sentir o estralo de seus ossinhos — o que quase lhe valeu a volta para o hospital dali mesmo. Ficamos um tempo assim, quando fomos interrompidas por tia Manena, que perguntou se sobraria alguma coisa para ela.

Deixei Rosa e abracei longamente a cintura de minha tia, descansando meu rosto em seu peito e expressando toda a saudade que sentia. Trouxemos Rosa para junto da gente e não seguramos a emoção de estarmos juntas novamente.

Findo o abraço triplo, tomei Rosa pela mão e puxei-a em direção ao quarto, com o intuito de que ela descansasse. Não vi quando o motorista deixou os pertences das duas na varanda e partiu, pois o entusiasmo era tamanho que não desgrudei mais da minha irmã. No quarto, com seus olhinhos brilhantes de regozijo, revelou que tudo o que ela não precisava era descansar naquele momento.

Fomos para a cozinha e deparamo-nos com tia Manena observando os detalhes da casa, sem esconder a satisfação por ver tudo tão bem cuidado e florido.

Ao ser inquirida se eu não estava ficando na casa de Sinhá Preta, respondi que almoçava com ela e Corsino todos os dias, mas que só fiquei lá até a volta de papai, já que a nossa casa precisava de cuidados e ele, também.

— O que tem papai? — interveio Rosa, aflita.

— Acho que é saudade — respondi. — Desde que ele retornou do hospital, deixando-as para trás, recusou-se a comer como antes. Falava que não sentia fome. E quando percebi que estava emagrecendo demais, passei a colher legumes e verduras na horta todas as tardes para, na manhã seguinte, ele tomar um caldo reforçado antes de ir para o trabalho.

— Vejo que está crescendo, Branca! — exclamou tia Manena com olhar fulgurante.

Orgulhosa de minha própria autonomia, corei as bochechas ao ouvir suas palavras, mas não contei que eu também havia adoecido de saudade delas. E voltei-me para Rosa:

— Agora você não vai mais sair de perto de mim, não é? — indaguei esperando uma promessa como resposta para não ter dúvida de que agora ela ficaria em casa.

Mas foi tia Manena quem respondeu:

— Rosa terá que ir uma vez por mês ao hospital para fazer novos exames, Branca, além de algumas restrições que terá que seguir.

— Mas ela não está boa? Não se curou, tia? — perguntei decepcionada, alternando a atenção entre as duas com a minha visão simplista de criança.

— Ela está bem! — disse mirando Rosa e abrindo sorriso raso. — Mas teremos que ter alguns cuidados a mais daqui pra frente, além da medicação que ela deve tomar todos os dias.

— A medicina ainda não descobriu a cura para o que tenho, Branca — completou Rosa com tristeza na voz.

— E tia Pilar? — perguntei, voltando-me para tia Manena, com intuito de mudar de assunto.

Dessa vez foi Rosa quem se adiantou:

— Ela é bem atenciosa! Foi todos os dias ao hospital me ver. Levou brinquedos e roupas para mim. E também frutas e biscoitos. Eu nunca havia comido biscoitos como aqueles. Guardei um pouco de tudo que ganhei para você. Ela se despediu da gente hoje. Disse que retornará amanhã para a França, do porto de Santos. E que, a partir de agora, estará sempre em contato conosco.

Rosa se virou. — Onde estão os presentes, tia Manena?

— Lá fora! — respondeu nossa tia com um acentuado incômodo.

Corremos para lá e nos deparamos com o chão da nossa varanda tomado por um mundo de sacolas e malas.

— Que isso, Rosa? — exclamei surpresa, num impulso de alegria, ávida para começar a abrir e ver o que havia dentro.

— Podemos abrir? — perguntou Rosa à tia Manena, que nos fitava com um olhar indefinido.

Ela soltou um suspiro e deu-nos as costas antes de responder que poderia, desde que levássemos tudo para dentro e não fizéssemos bagunça.

Passamos o resto da manhã entre a varanda e o quarto, experimentando vestidos, brincando com bonecas de louça e comendo biscoitos com pastas de chocolate e outras guloseimas. Era tanta coisa que não conhecíamos que nos esquecemos do tempo. E quando tia Manena chamou-nos para o almoço, não conseguimos comer nada. Estávamos empanturradas de chocolates e biscoitos, sem contar os bombons e as balas, o que nos valeu uma bronca, o recolhimento de tudo comestível que havia sobrado e a tarde no revezamento de banheiro.

Tia Manena salvou-nos ao confiscar as gulosices, pois eram tantos excessos que levaríamos quase dois meses para comermos somente o que havia restado.

Quando papai chegou, ainda estávamos fracas de tanto ir ao banheiro, mas já havíamos melhorado, graças à mistura preparada por Sinhá Preta.

A alegria ao vermos papai foi cortada apenas pela apreensão com a qual fomos tomadas ao ouvirmos tia Manena contar-lhe sobre o ocorrido com as pitanças. Mas, para nossa surpresa, ele deu risada de menino travesso, o que rendeu um buchicho da parte dela, que acabou achando graça ao final; até porque o fato de estarmos juntos em casa novamente era mais importante do que qualquer contratempo. Papai abraçou a nós três selando a harmonia da casa. Depois, dirigiu-se para a mesa e sentou-se ao lado de Rosa, com quem ficou grudado por um bom tempo.

Ali, de frente para os dois, vi a cena que marcaria minha infância: papai abraçado a Rosa, olhando-a como se a visse pela primeira vez. E ela, com seus bracinhos finos enlaçados na cintura dele, externando tamanha alegria que dispensava palavras. Não podia imaginar que aquele quadro de amor, tão bem fotografado pelas minhas retinas, ficaria eternizado em minha memória por toda a vida.

Jantamos engrossado de fubá com couve. Papai comeu como há muito tempo não fazia. Depois tocou viola e cantou com a gente até de madrugada.

Capítulo IV

Dois anos se passaram desde que Rosa ficou internada pela última vez e que conhecemos tia Pilar. Pouco mais de 730 dias que nossa vida nunca mais foi a mesma. A nossa e a de todas as crianças da fazenda, já que na semana seguinte em que Rosa deixou o hospital, começaram a chegar presentes de todo o tipo — de mantimentos a roupas de cama. Como minha irmã havia dito à tia Pilar que gostávamos de ler, caixas e caixas de livros com histórias em Português, Inglês, Francês e Espanhol chegava-nos de quando em quando. Brinquedos movidos a corda e bonecas que mexiam os membros faziam a alegria nossa e da meninada com quem a gente dividia tudo. Até porque em nossa casa não cabia nem um terço do que ganhávamos.

Não sabíamos como, mas tínhamos a impressão de que tia Pilar sabia o que acontecia conosco, porque enviava-nos tudo do que precisávamos na hora certa, além, claro, dos exageros de que não carecíamos.

Presentes e cartas endereçados ao papai e à tia Manena eram constantes. Mas uma coisa chamava-me a atenção: os presentes que papai ganhava nunca eram usados por ele, aliás, eu o presenciava, muitas vezes, doando-os aos pais de amigos nossos da fazenda, sem nem mesmo terem sido abertos. Eram roupas e calçados, além de revistas hispânicas. Certa vez, ganhamos uma geladeira a gás, que ele doou para a escola.

Quando questionado por mim ou por Rosa quanto àquela atitude, ele respondia que presente era para presentear e que ele queria fazer felizes as pessoas que precisavam mais do que ele... Pela força do seu exemplo, eu e Rosa fazíamos o mesmo.

Quanto às cartas endereçadas a ele, descobri, muito tempo depois, que jamais foram abertas.

Já a tia Manena, vimos aceitar apenas um dos presentes que ela ganhou durante esse período: uma cama de viúva, a qual nos cedeu. Papai montou-a em nosso quarto, que perdeu espaço, claro. Mas eu Rosa passamos a dormir melhor, dividindo uma cama maior.

A essa altura, já havíamos voltado para a escola depois de muita insistência da professora. Estávamos prestes a completar 12 anos e a celebração de nosso natalício sempre envolvia as crianças da vila, numa mexeção que levava dias de preparação. Sinhá Preta praticamente se mudava com Corsino para a nossa casa e todos nos divertíamos no feitio das quitandas. Trabalho coletivo e feliz. União laboriosa e bonita de se ver.

No dia 25 de fevereiro daquele ano de 1950, Rosa me acordou dizendo que tinha um presente para mim. Estava ansiosa para me abraçar, afinal, doze anos eram, em nossa conta pessoal, muito mais do que doze primaveras.

Com as mãos para trás, ela pediu que eu adivinhasse o que ela tinha para mim. Arrisquei um sem número de vezes antes de ela trazer as mãos para frente e dizer que eu não poderia falar para ninguém. Lógico que minha curiosidade estava do tamanho do mundo, mas a minha surpresa ao vê-la abrir as mãos foi, com certeza, muitas vezes maior. Diante de algo que não tinha forma nem cor definidas, mas que lembrava, de longe, algo comestível, aproximei-me e cheirei, antes de pegá-lo em minhas mãos.

— Que é isso, Rosa?

— É aquele biscoito que ganhamos na escola, no dia das crianças do ano passado e que você disse que era o biscoito mais gostoso que você havia comido na vida, lembra? Eu disse à professora que havia comido o meu e que estava realmente muito bom, mas, na verdade, tive a ideia de guardá-lo e te dar de presente de aniversário, já que você gostou tanto... Ela não pode saber, viu?!

Tomei nas mãos o resto daquele biscoito cinza azulado — que já foi creme — com uma satisfação indizível. De fato, não dava para ver que era biscoito porque, além da cor e do cheiro, Rosa o havia apertado tanto entre as mãos que o que dele não havia se transformado em pedra, tornou-se farinha.

Disposta a dar-lhe algo de tão grande significado, não pestanejei em buscar o que eu tinha de maior valor.

— Também tenho um presente pra você, Rosa, mas feche os olhos e estenda as mãos!

Ela assim o fez, numa expectativa que saltava aos seus olhos azulíneos.

— Pronto. Pode abrir! — exclamei, colocando a foto da Nossa Senhora Negra em suas mãos.

Meneando a cabeça com um acento de emoção e surpresa, Rosa exclamou:

— Não posso aceitar! Essa imagem era de mamãe e papai deu a você, e...

Eu a interrompi:

— Agora é sua! Papai disse que essa é a mulher mais especial do mundo e que se parece comigo e com a mamãe. Então, você se lembrará de mim quando olhar pra ela...

Abraçamo-nos numa felicidade sem medida! Rosa guardou a imagem de papel com o cuidado com o qual se guarda um tesouro.

Fomos para a cozinha onde uma mesa especial já nos esperava. Ovos quentes, café com leite e biscoito assado, farofa de carne seca e bolo de fubá.

Era sábado e papai já havia saído cedo para a lida. Tia Manena estava que não parava um minuto, afinal, era o dia do nosso aniversário. A celebração começou às 3 horas da tarde e, como sempre, foi parar na rua, lá pelas tantas, ao som das violas e sanfonas dos pais da vila.

Abril de 1950. O dia amanheceu austero e frio. Antes de sairmos de casa rumo à escola, Rosa caiu ao descer o único degrau de nossa pequena varanda — seria apenas um tombo se não fosse a tontura e a repentina sensação de queimação nos braços, ombros e pescoço.

Tia Manena, que sempre nos acompanhava ao calçamento e de lá se despedia, foi quem a levantou e trouxe-a para dentro novamente. Estava com feição de preocupação, como há muito não se via.

De repouso naquela manhã, Rosa apresentou pouca melhora, mesmo com os cuidados de Sinhá Preta. A tontura ia e vinha, obrigando-lhe a permanecer na cama. Papai foi chamado já com a missão de vir com um transporte para levá-la ao hospital.

Passava das 15 horas quando o caminhão da fazenda, carregado de algodão com destino a Curvelo, parou diante da nossa porta. Papai desceu aflito da boleia. Entrou em casa com o chapéu em punho e o olhar de quem supunha que a temida doença havia acordado novamente dentro de minha irmã. Pediu à tia Manena que ajeitasse Rosa, pois ele próprio a levaria ao hospital de carona no caminhão que estava deixando a fazenda. Em menos de cinco minutos, tudo já estava pronto: as roupas de Rosa e os documentos.

Desta vez, Rosa chorou muito. Preferia ficar como estava, mas não queria voltar para o hospital. Suplicou que não a separassem de mim. Enquanto papai e tia Manena explicavam o porquê de eu não poder acompanhá-la, ela pegou minha mão e a colocou em seu coração, sem nada precisar ser dito. Abracei-me a ela na cama de tal forma que foi preciso os dois adultos para nos separar. Chorei mais do que Rosa e senti meu coração sangrar enquanto tentava me livrar, em vão, dos braços que me continham. À medida que ela se afastava no colo de papai, eu implorava à tia Manena que me soltasse para que eu pudesse me despedir de minha irmã. Com a conivência de minha tia, corri até alcançá-la já na porta do caminhão, a tempo de ainda pegar em sua mão.

— Papai, deixe-me despedir de Rosa, por favor!

Ele estancou e permaneceu inerte por alguns segundos. Por certo, pensava se deveria ou não consentir. Mas o amor deve ter-lhe falado mais alto, pois virou-se para mim e abaixou-se com Rosa no colo, para que ficássemos, os três, na mesma altura.

Os olhos marejados de papai não escondiam a dor que a firmeza de sua ação tentava ocultar. Não proferiu palavra alguma diante de nós. Assim que eu e Rosa nos abraçamos enquanto ela me perguntava se eu me lembrava das promessas que lhe fiz e dizia o quanto me amava, vi papai apertando as pálpebras e tremendo os lábios, tentando conter seu sofrimento — que eu não duvidava ser maior do que o nosso. E, para mim, aquele abraço permitido foi suficiente para a revolta dar lugar à compaixão e eu reconhecer novamente o meu herói.

Soltamo-nos assim que o motorista, o senhor Olinto, deu partida na chave. Papai ergueu-se novamente e colocou Rosa no banco. Subiu em seguida e acomodou-a apoiada nele, que foi colado à porta. Como o caminhão pôs-se em movimento devagar, eu pude ver os olhinhos dela, em prantos, procurando os meus enquanto eu me segurava, mordendo as paredes internas da minha bochecha e limpando meu rosto na blusa, para que ela e papai não se entristecessem pela minha dor.

A questão é que meu coração, desde aquela época, já se mostrava indócil. Bastou o caminhão sumir na poeira do caminho para que ele esmurrasse as paredes do meu peito e fizesse menção de ir atrás deles. Tia Manena entrou em cena e o conteve com seu abraço. Foi aí que eu soltei meu choro de criança. Choro alto, forte e demorado.

Soubemos que o senhor Olinto foi o anjo na vida de minha irmã naquele dia, pois imprimiu ao caminhão uma velocidade não costumeira para salvar a vida dela, que perdeu a consciência no caminho. Logo que deram entrada no hospital, Rosa foi levada para a sala de urgência pela enfermeira que, por sorte, já a acompanhara de outrora. Papai foi impedido de entrar. E o Dr. Mário, que estava em cirurgia no momento, foi logo avisado, e, do bloco cirúrgico mesmo, determinou o que fosse feito. Assim que a cirurgia terminou, ele foi ao encontro de Rosa.

Só Deus sabe o que se passou na cabeça de papai enquanto esperava. De pé, na porta da capela interna do hospital, ele chorou baixo por longo tempo.

Depois de quase três horas, o doutor, de posse de vários exames, chamou papai para uma conversa na salinha lateral à recepção:

— Sr. Modesto, sente-se, por favor! — disse, gesticulando com um braço e com o desvelo habitual com que tratava a todos enquanto fechava a porta com o outro.

Apesar de ter que se manter imparcial, o Dr. Mário havia se afeiçoado à minha família e, talvez por isso, parecia-lhe mais difícil participar ao papai da verdadeira condição de Rosa.

— Sei que é um homem de fé e um excelente pai, por isso, antes de qualquer coisa, devo dizer-lhe que tudo é possível!

Papai, até então de cabeça baixa, ergueu-se compungido, apresentando vincos e traços de quem envelheceu anos em poucas horas, e adiantou-se:

— Ela tem chance de vida, doutor?

— Sim, mas não aqui. Sua febre reumática causou-lhe uma estenose aórtica, que, segundo os exames que realizamos, já é grave.

— E os remédios que ela vem tomando?

— Eles não iriam curá-la, uma vez que essa febre ainda não tem cura, mas apenas equilibrá-la e, com sorte, quem sabe, impedir que ela evoluísse. Contudo, cada organismo é um e uma doença pode chamar outra. No caso de Rosa, a doença, mesmo aparentemente controlada, causou-lhe o estreitamento da válvula aórtica.

Papai foi perdendo o chão à medida que o doutor explicava do que se tratava a estenose e as consequências da força sobre-humana que o coração dela vinha fazendo para bombear a mesma quantidade de sangue de antes. No entanto, apesar dos prognósticos nada animadores, o Dr. Mário disse que em São Paulo havia um hospital próprio para tratamento de doenças do coração, onde os maiores recursos e melhores profissionais da área se encontravam. E que, se papai autorizasse, ele iria tentar de tudo para conseguir com que Rosa fosse transferida para lá.

— Esses tratamentos são pagos, doutor? — inquiriu papai, com uma preocupação que saltava aos olhos.

— Sim, Sr. Modesto. E não são baratos. Mas verei como posso ajudá-lo quanto a isso. Vamos estabilizá-la aqui enquanto faço contato com o hospital de lá e conversamos sobre a transferência. Temos que conseguir uma vaga primeiro, depois ver a forma de transportá-la, além dos custos, evidentemente. Mas não posso negar-lhe que devemos agir depressa.

— Como ela está, doutor?

— Dormindo. Foi medicada e não deve acordar por agora. Pedi para colocarem-na em um quarto onde o senhor possa ficar acomodado com ela. Mas preciso advertir-lhe de que ela não sabe e nem deve saber o que tem, uma vez que qualquer emoção forte, neste momento, reverberará contra ela. Sei também que é difícil se controlar em uma situação como esta, mas peço que fique com ela aqui somente se conseguir se conter, porque ela nutre a expectativa de voltar logo para casa e já pediu para chamar a irmã algumas vezes.

O diagnóstico do Dr. Mário mais parecia uma sentença. Rosa estaria, de novo, nas mãos da ciência ou do destino? Quem poderia saber... Mas uma coisa era certa: a sentença dela era também a nossa, e não tardaríamos a descobrir isso.

Já era noite daquele mesmo dia e eu havia acabado de me deitar quando bateram à porta de nossa casa. Saltei da cama em sobressalto e cheguei à sala junto de tia Manena. Era Teobaldo que veio dizer, a pedido de D. Faustina, que levaria nós duas na primeira hora da manhã do dia seguinte para visitarmos Rosa.

Soltei um "oba" de alegria, apesar de notar uma tensão embuçada em suas palavras. Talvez por ele ter sido econômico nelas, o que não era de seu feitio, ou, quem sabe, pela ausência de sua ledice costumeira, de certo por estar cansado. Porém, essa sensação foi confirmada pouco antes de se despedir, no momento em que ele lançou olhar silente à tia Manena, aquele que tudo dizia numa linguagem em que somente aos adultos era permitido entendimento.

Ao fechar a porta, ela não deu qualquer oportunidade de eu me pronunciar e alertou-me que a cama já me esperava fazia tempo. Em outras palavras, nada era consentido naquele momento a não ser me recolher.

Não sei como foi o sono dela, mas o meu custou a chegar, tamanha era a minha ansiedade e o alcance das minhas suposições.

Quando acordei, mais cedo do que de costume, tia Manena já estava de pé e com o café coado. Parecia ter virado a noite à beira do fogão, porque havia bolos, biscoitos e a farofa de quiabo que Rosa tanto gostava. As quitandas, segundo ela, abasteceriam nossa casa por um tempo, caso precisasse ficar no lugar de papai no hospital.

Junto à porta da cozinha, estavam também duas malas. Uma com as roupas dela e outra com as de Rosa. Quando perguntei quanto às minhas, ela redarguiu que eu usaria as de Rosa, caso precisasse, mas, a princípio, faríamos apenas uma visita.

Às 7 horas, Teobaldo parou o carro na porta de nossa casa. Notei-o sereno e bem disposto, apesar de mais calado do que o habitual. Desceu do carro e foi ajeitando tudo: primeiro a farofa de Rosa e os nossos pertences, depois a gente. Teobaldo, cavalheiro que era, foi o último a adentrar o veículo. Em poucos minutos, contornávamos a praça da vila.

Embora tia Manena trouxesse as marcas de uma noite sem dormir, encontrava-se ativa como sempre. Já eu, embalada pelo movimento sonífero do carro sobre as ondulações do chão de terra batida, deitei-me em seu colo antes mesmo de deixarmos as terras da São Sebastião. Acordei com ela me dizendo que havíamos chegado ao hospital.

Enquanto caminhávamos para a entrada, fui acompanhando, encantada, aquela construção imponente, que mais se assemelhava a um imenso casarão. Lá dentro, a temperatura mais baixa e o cheiro forte de éter deixaram-me letárgica por uns instantes. Minha tia foi à recepção se apresentar e dizer o motivo pelo qual viemos e por lá se demorou. Na sala de espera, a imagem de Santo Antônio, ao qual o hospital de mesmo nome era consagrado, descansava no alto da parede sobre um pequeno altar. Teobaldo me observava os movimentos investigativos e se antecipava em me explicar tudo onde meu olhar se detivesse por mais do que cinco segundos.

Papai veio nos receber. Cumprimentou Teobaldo com um aperto de mão e afago de meio corpo. A mim, abarcou-me como se não me visse há dias. Já à tia Manena, ele descansou sua cabeça nos ombros dela e se entregou. Escutei vindo dele uma respiração semelhante a um soluço. E ela o envolveu como a um menino que precisava de colo.

Ali, senti quão grande era a cumplicidade entre eles, porque nada se disseram, mas tudo se sabiam.

Assim que papai se acalmou, conduziu-nos os três ao quarto de Rosa. Pelo corredor largo de portas altas e paredes claras, fui conhecendo tudo o que se apresentava, inclusive a voz do silêncio. Na porta do quarto de Rosa, papai cessou. Disse que aproveitaria nossa chegada para ir ter com o médico. Tia Manena se ofereceu para acompanhá-lo depois que desse um beijo em minha irmã.

Abrimos a porta devagar, já que papai alertou-nos que ela ainda dormia por causa dos remédios. O aposento alto e amplo tinha paredes verde-claras, uma janela grande por onde entrava sol farto, duas camas e uma mesinha estreita encostada na parede. Havia também um instrumento de pé, similar a um chapeleiro que já tivemos em casa, só que mais fino e frio.

Eu, tia Manena e Teobaldo fomos nos achegando. Ela preferiu deixar Rosa dormir e fez sinal com o dedo para que não fizéssemos barulho. Em cochicho, disse que iria conversar com o médico e pediu que nós dois fizéssemos as honras até ela voltar, caso Rosa acordasse.

Acontece que não me contive de felicidade por estar com minha irmã novamente e, mal a porta se fechou, aproximei-me dela e acariciei sua face. Sonolenta, abriu as pálpebras devagar e se surpreendeu comigo ali. Abriu sorriso largo e, lentamente, resvalou a mão sob o lençol à procura da minha.

— Você veio mesmo! — exclamou com voz quase sumida.

Confesso que achei-a diferente: mais mole e aparentemente mais cansada, eu diria. Ela segurou minha mão com a vontade que sua força permitia e disse que estava à minha espera.

Teobaldo aproximou-se e fez-lhe um afago. Não perdeu a oportunidade de dizer que sono como o dela era coisa de família, pois eu também havia roncado durante toda a viagem. Diante de nossa grata reação ao seu comentário, não se fez de rogado e desvelou-nos o seu rosário de patavinas. Chegamos a nos esquecer de que estávamos no hospital de tanto que rimos dividindo a farofa de quiabo, claro. Era o velho Teobaldo que estava de volta e a minha irmã também.

Quase uma hora depois, tia Manena adentrou o quarto na companhia de papai e do Dr. Mário. Esse último, com o semblante sereno, dirigiu-se a mim:

— Muito prazer, senhorita. Que bom vê-la aqui! Então, é você a outra flor de quem Rosa tanto fala? — estendeu-me sua mão.

Corei as bochechas e sorri, correspondendo ao cumprimento.

Tia Manena aproximou-se de Rosa, que não escondeu a alegria por tê-la ali, beijou-lhe a testa e acariciou-lhe os cabelos.

Papai era o cansaço em pessoa, mas, ainda assim, dedicava-nos o seu melhor sorriso e o mais terno olhar. Havia parado junto à janela, ao lado de Teobaldo, quando o médico disse que queria conversar com a gente. Então, ele se colocou entre Rosa e eu. Teobaldo permaneceu onde estava. Dr. Mário caminhou para o lado de tia Manena e com o braço no ombro dela, de frente para nós três, começou:

— Essa mocinha dorminhoca é a minha paciente mais forte e guerreira, por isso tenho certeza de que compreenderá o que direi e fará tudo o que for preciso, não é, Rosa? — perguntou firmando o olhar amoroso sobre ela. — Não vamos falar da febre reumática porque está controlada. Vamos falar do motivo da sua fadiga e dos seus desmaios agora, está bem?! Descobrimos que seu coração está um pouco cansado e é dele que precisamos cuidar para que fique forte novamente. Acontece que em Curvelo não existem recursos suficientes para isso ainda. Há um hospital, onde inclusive fiz residência médica, que tem o que necessitamos para o seu tratamento, especialmente uma equipe cujo conhecimento é muito maior do que o meu.

— Onde fica esse hospital, Doutor? — antecipei-me, com um misto de curiosidade e angústia.

— Em São Paulo.

— É longe daqui? — continuei, sem disfarçar meu sofrimento antecipado.

— Um pouco.

— Quanto tempo ela ficará lá?

— Não sabemos, Branca. Penso que não devemos nos preocupar com o tempo agora.

Aquela resposta evasiva penetrou-me num chofre. Virei o rosto para que ninguém visse meu queixo trêmulo e tampouco as lágrimas que começaram a descer. Mordi a língua, em vão, para conter minha reação. Papai pareceu sentir o que me sucedia na alma e me abraçou. Desvencilhei-me dele, como quem está prestes a romper com o mundo por achar-lhe injusto e fui para a janela em silêncio. Não queria que minha reação fosse essa. Não queria dar as costas para as pessoas. Não queria que isso estivesse acontecendo com a pessoa que eu mais amava...

A dor que senti foi tão intensa que não consegui permanecer no quarto. Cabisbaixa, pedi licença e me retirei. Com ânsia de ir para fora do hospital, corri. Como os corredores eram muitos e se assemelhavam, acabei me perdendo. Fui parar num pequeno jardim, repleto de flores coloridas e uma gramínea muito verde e macia. Ao centro, repousava a imagem de Cristo com os braços abertos.

Tudo o que eu queria era arrancar aquela sensação ruim do meu peito com um grito, mas nem isso era permitido ali. Então, retirei os sapatos e caminhei em direção àquela imagem que, de certa forma, me trazia acolhimento.

Ajoelhei-me, sentei-me sobre os calcanhares e chorei até perder o ar. Precisava colocar para fora o que me corroía por dentro. Questionei Deus e me revoltei. Disse que Ele havia se esquecido do que combinamos. Mas, quando não tinha mais forças, chamei por Ele, que, sem que eu soubesse, já estava ali, à minha espera.

Senti dois braços cálidos me envolvendo devagar. Era tia Manena, que viera ao meu encontro. Todavia, ao invés de me tirar daquela situação, como se esperaria, juntou-se a mim e choramos juntas, partilhando a nossa dor. Dor compartilhada que se acalmou.

Tia Manena não precisou pronunciar uma só palavra para me ensinar que presença e silêncio são atitudes que se bastam. No entanto, eu precisava falar do pressentimento que me sobreveio no quarto e que vergastava minha alma:

— Tia, algo me diz que perderemos Rosa!

Pela primeira vez, vi dor e impotência em seus olhos, que me fitavam fragilizados. Ela se levantou e estendeu-me a mão para que eu também me levantasse. Abraçou-me forte como poucas vezes e, de frente para a imagem, pediu para rezarmos, pois a oração era a única distância entre nós e o milagre.

— Agora precisamos ir porque daqui a pouco colocarão Rosa no carro.

— Ela vai para São Paulo agora?

— Sim, Branca. O Dr. Mário e eu iremos com ela. Você voltará para a fazenda com seu pai e Teobaldo.

Diante das lágrimas furtivas que voltaram a escorrer pelo meu rosto, tia Manena não titubeou:

— Eu e Rosa precisamos de você aqui cuidando de seu pai até voltarmos, está bem?

— A senhora promete que trará Rosa de volta?

Antes que ela respondesse, Teobaldo veio açodado ao nosso encontro, dizendo que Rosa já estava sendo encaminhada para a ambulância, porém, relutava em ir sem antes se despedir.

Ela já estava dentro do veículo quando chegamos à porta do hospital. Assim que o Doutor me viu, gesticulou para que eu o adentrasse. Não consegui dizer nada. Debrucei meu corpo sobre o dela e a envolvi com meus braços. Evoquei minha força mais profunda para que eu não a entristecesse com minha dor.

Com a voz enfraquecida e um acento de resignação, ela me pediu que eu não a esquecesse. E verbalizou, mais uma vez, que me amava.

Apertei meus olhos e sorvi fortemente o ar, na tentativa de impedir que meu coração explodisse ali mesmo. Osculei carinhosamente sua face, em resposta.

Tia Manena chamou-me da porta, dizendo que precisavam partir. Para agilizar, Dr. Mário entrou, diminuindo o espaço interno. Deu-me um afago no ombro e, com voz serena, disse a nós duas que São Paulo já os esperava.

Consertei o corpo para me despedir de Rosa. Toquei sua face sem cor e fitei-lhe os olhos profundos, que misturavam temor e esperança incipiente.

— Vou te buscar! — foi tudo o que consegui proferir.

Desci do veículo direto para os braços de papai. Tia Manena fez-me um carinho nos cabelos antes de tomar o meu lugar ao lado de Rosa.

A porta da ambulância se fechou. E a do meu coração, também.

Voltamos calados para a fazenda. Vez por outra, Teobaldo rompia o silêncio debulhando amenidades, replicadas a meias palavras por papai. Mais do que triste, eu estava revoltada. — Como aquilo poderia acontecer com minha irmã? Como papai deixava que a levassem assim? Indignei-me contra todos que corroboravam com isso: com o papai, com tia Manena, com o médico... E nem bem o carro nos deixou na porta de casa, perguntei ao meu pai sobre a real situação de Rosa.

Apesar de pragmático, ele não se mostrou confortável com a minha pergunta naquele momento, haja vista seu olhar absorto, como quem buscasse eleger — objetivando amenizar a situação — as melhores palavras para responder algo já sabido, mas não compartilhado.

— Há uma enorme chance de ela passar por uma cirurgia, Branca — objetou enquanto subia o degrau da varanda, com o intento de finalizar a conversa por ali.

Olhei-o assustada diante da resposta curta que me defrontava com a dura realidade para a qual eu não estava preparada.

— Cirurgia onde, papai? — coloquei-me à sua frente, fazendo-o parar.

— Na válvula do coração.

— Na o quê?

— Todo coração tem a ajuda de uma espécie de mola que bombeia sangue para os outros órgãos. A essa mola chamamos de válvula. E a de Rosa está defeituosa. Por esse motivo, o coração dela se cansa facilmente, provocando-lhe as perdas de sentido e fraqueza — respondeu em tom professoral, com a feição alquebrada, como quem tenta trazer compreensão a si mesmo.

Ali, dei-me conta de que minha intuição não falhara e agarrei-me ao papai, externando todo o meu medo. Acolhida em seus braços, percebi que minha fortaleza também se vergara ao peso da provação inesperada e, dividindo o aguilhão da impotência, choramos juntos. Choro de ombro. Choro aflito. Foi dessa forma que nossa cumplicidade silenciosa, selada pelo caudal de lágrimas de nós dois, bafejou nossos corações. Quando nos acalmamos, a voz embargada de papai afirmando que a nossa confiança seria primordial para que tudo desse certo mostrou-se mais do que uma luz na escuridão. Revelou-se como algo efetivo que tínhamos e que nos tirava da condição de reféns do destino. Ressaltou que a nossa oração seria a força que Rosa precisaria, já que não bastava estar no melhor hospital com a melhor equipe, era necessário que os médicos fossem assertivos e que ela resistisse.

Ficamos um tempo na varanda, sentados no chão. Lembrei-me de tia Pilar e inquiri se ela sabia do ocorrido. Papai respondeu que ela soube no mesmo dia em que Rosa dera entrada no hospital de Curvelo.

Surpresa, arrojei meu olhar indagativo.

— Não sei ao certo, filha, mas desconfio que ela deve ter um contato na sede de alguém que esteja bem próximo de nós. Todavia, esta foi a primeira vez que fui grato por ela ter nos procurado.

— Por que diz isso?

— Porque ela fez por Rosa o que eu, como pai, não conseguiria no momento. Assim que tomou pé da situação, por meio do Dr. Mário, para o qual ligou diretamente, não só se ofereceu para custear o tratamento de Rosa, como contratou os serviços da melhor ambulância da capital mineira para levá-la ao hospital de São Paulo. E, segundo soubemos pelo próprio doutor, que foi acompanhando Rosa a pedido dela, Pilar levará a São Paulo um médico francês, especialista em doenças do coração.

Respirei aliviada apesar de não menos triste. Agradeci a Deus pela vida daquela tia que pouco conhecia e cujo comportamento, sem motivo aparente, às vezes me incomodava. Fui para o quarto me deitar no momento em que Sinhá Preta veio pedir notícias de Rosa.

Dormi pesado. Despertei já era noite e tomei um banho para me refazer. À mesa, papai me esperava com uma sopa saborosa.

Enquanto escutava-o dizer que o Sr. Honorato lhe dera uns dias de descanso, percebi o quanto aquela situação ferreteava o seu corpo combalido, já que ele não era homem de se render ao cansaço e se justificava por isso. Contudo, gostei da notícia de tê-lo junto de mim por mais tempo, pois a nossa casa, de repente, passou a ser grande demais para mim, que passaria os dias sozinha.

Entretanto, a presença constante do meu genitor durou apenas três dias, pois as corridas constantes à sede da fazenda, em busca de notícias de Rosa, atestavam a percuciência de sua angústia e ansiedade. Mesmo sabedor de que as notícias, quando viessem, chegariam sempre ao final da tarde, ele alimentava a expectativa de recebê-las, quem sabe, outras horas do dia também. Dessa forma, o repouso concedido ao papai não se mostrou auspicioso, pela circunstância em questão. Partiu do Sr. Honorato a proposta para que papai voltasse ao trabalho e deixasse para se afastar em momento oportuno, quando fosse visitar Rosa em São Paulo, ao que ele atendeu de pronto, já que a lida com os afazeres da fazenda cansava-lhe o corpo, mas ocupava a mente. E, naquele momento específico, direcionar os pensamentos a um foco produtivo era tudo o que ele precisava.

Assumi a rotina de ir para a escola, almoçar com Corsino e cuidar da nossa casa, que incluía a horta. Passei a ir menos ao Campo Santo e a brincar menos, também. Ocupava-me mais com os estudos, para não me lembrar da ausência das duas, o que era, praticamente, impossível. Mas, nessas horas em que o vazio me machucava, corria para a varanda e me colocava diante do quadro da Mãe de Cristo, sem conta de tempo. E aquela visão me acalmava.

Nas duas primeiras semanas, recebemos notícias de Rosa regularmente. Tia Manena era quem se incumbia, por meio da telefonista, de dar-nos a conhecer a rotina de minha irmã e os tratamentos aplicados, o que deixava papai mais abatido ou mais animado, conforme o que vinha do outro lado da linha.

A pedido de tia Manena, tia Pilar passou a se ocupar dessa função, provavelmente, por não querer afastar-se de Rosa. O que foi bom a princípio, porque as notícias passaram a vir, de certa forma, mais completas, dando conta, inclusive, dos médicos que a acompanhavam.

Somavam 45 dias que tia Manena não deixava o hospital e que o destino de minha irmã continuava incerto. Papai havia ensaiado ir para São Paulo pelo menos umas três vezes, mas foi desencorajado por tia Pilar com os argumentos de que a emoção poderia não acrescentar ao quadro de minha irmã, que melhorava a cada dia, e de que o esforço dele poderia ser em vão, uma vez que Rosa poderia ser transferida para hospital de Curvelo a qualquer momento, tão logo seu quadro se estabilizasse. Mas, como coração de pai também intui, papai foi a Curvelo conversar pessoalmente com o Dr. Mário sobre o que lhe afligia. Esse entrou em contato com o médico da equipe que cuidava de Rosa e averiguou a veracidade das informações passadas por tia Pilar. Eram, em parte, íntegras, uma vez que Rosa melhorava um pouco a cada dia, dentro do quadro de estabilidade que os médicos esperavam, contudo, não procedia a possibilidade de ela ser transferida para Curvelo a qualquer momento. Aliás, nenhum dos médicos que cuidavam dela cogitaram isso até então. Ao contrário, consideraram, inclusive, a possibilidade de minha irmã permanecer no hospital de São Paulo por tempo indeterminado, até que alcançasse o equilíbrio do quadro por meio de medicamentos — o que não conseguiram ainda — ou apresentasse condições necessárias para um procedimento cirúrgico seguro que lhe afiançasse a sobrevida. Sim, porque naquela época eram pouquíssimos, para não dizer raros, os casos no mundo de pacientes que sobreviveram por tempo considerável à troca de válvula.

Papai retornou desolado para a fazenda e foi direto para a sede, à espera de que o telefone tocasse trazendo notícias de Rosa. O telefone não tocou nesse dia e nem no dia seguinte, apesar de ele ficar de prontidão ao lado do aparelho da casa do Sr. Honorato. Mas, no terceiro dia, ao receber o telefonema de tia Pilar, papai comunicou a ela que estava de malas prontas para São Paulo. Não obstante, dessa vez, para sua surpresa, ela não só o encorajou, como disse que viria à São Sebastião dentro de dois dias para buscar a ele a mim, já que Rosa, de acordo com a avaliação médica daquele dia, não tinha mais a perspectiva de deixar o hospital a curto prazo e chamava muito por nós dois.

Quando desligou o telefone, papai já era outro. Animado, chegou em casa contando a novidade de que passaríamos uns dias com minha irmã. Sua ansiedade era tamanha que mal conseguiu comer e dormir naquela noite.

Era madrugada ainda quando papai foi trabalhar. Pelo estado de sua cama, arrisco dizer que ele nem chegou a dormir. Quanto a mim, assim que o sol apontou, corri para o Campo Santo com as flores que fui apanhando pelo caminho. Precisava contar à mamãe que me ausentaria por uns dias. De lá, avistei um avião sobrevoando baixo a fazenda, em direção à pista de pouso. Apertei o passo para casa na expectativa de ser tia Pilar chegando para nos levar a São Paulo, no dia seguinte. Entretanto, bem antes que eu alcançasse a vila, o mesmo avião tomou seu caminho de volta, voando baixo sobre minha cabeça, até alcançar altura e distância que meus olhos não conseguiram acompanhar.

De longe, avistei o carro da fazenda estacionando na porta de casa. Gritei por Teobaldo para que me esperasse. Ele me viu e acenou enquanto dava a volta para abrir a porta de trás.

Meus olhos mal puderam acreditar quando vislumbraram não a tia Pilar, mas a tia Manena. Uma felicidade sem tamanho tomou conta de mim e fez brotar em meu rosto um sorriso que há muito não se manifestava. Corri para os seus braços como quem corre para o colo de mãe, depois de longo período sem vê-la. O abraço de tia Manena trouxe viço ao meu coração e devolveu algo que a ambulância havia levado.

Ela era só prosa e enquanto entrávamos, dizia o quanto Rosa ansiava nos ver. Viera no lugar de tia Pilar para arrumar brinquedos e livros para minha irmã, pois ela não tinha previsão de deixar o hospital. Também não escondia que tia Pilar havia conquistado sua gratidão pelo que vinha fazendo por Rosa, inclusive tratando-a como filha.

Por avistar a mesma aeronave, papai não demorou a chegar e ficou igualmente surpreso ao ver tia Manena. O encontro dos dois fê-lo rejuvenescer anos e, ainda que de pouca fala, papai não economizou palavras nesse dia. Toda a vizinhança baixou em nossa casa, que parecia em festa.

Após o jantar, papai foi ajeitar com o Sr. Honorato não uns dias, mas as férias merecidas por anos de faina ininterrupta. Voltou grato para a casa, apesar da desconfiança levantada pelo dono da fazenda quanto ao motivo do avião não ter pernoitado lá, já que retornaria conosco para São Paulo no dia seguinte.

Fato é que, a despeito dos lampiões se apagarem tarde em nossa casa, aquela noite custou a passar para mim, cuja ansiedade era dupla: a de reencontrar minha irmã e a de voar pela primeira vez.

Capítulo V

Acordamos mais cedo do que de costume e nos vestimos a caráter. Com um paletó cheirando a guardado, que, segundo ele, caía-lhe melhor do que quando comprou-o na Espanha, papai chegou à sala com calça e camisa de missa, exalando água de colônia que havia ganhado há, pelo menos, cinco aniversários. Os sapatos encerados e consumidos pelo uso não estavam lá essas coisas, mas pareavam com o tal paletó na travessia do Atlântico, anos antes. Barba feita e cabelos doutrinados por uma pasta brilhosa, que depois vim a saber ser banha de porco, papai realmente esmerou-se nos detalhes para visitar minha irmã.

Com seu melhor vestido, pó de arroz no rosto e água de alfazema no corpo, tia Manena chamou atenção pelo tom rosado dos lábios quase sempre sem cor e pelas minúsculas rosas naturais sobrepostas à gola, com a ajuda de um alfinete.

Quanto a mim, não me reconhecia com o penteado feito por Sinhá Preta, que desde que eu acordei, parecia estar me aprontando para um casamento. Com saia plissada pouco abaixo dos joelhos, blusa de gola pala em cetim e meia 3/4, calcei, pela primeira vez, os sapatos presenteados por tia Pilar havia dois natais, se minhas contas estiverem certas, os quais, por sorte, agora serviam.

Às 7 horas, Teobaldo estacionou em nossa porta. Duas malas com roupas e três sacolas com brinquedos e livros compunham nossa bagagem e denotavam que o nosso retorno não seria breve. Por precaução, antes das 8 horas, já estávamos na pista de pouso, apesar de o combinado entre tia Manena e o piloto ser de que embarcaríamos às 10 horas.

A chuva fina daquela manhã pareceu perceber nosso esforço e logo se debandou, dando lugar a um sol pudico. Felizes, despedimo-nos de Teobaldo.

Inquieto, papai checava o seu relógio de bolso a cada quarto de hora. Uma hora e meia mais tarde, não escondia a aflição de não ver o avião ali. Tia Manena atenuava, perpassando toda a combina que fizera com tia Pilar e o piloto no dia anterior.

Vencemos o calor, a fome, a sede e a vontade de ir ao banheiro. Mas, por volta das 17 horas, depois de um dia inteiro em pé, quando a chuva começou a dar, de novo, o ar da graça, rendemo-nos ao que não queríamos acreditar: a realidade de que o avião não viria mais para nos buscar naquele dia... E que não viria em nenhum outro, também.

Debaixo de chuva e visivelmente confrangido, papai não compartilhou as ilações silenciosas que lhe assaltavam a mente. Colocou uma sacola em cada ombro, uma mala em cada mão e tomou o caminho de volta, sem nada dizer. Pouco mais de uma légua somava a distância entre a pista de pouso e a nossa casa, percurso esse que eu e tia Manena vencíamos devagar, sem conseguirmos acompanhar o ritmo de meu pai, que logo perdemos de vista. Como nossa velocidade regulava com a intensidade da chuva, que ia ganhando e perdendo corpo, alcançamos nossa casa já de noite. As malas e as sacolas descansavam na varanda, mas papai não estava lá.

Passava das 21 horas quando ele retornou da sede, tão ensopado quanto transtornado. Tentou, em vão, contato com o hospital, mas a chuva que se tornara torrencial na São Sebastião contribuía para a precariedade da linha telefônica, que nem por reza completava a ligação.

Alterado e sem se preocupar com minha presença, papai verberava à tia Manena que não acreditava que havíamos sido enganados por tanto tempo e que tia Pilar não poderia se mostrar o monstro de anos antes.

Surpresa com aquela revelação, percebi que começava a fazer sentido o comportamento precatado de meu pai em relação à irmã de mamãe.

Diligente, tia Manena pressionou-lhe os ombros com as mãos para que se acalmasse. Conduziu-o à cadeira e pediu que eu lhe trouxesse um copo de água, ao qual ele sorveu aos goles.

Frenético e com a fisionomia lívida, papai trazia os olhos vidrados — não sei se de raiva ou medo. Estava fora de si, como diziam na fazenda.

Valendo-se de autoridade, com um gesto delicado e firme, tia Manena segurou-lhe a face e fixou seus olhos nos dele. Aquele mesmo olhar, que tudo dizia, fez com que papai fosse se acalmando até começar a chorar. Verteu muitas lágrimas abraçado a tia Manena, até que se tranquilizou e foi para o banho quente que fecharia sua noite.

Fui para a cama com a impressão de que o medo deles ultrapassava o âmbito da saudade e da revolta. Impressão cuja causa minha alma pueril ainda desconhecia. No entanto, duas coisas nós três carregávamos na mesma medida: a apreensão de estarmos muito longe de Rosa e a impotência a que essa distância nos reduzia.

Acordei com a chuva batendo nas ventanas do meu quarto. Faltava pouco para as cinco da manhã.

Saltei da cama à procura de papai, mas não o encontrei. A marca de corpo sobre a colcha, sem desfazer a cama, denotava o quanto sua presença havia sido breve naquela noite. No chão, remexida, repousava a mala que levava suas roupas. A capanga, sempre dependurada em um prego na parede, não estava lá. A porta semiaberta e as janelas ainda fechadas sinalizavam que havia saído bem de madrugada.

Na cozinha, o fogão à lenha se esmerilava nas chamas para aquecer a casa mais fria do que de costume.

Senti um ruim percorrer minhas veias.

Fui ao quarto de tia Manena e encontrei-a ajoelhada aos pés da cama, a testa apoiada nas mãos entrelaçadas e envolvidas pelo terço. Introspectiva, com os olhos fechados e as feições contraídas, sussurrava palavras ininteligíveis em tom de súplica, apesar de perfeitamente interpretáveis. Não pareceu perceber minha chegada, já que não alterou seu ritual.

Fui me avizinhando a passos de pluma enquanto meus olhos corriam o quarto, iluminado por uma vela encorpada que chorava copiosa sobre um pratinho de porcelana. Sobre a colcha, à sua frente, um pano dobrado e um retrato em preto e branco de uma jovem com dois recém-nascidos no colo, na companhia de um senhor e um rapaz. Curiosa, corri as vistas sobre os objetos que nunca havia visto. Não me contive e fui me abaixando para pegar a foto, quando tia Manena deu por minha presença e descerrou as pálpebras inchadas.

Um sorriso à meia boca foi o seu cumprimento.

— É minha mãe, tia?

— Não — respondeu com voz fatirrouca enquanto se amparava na cama para se assentar.

— Quem são essas pessoas?

— Você e Rosa, no dia seguinte em que nasceram. O senhor da esquerda é o médico que fez o parto de vocês. A jovem que as carrega, filha dele, foi quem buscou socorro para sua mãe e ajudou a trazê-las ao mundo. Era estudante de Medicina na época. O rapaz garboso da direita é o namorado dela — disse correndo o indicador em cada um enquanto os contemplava.

Fiquei um tempo consumirando aquela fotografia — primeira imagem que me ligava ao passado que eu não conhecia. “Por que tia Manena nunca a mostrou pra gente? Estaria escondendo algo?” Não era momento de questioná-la a respeito. Queria, antes de tudo, saber de meu pai. Devolvi o retrato com ar de normalidade e sem demonstrar o desconforto que aquela imagem havia me causado.

— Cadê o papai?

— Foi para São Paulo.

— Como, tia?

— Pegou carona num dos caminhões de algodão que deixaram a fazenda nesta madrugada com destino à fábrica de tecido em Paraopeba, onde descarregarão parte da carga e seguirão para Belo Horizonte. De lá, seu pai pegará o ônibus com destino a São Paulo.

Conforme ela falava, notei o olhar baixo, a olheira escura e os sulcos em sua face que evidenciavam, além da tensão emocional das últimas horas, a exaustão de uma noite em vigília.

— Talvez seja melhor a senhora descansar um pouco, tia!

— Sono não descansa depois que o galo canta, Branca! — pontuou com trocadilho próprio.

Incomodada, fiz menção de pegar o pano dobrado que tinha visto pela primeira vez.

— Posso?

— Claro. Pertencia à jovem da foto — disse tia Manena enquanto eu o tirava, com apreço, do saco de tule.

De tecido nobre, o lenço branco, finamente acabado em ponto paris, trazia três letras bordadas em uma das pontas: ZAB.

— Que significam?

— Penso ser as iniciais do nome da jovem, talvez.

— Como ela se chama?

— Não me lembro.

— A senhora a conheceu.

— Sim, no dia em que o navio aportou no Rio de Janeiro.

E antes que pudesse perguntar detalhes sobre aqueles objetos, tia Manena levantou-se, não sem dificuldade, e me chamou para tomarmos um café.

— Por que a senhora sempre mudava de assunto quando eu e Rosa perguntávamos sobre o nosso nascimento, tia?— perguntei a caminho da cozinha, cuja janela entreaberta mostrava a torrente que descia do céu coberto de chumbo.

Nesse dia não fui à escola. Não pelo dilúvio, mas por tia Manena e por mim, pela conversa desejosa há anos.

Sentadas à mesa, servi-me de uma xícara de café com leite e ela, de uma de café puro. Sem se esquivar, relatou os fatos da forma como soubera por papai, pelo médico e sua filha — a jovem do lenço:

— Naquele ano de 1938, a Espanha estava em plena guerra civil. A bordo do navio francês Normandie, que trazia seus pais para o Brasil, estava a fatia mais abastada da sociedade europeia e americana: empresários, políticos, artistas, profissionais liberais e formadores de opinião, que viviam dias de puro luxo na primeira classe, entre festas, espetáculos e afins.

Seus pais, Modesto e Moreninha, acomodados na classe turística, permaneciam no anonimato, sem chamar qualquer atenção. Apreensivos, não frequentavam regalórios, almoços ou jantares sociais por dois motivos: pela pouca reserva financeira que traziam e por serem refugiados de guerra. E a viagem deveria continuar assim, se não fosse o destino com seus imprevistos.

Na véspera do baile mais esperado pelos passageiros e tripulantes, onde todas as classes se encontrariam no grande salão, Moreninha começou a passar mal. Contrações fortíssimas foram logo acompanhadas de excessivo sangramento.

Arriscando ter a identidade descoberta, Modesto deixou Moreninha na cabine e foi em busca de ajuda enquanto os gritos de dor atravessavam as paredes do pequeno aposento.

O clamor de desespero atraiu uma jovem e o namorado que excursionavam enamorados pelos corredores menos frequentados do Normandie. A porta entreaberta permitiu que se avizinhassem e percebessem quão séria era a situação. Notando que Moreninha delirava em meio ao sangue que descia com ímpeto, a moça pediu ao namorado que fosse buscar o pai com urgência.

Ansioso e aflito, Modesto retornava com a promessa de que o médico do navio, depois de atender aos beberrões no baile, viria à cabine, quando se deparou no corredor com um senhor vestido de gala, que trazia uma maleta a tiracolo, junto de um jovem aflito.

Vendo que se dirigiam apressados à sua cabine, Modesto perguntou àquele senhor se ele era médico. Mas os brados que se podiam ouvir àquela distância apressaram os passos do homem que já adentrou tirando o paletó, afrouxando a gravata e dobrando as mangas.

— Pai, o batimento cardíaco dela está muito alto e a pressão também. A bolsa estourou! — exclamou a jovem colocando uma toalha umedecida na testa de Moreninha.

— Você é o marido? — perguntou o médico com feição contraída a Modesto enquanto examinava a pressão de Moreninha.

— Sim, senhor.

— Quantas semanas?

— 33.

O doutor reagiu com olhar de desaprovação e espanto, mas diante do silêncio constrangedor de Modesto, com seus trajes simples e naquela cabine sem fausto, o doutor pareceu ter intuído as circunstâncias pelas quais estavam ali.

— A situação dela é grave! Faremos o parto de urgência.

— O quê?

— Pré-eclâmpsia — proferiu o médico, solicitando à filha a morfina e os instrumentos dos quais precisaria.

— Há algo que eu possa fazer, doutor?

— Você tem fé?

E antes que Modesto respondesse, ele ordenou:

— Segure a mão de sua esposa e reze. Reze muito! Reze para a Mãe do Alto ajudar esta mãe que está aqui.

Quanto ao namorado da filha, ordenou que ficasse de prontidão do lado de fora da porta. Ninguém deveria entrar e tampouco desconfiar do que estava acontecendo lá dentro.

Não foi um parto fácil, já que Moreninha chegou a perder os sentidos e sua situação se tornou crítica pela ausência de recursos locais, mas habilidade do cirurgião e a agilidade de sua filha, estudante de Medicina, naquela madrugada do dia 25 de fevereiro de 1938, trouxeram aos braços de Modesto e Moreninha não uma criança, como previam, mas duas meninas lindas e surpreendentemente diferentes. A primeira tinha os cabelos negros e a pele morena. A segunda, pele e cabelos claríssimos.

Moreninha recobrou a consciência, apesar de sua grave situação. O médico e a filha não arredaram o pé da cabine até a manhã do dia seguinte e se revezaram no cuidado de Moreninha e das recém-nascidas. A essa altura, Modesto já havia relatado aos dois a situação em que se encontravam e porque não podiam chamar atenção.

Era por volta do meio-dia quando o doutor foi aos seus aposentos na primeira classe. Voltou minutos depois, de banho tomado e acompanhado do comandante do navio.

A apreensão imensa que Modesto sentiu ao ver o comandante ali logo deu lugar ao alívio, quando o mesmo revelou que, a pedido do doutor — que era seu médico e amigo pessoal —, ele já havia solicitado uma ambulância a postos no porto do Rio de Janeiro e ajudaria os dois fugitivos e os bebês a passarem pela imigração, sem constrangimentos.

O doutor e sua filha permaneceram junto de Moreninha, Modesto e as recém-nascidas até a manhã do dia 27 de fevereiro de 1938, quando o Normandie aportou no ancoradouro fluminense.

Para a foto oficial no navio tão aclamado, pousaram o médico, a filha — que perante a imigração passou-se pela mãe das crianças — e o namorado. Foi nesse momento do registro, no convés, que a jovem tirou o lenço que trazia no pescoço e cobriu você, Branca, para protegê-la do vento.

Tia Manena sorriu raso, serviu-se de mais um pouco de café e concluiu a história:

— Moreninha desceu já na maca direto para a ambulância e de lá para o hospital. Modesto, com a ajuda do comandante desceu como tripulante e acompanhou a esposa. O médico e a filha desceram com você e Rosa e fizeram questão de ir ao hospital. Os dois tomaram a frente de tudo. Internaram Moreninha e deixaram com Modesto uma quantidade de dinheiro razoável para pagar as despesas médicas. Quantia essa que foi suficiente, também, para transportar para São Sebastião, o corpo de sua mãe, que veio a falecer no dia seguinte. Seu pai até hoje se sente grato à generosidade dos dois, os quais, tais como anjos, chegaram e partiram, sem deixar rastros.

Peguei o lenço à minha frente e trouxe ao rosto. Queria sentir aquele cuidado, aquela compaixão desmedida dos desconhecidos que nos ajudaram com tanto amor. Nesse momento, pedi a Deus que, um dia, eu pudesse fazer a eles pelo menos um pouco do bem que nos fizeram...

Tia Manena encerrou a conversa e se levantou, dizendo que precisava de um banho.

Como viemos a saber mais tarde, papai passava por uma viagem penosa para chegar à capital paulista. Alcançou a rodoviária de Belo Horizonte já no final da tarde e, por sorte, conseguiu bilhete para São Paulo na noite do dia seguinte. Dormiu por lá mesmo, sentado num banco de cimento, onde lhe faziam companhia iguais almas desabastecidas de recursos para uma cama quente de pensão.

Na noite seguinte, embarcou. Chegou à Terra da Garoa dois dias depois de deixar a São Sebastião. Com recursos escassos e sem a conta do tempo que ficaria na capital, ele estava movido a cafezinho, água e rapadura. Pergunta daqui, pergunta dali, de ônibus em ônibus, chegou ao hospital no qual Rosa permaneceu em tratamento.

Na recepção, papai soube que ela havia tido alta fazia dois dias. Custou a acreditar. Apresentou documentos pessoais e comprovou ser o pai. Solicitou verificação à atendente. Chamou o chefe do hospital. Pediu vista aos registros e nova aferição do quarto no qual ela deveria estar internada e também nas emergências e outros aposentos, por que não? Vai que a transferiram de local sem aviso...

Chegaram uma, duas, três, quatro enfermeiras. Todas puseram cobro à possibilidade aventada e afirmaram que a paciente, de fato, não mais se encontrava no hospital. Papai cresceu a voz de imigrante impoluto e solicitou a presença do médico responsável. Vieram três. Celeuma armada, levaram-no a uma saleta à parte.

Estampando aparente apatia, os médicos esperaram papai desaguar as aflições para depois discorrerem sobre o ocorrido.

O médico que conduziu o tratamento foi o primeiro a se pronunciar:

— Sr. Modesto, entendemos sua revolta e descomedida angústia, mas tudo o que foi feito neste ambiente foi em consonância com as responsáveis por Rosa Branca. A senhora Maria Magdalena se manteve todo o tempo ao lado de sua filha, e é prova de que fizemos tudo para reverter o seu prognóstico enquanto ela esteve neste hospital. A senhora Pilar, com quem conversávamos a respeito do tratamento, a qual, inclusive, trouxe um dos médicos mais respeitados da França, era sabedora de que somente uma intervenção cirúrgica de grande risco daria chance de vida à Rosa Branca, já que a possibilidade de vida normal, devido ao grau de sua estenose aórtica, estava, desde os primeiros exames, descartada.

Papai, com expressão de poucos amigos, mal podia acreditar no que escutava.

— Como assim? — interrompeu. — Pelo que estão dizendo, se a situação de minha filha já estava tão grave que ela não tinha outra alternativa que não a cirurgia, como então vocês permitiram que ela deixasse o hospital? — obtemperou com revolta, levantando-se da cadeira, antes de continuar. — O próprio Dr. Mário, do hospital de Curvelo, conversou ao telefone, na minha presença, com um médico daqui e ele confirmou que minha filha não tinha previsão de deixar o hospital, motivo que ultimou a ida de Manena à Curvelo, para buscar a mim e à Branca, além dos pertences de Rosa.

O segundo médico tomou a palavra, expondo documentos do hospital, assinados por tia Pilar:

— Sr. Modesto, vínhamos conversando com a senhora Pilar Franco, responsável legal por sua filha, a qual se intitulava a porta-voz da família, como bem atesta os registros administrativos e financeiros desta entidade. O senhor há de convir que não tínhamos motivo para desconfiança, pois era ela quem nos cercava nos corredores e tomava a frente de tudo. Não foi uma nem duas vezes que solicitamos a ela a presença do senhor, o pai, para expormos a real situação de sua filha, bem como as considerações da equipe médica. Como a senhora Pilar sempre descartou seu comparecimento, reunimos — toda a equipe responsável e ela — há cerca de uma semana, e deliberamos que Rosa Branca encontrava-se pronta para ser submetida à cirurgia. Somente o transplante valvular seria a saída para um quadro tão severo e que deveria ser realizado o quanto antes, apesar do risco de morte mostrar-se tão ou mais alto do que a expectativa de sucesso. Isso porque as válvulas mecânicas disponíveis no mercado não têm se apresentado tão eficientes e não temos registros no Brasil de um paciente que tenha sobrevivido mais do que alguns meses após tal procedimento. Havia, portanto, alto risco em se realizar ou não o procedimento cirúrgico. Diante disso, se a família optasse pela não cirurgia no momento, manteríamos a paciente aqui ou a transferiríamos para outro hospital com iguais recursos. Mas se a família, sabedora das implicações decorrentes do procedimento cirúrgico, optasse por correr o risco, nós realizaríamos a cirurgia o mais breve possível. Foi então que a senhora Pilar Franco disse que se reuniria com os familiares para dar conhecimento dos fatos e, juntos, decidiriam o que fazer.

O terceiro médico obtemperou:

— No dia seguinte, ela nos procurou dizendo que, por causa do alto risco, optaram pela não cirurgia no momento e decidiram transferi-la para o hospital de Curvelo, face aos custos de mantê-la aqui ou em outro hospital de igual categoria e também para ela poder ficar próxima dos seus. Pediu-nos apenas uns dias para que o médico francês que já havia avaliado Rosa Branca na semana em que ela deu entrada neste hospital, chegasse novamente, desta vez para validar a decisão da família e acompanhasse Rosa Branca no retorno à cidade mineira.

Papai até considerou uma refrega ali mesmo, mas não tinha o que contrapor diante da exposição meticulosa dos fatos e da evidência de que tia Pilar havia, sim, maquinado para levar Rosa do hospital, sem que soubéssemos. "Mas por que isso? Seria por alguma aresta do passado? Não. Não poderia ser. Não havia nada que justificasse submeter uma criança indefesa a tamanho risco e sofrimento." Entretanto, o que papai não punha dúvida era que somente uma alma empedernida seria capaz de tamanha frieza e atrocidade.

Nocauteado pela dolorosa constatação, fraco e com a pressão mais baixa do que o normal, papai foi socorrido e obrigado a alimentar-se, tão logo os médicos souberam das muitas horas em que se encontrava sem colocar comida decente no estômago.

A essa altura, compadecidos do pesar indizível de meu pai, os médicos, depois de um telefonema para a sede da fazenda e outro para o hospital de Curvelo, evidenciaram que se tratava de algo muito mais sério: o sequestro de uma criança com evidente risco de morte.

As presenças de guardas-civis e do inspetor de polícia foram solicitadas. O diretor do hospital, o Serviço Social e toda a equipe médica, além das enfermeiras que atenderam Rosa, uniram-se para prestar todos os esclarecimentos necessários para que a busca começasse a ser feita. Todos se prontificaram em ajudar no que fosse preciso, mesmo sabendo que a fautoria, àquela altura, poderia ser tardia.

Com o coração dilacerado, papai escutou o médico relatar ao inspetor de polícia os últimos momentos em que esteve com Rosa e de sua felicidade por estar indo ao encontro do pai e da irmã. Sem fôlego para continuar acompanhando os depoimentos dos que estiveram com Rosa, meu pai deixou o hospital na companhia de um guarda civil, portando os dados do médico francês e uma cópia do documento assinado por tia Pilar, no qual assumia a responsabilidade pela retirada de minha irmã do hospital.

Na delegacia, tomaram-lhe os documentos, o endereço fixo e tudo mais de que necessitavam para abrir a ocorrência. Garantiram que iniciariam as buscas em todos hospitais, portos, aeroportos, rodoviárias, rodovias de acesso à capital e Embaixada Francesa. E que, na iminência de qualquer notícia, entrariam em contato.

No dia seguinte, o delegado disse ao papai que foi constatada a informação de que o avião particular que havia pousado na fazenda retornou a São Paulo naquela mesma manhã e deixou o país, à tarde, com destino aos Estados Unidos. Papai não se aguentou nas pernas diante da revelação e caiu de joelhos. Com as mãos na face, gritou de desespero. O delegado tentou acalmá-lo dizendo que eles já haviam entrado em contato com a Embaixada Americana, e que, diante das informações, o sequestro havia se configurado crime internacional, o que levaria outras polícias a entrarem no caso em terras estrangeiras.

Assim que conseguiu se colocar de pé, papai dirigiu-se para a Embaixada Francesa, uma vez que o médico francês e tia Pilar possuíam residência na França. Sete horas foi o tempo que levou para ser atendido e só saiu de lá depois de oficializado o ocorrido. Por ser imigrante, procurou também a Embaixada Espanhola.

Quatro dias foi o período que meu pai ficou em São Paulo, hospedado em uma pensão na mesma rua da Delegacia de Polícia, onde marcava presença diariamente à guisa de notícias de Rosa. Sem mais o que fazer na capital paulista, pegou o ônibus de volta para casa com a sensação tão pungitiva que só os que tiveram o coração alanceado por igual dor saberiam mensurar.

Com barba por fazer, mais magro e tomado de angústia, papai chegou em casa desolado. Relatou-nos os pormenores de sua viagem, sem esconder o sentimento de culpa que carregava por ter aceitado a ajuda daquela mulher, cujo nome deixou de ser proferido entre nós.

A fealdade do acontecido chocou a fazenda e as comunidades vizinhas. Curiosos se aglomeravam à porta de nossa casa e o quintal virou ponto de reza. Sinhá Preta e Corsino não arredavam o pé de nossa varanda, na tarefa de dosar as visitas, impedindo as indiscretas e espanando as que insistiam na retoma do assunto.

O Sr. Honorato usou de sua influência e moveu vasta rede de contatos em prol da busca por minha irmã: do delegado de Curvelo a desembargadores da capital mineira e juízes de São Paulo, além do pedido pessoal a Milton Campos, então governador de Minas Gerais. Em contato com a família Franco, na Espanha, teve a triste notícia de que o Sr. Josef Franco, seu amigo pessoal e pai de tia Pilar, estava hospitalizado há mais de ano por haver sofrido um atentado, do qual decorreu-lhe um derrame e diversas sequelas. Os empregados do Sr. Josef, mesmo condoídos com o triste episódio envolvendo a única herdeira do moribundo, revelaram não estarem aptos a fornecer notícias daquela que abandonou o pai — e o país — há anos e nunca mais tomou saber da existência de ambos.

Os primeiros dias de dor, arrastados pelo entra e sai sem fim em nossa casa, pareceram ser eternos. Na segunda semana, um contingente bem menor ainda se mantinha firme. Na terceira, a poeira já havia baixado e a vida na fazenda parecia ter voltado ao ritmo normal, exceto para nós, que mal dormíamos, mal comíamos, mal vivíamos.

Já fazia três meses que não tínhamos notícias de Rosa, quando o João

Preguiça, filho de Mariquita, empregada antiga da sede, bateu em nossa porta, lá pelas tantas da noite. Habitualmente metido a sebo, ele estava descomposto, com a crista baixa e uma garrafa de bagaceira pela metade. Choroso, chamou papai no particular. A alguns metros de nossa porta, revelou ser ele quem noticiava nossa vida à tia Pilar, bem como todos os passos de papai, desde a primeira vez que ela visitara a fazenda. Segundo declarou, a cada três dias, pelo menos, ela ligava para a sede, no horário em que o Sr. Honorato e D. Faustina não se encontravam, para saber as novas que ele levantava, de forma discreta, junto a todos que conhecíamos.

Utilizando de sua liberdade na casa, onde cresceu de pé descalço e arrastando o bico no assoalho, e por ser sua mãe a empregada de confiança dos patrões, ele não levantava desconfiança da criadagem. Todos os residentes daquelas terras não escapavam às perguntas constantes do moço, que, de repente, passou a ostentar relógio de pulso, calça de vinco e cruzeiros na carteira sem nunca ter bulido uma enxada.

Mas, naquele momento, aquela alma nauseada carecia do perdão de papai. Isso porque, além do açoite de sua consciência, desde que soubera do cruel destino de Rosa, a mãe de João Preguiça, mulher de fé e boa conduta, descobrira a safadeza do filho e ameaçava pô-lo fora de casa, caso não confessasse sua desonra.

E papai, ah!, com os nervos mal temperados, podia ter-lhe dado aquela coça, já que João Preguiça bem que o merecia. Mas no lugar disso, para desespero do rapaz, da boca de papai não saiu palavra alguma. Ao contrário! Depois de ouvir a confissão, deu-lhe as costas num sinal de pronto desprezo e, daquele dia em diante, passou a reservar-lhe o mais cáustico silêncio.

Quando entrou em casa, papai estava de uma palidez cadavérica, própria de quem é apresentado a uma astúcia inaudita minimamente planejada, digna de medo tamanho que não lhe permitia permanecer mais na espera. E aquela noite bastou para que tomasse uma decisão que vinha burilando fazia tempo.

Era manhã de sábado e o céu se abria em prosa naquele final de novembro de 1950, quando papai foi ter com o Sr. Honorato para uma conversa tão custosa quanto esperada.

Sabedor de que nossa vida nunca mais seria a mesma naquele chão, o dono da fazenda poupou o farrapo humano à sua frente — que nem de longe lembrava o homem de antes — do trabalho de explicar o que não carecia de ser dito. Não que meu pai tivesse dado para trás na labuta, muito ao contrário! Passara a trabalhar muitas horas mais e desatinadamente no afã de espantar os pensamentos que lhe consumiam a alma endurecida. O que sucedeu é que ele já não vivia ali, apenas existia.

— O que posso fazer por você, Modesto? Diga-me algo que traga um pouco da paz que lhe tiraram.

Cabisbaixo, a face macerada de papai não escondia a água rasa que descia de seus olhos fundos, diante daquele que o empregou na confiança, quando chegou à São Sebastião há quase 13 anos, viúvo de pouco e com duas bocas para tratar.

— Meu acerto e a ajuda do senhor, se puder, para conseguir um emprego em Curvelo — respondeu, envergonhado de sua fraqueza.

— É decisão tomada?

— É sim, senhor. O senhor sabe... tenho vivido neste desassossego de correr à cidade para colher notícia de minha filha — parou enquanto puxava o ar que lhe faltava no peito, ao evocar a lembrança de Rosa. — Manena tem posado de forte, mas a casa soturna tem sido grande demais para ela, que anda com o nervo frágil. E, de mais a mais, Branca Rosa está mocinha e carece continuar os estudos em colégio de série — justificou papai.

De fato, os sábados de meu pai passaram a ser dedicados à romaria que fazia à delegacia e ao hospital de Curvelo, além da passagem na telefonista para fazer contato com o delegado de São Paulo, que já se escusava das ligações, por não haver informação do paradeiro de minha irmã.

— Mas o senhor não se preocupe! — continuou papai. — Se me permitir, treinarei o Tião das Moça e o Custódio para dividirem o serviço. Ou, se preferir chamar um de fora, ensino e fico até que ele esteja seguro da lida.

— Não tenho dúvida, Modesto, e isso não me apoquenta! É certo que vou perder meu melhor empregado, por que não dizer amigo? Mas, se for essa a sina, que seja para causa melhor. Dê-me uma semana para eu ver no que posso te ajudar em Curvelo. Neste meio tempo, quero que vá treinando os dois, sem alarde. Deixemos o rebuliço para a hora certa.

Papai voltou para casa, mas guardou segredo da conversa na sede, quiçá por não querer criar expectativa em nós, já que tia Manena vivia chorando pelos cantos e eu, que há muito havia deixado de brincar na rua, andava desanimada com a escola.

Era domingo da semana seguinte e voltávamos da missa rumo ao Campo Santo quando Teobaldo, trazendo o Sr. Honorato no carro, parou-nos no caminho.

— Notícia boa a gente não guarda! — saudou o dono da fazenda, esboçando sorriso farto enquanto descia do automóvel.

Ante à saudação alvissareira, papai aprumou os ombros e ajeitou a calça, segura por uma corda noseada desde que desceu quatro pares na numeração.

— Teobaldo vai levá-los a Curvelo amanhã para conhecerem a nova casa de vocês. E você, Modesto, vai na fábrica de tecidos ter com o seu superior, que quer lhe conhecer e ver se está apto ao serviço.

Aquela notícia auspiciosa nos pegou de surpresa e trouxe novo ânimo. Tia Manena avermelhou a face e marejou as vistas. Papai, com a voz embargada, manifestou o que sentia num olho no olho e aperto de mão do Sr. Honorato. Quanto a mim, sorri de uma orelha a outra. Riso mudo, riso de esperança.

Ficamos um tempo grande no Campo Santo. Papai deu um trato no túmulo de mamãe enquanto eu e tia Manena colhíamos flores. Rezamos o terço em gratidão pela chance de futuro que se anunciava.

Na volta para casa, minha inocência alimentava a esperança de que morando em Curvelo, eu estaria mais perto de Rosa. Mas o que eu viria a experimentar em pouco tempo era que a distância de um oceano que nos separava não machucava mais do que a incerteza de saber se ela estava viva e bem, mesmo longe da gente.

Capítulo VI

Quando o galo cantou no dia seguinte, já estávamos de pé à espera de Teobaldo. Papai se encontraria com o gerente de produção da fábrica Othon Lins Bezerra de Mello na primeira hora da manhã enquanto eu e tia Manena visitaríamos a casa, instalada na rua 2, no bairro operário Maria Amália.

De posse da chave, Teobaldo nos apresentou a morada de varanda acanhada, três quartos, sala, copa com cozinha e banheiro, igual a todas do bairro. Assim que adentramos, sentimo-nos acolhidas por aquele novo lar que se nos apresentava como uma oportunidade de recomeço. A construção era mais ampla do que a nossa, porém, menos sofisticada, já que não havia as árvores em constante frutescência, como tínhamos na fazenda, nem as cercas ramadas de chuchu que limitavam nosso horto com o dos vizinhos e nem o ar puro e único que só se encontrava no campo. Mas, ainda assim, enchia-nos os olhos e o coração. Eu e tia Manena perscrutamos cada detalhe da casa e medimos palmo a palmo o pequeno quintal, para abrigo de nossa horta, que seria largamente reduzida, e de nossas galinhas.

Com a felicidade que nos alcançou de repente, não percebemos o momento em que Teobaldo deixou-nos para buscar o papai que, assim que se encontrou conosco, comunicou que começaria no emprego novo ao cabo de dez dias.

Abraçamo-nos triplamente.

De volta à fazenda, fomos para a casa e papai seguiu para sede, ansioso por contar as novas ao Sr. Honorato. Para sua surpresa, o patrão esperava-o com o acerto em mãos, como se já soubesse dos fatos. Diante do evidente espanto de papai, o patrão amenizou dizendo que havia mandado fazer as contas, na mesma semana em que conversaram, intuindo que precisaríamos de dinheiro. Mas o que papai viria a saber anos depois era que seu emprego estava garantido com o proprietário da Fábrica, que era amigo pessoal do Sr. Honorato e um dos maiores compradores do algodão da São Sebastião, antes mesmo de sua entrevista.

— Obrigado pela paz que está me proporcionando! — disse papai em pura gratidão.

— Só estou respondendo à sua dedicação e lealdade de todos esses anos, meu caro.

— Quanto à casa, gostamos demais e confesso que foi a primeira vez, desses tempos idos, que vi ânimo nos olhos de Manena e de Branca. Mas não sei se com o meu vencimento poderei pagar o aluguel, já que nossas despesas darão um salto.

— Quem falou em aluguel, Modesto?

— Como não? Soube que quase todas as casas da Vila Maria Amália pertencem à Fábrica, que cobra pela cessão aos seus funcionários.

— Disse bem: "quase"! É que qualquer empregado pode comprar uma casa da Fábrica, dando uma entrada de mais da metade do seu valor e dividindo o restante em 20 anos.

— Mas não tenho recurso para isso, Sr. Honorato! Bem sabe que consumi minhas economias com o tratamento de Rosa ao longo desses anos e o que nos resta é muito pouco.

O Sr. Honorato se levantou, caminhou até a sua escrivaninha e tirou da gaveta um documento lavrado em papel encorpado, que ostentava no canto direito o selo da Companhia Othon Lins Bezerra de Mello. Ele o passou às mãos de papai.

— A casa é de vocês, Modesto! É presente meu e já está em seu nome.

Papai não sabia o que dizer. Levantou-se e deu um abraço de irmão naquele homem de coração generoso que sempre fora muito mais do que patrão.

Emocionado, o Sr. Honorato apartou-se e foi para a janela dizendo que não era sujeito de nervo mole como papai. De costas, disse que meu pai não lhe devia nada, já que fez, com esmero, durante todos esses anos, muito além do que lhe fora confiado... e que agora estavam quites. Em seguida, com um gesto de mão para que papai se retirasse, sem conseguir esconder a comoção, disse a meu pai que seguisse em paz e que aquele seria o adeus entre eles.

No caminho para casa, papai foi relembrando a primeira vez em que esteve com o dono da fazenda, naquela mesma sala, para pedir emprego. A desconfiança estampada nos olhos do patrão diante do imigrante desconhecido caiu por terra logo na primeira semana, quando papai mostrou bem entender as estações das almas e das coisas, além da arte de lidar com a terra e com gente como poucos.

Mas, curiosamente, havia algo em comum entre a chegada àquelas terras, anos antes, e agora, a partida: em ambas, o coração de papai estava dilacerado. Antes, pela perda de mamãe. Agora, por Rosa.

Assim que soubemos do presente recebido do Sr. Honorato, ficamos numa alegria santa, afinal, iniciaríamos nova vida em uma casa nossa, onde alimentávamos a esperança de que a ausência de Rosa fosse menos punitiva.

Sinhá Preta e Corsino, os primeiros com os quais dividimos a notícia de nossa partida, ficaram com a emoção à flor da pele, apesar de saberem o quão a lembrança de Rosa nos vergastava ali. No mesmo dia, papai chamou todos sob sua administração e fez o comunicado. Apanhados de surpresa, cada um se manifestou à sua maneira, fazendo meu pai sentir o quanto era respeitado e querido naquelas terras. Depois de baixada a poeira, ensaiaram fazer uma fogueira para a despedida, o que papai logo descartou, pois, apesar da esperança de vida nova que se apresentava, seu coração não estava para festa.

Como a mudança já se avizinhava, tia Manena pôs-se a amassar biscoitos enquanto eu colhia flores para presentearmos, um a um, aos nossos vizinhos.

Há dois dias da partida, a meninada da vila baixou em nossa casa para a despedida que tia Manena organizou com bolo de recheio e suco farto. Na véspera, fomos os três ao Campo Santo. Palco da nossa rotina, o túmulo florido que, de alguma forma, mantinha mamãe presente, foi-nos a despedida mais doída.

O dia da mudança naquele dezembro de 1950 amanheceu com o sol já alto e Teobaldo diante de nossa porta. As três camas e a mesa com cadeiras, essas encomendadas anos antes a um velho marceneiro da fazenda, foram de carona no dia anterior, na carroceria do caminhão de algodão. Nós, os mantimentos e o resto da mudança, fomos no veículo de carroceria cedido por D. Faustina.

Nosso enxoval acanhado compunha-se de poucos utensílios de cozinha, oito toalhas de banho, quatro mantas e seis jogos de cama; poucos panos de prato e três toalhas de rosto. Além das roupas, sapatos e objetos pessoais, que foram adquiridos com o suor de papai e de tia Manena, levamos apenas o que era vivo: as nossas galinhas, galo e pintinhos. A horta foi entregue aos nossos vizinhos de cerca. O restante, aquele excesso ganhado nos últimos anos e que não nos trazia qualquer regozijo, foi democraticamente dividido. Os livros, para a escola. Roupas, sapatos e brinquedos, para as crianças da vila.

Não me lembro muito dos momentos que precederam a partida. Só sei que foi numa quarta-feira e as ruas estavam vazias. Corsino, que faltou à escola para se despedir de mim, com os olhos inchados, trazia um maço de flores nas mãos. Sorri e agradeci pelo mimo, sem imaginar a falta que sentiria dele em muitos momentos dali em diante. Para compensar, o abraço que Sinhá Preta me deu deixaria em meu coração um calor que me aqueceria por anos.

O carro partiu. Olhei pra trás e vi Corsino correndo na poeira que as rodas levantavam. Mas, desta vez, ele chorava enquanto a gente ganhava distância e ele ia ficando no caminho.

Era pouco antes do almoço quando terminamos de descarregar o carro no endereço novo. Soltas no quintal, as penosas já se sentiam em casa.

Na esperança de que a mudança daria cabo ao meu sofrimento, rumei ansiosa para o novo quarto. Mas os poucos minutos ali quase me mataram de saudade de Rosa. Tia Manena, que parecia me conhecer mais do que eu mesma, veio ao meu encalço e abraçou-me.

— Vamos transformar essa dor em amor, Branca! — disse ela. — Não vamos nos permitir sermos vítimas! Não interessa o que nós esperamos da vida daqui pra frente. O que importa, de fato, é o que a vida espera da gente diante deste infortúnio. Reagir com fé, esperança e coragem é o mínimo que devemos oferecer a nós mesmos. Vamos nos ajudar, está bem?!

Essas palavras — Deus sabe lá a que custo se firmaram no coração da minha tia — bastaram para que eu reagisse:

— A senhora tem razão! Faremos tudo como se Rosa estivesse aqui! Onde quer que ela esteja, precisa sentir que estamos bem e esperamos por ela.

Papai logo entrou no quarto dizendo que aproveitaria a presença de Teobaldo e daria um pulo no comércio para comprar o fogão, o gás e um filtro — objetos indispensáveis à vida citadina que impactou-me de imediato. Sim, porque, naquela época, uma cozinha sem fogão à lenha era novidade para mim, tanto quanto a ausência de cisterna no quintal e o banheiro com chuveiro de água quente e vaso de assento. Mas a novidade maior ficou por conta da luz, que não provinha de lampiões ou velas, e sim de uma lâmpada pendida por um fio em cada cômodo e que não se alimentava por gerador.

Nesse meio tempo, colocamos a casa em ordem e esperamos papai e Teobaldo com uma paçoca de carne seca sobre a mesa, a qual tia Manena havia preparado de madrugada.

Os dois entraram carregando um luzente fogão vermelho. Quatro bocas, forno embutido e lindo de doer! Em seguida, o botijão de gás e o filtro, daqueles de barro que deixavam a água com gosto terroso de vida. Depois de forrar o estômago, Teobaldo se despediu. E a esperada vida nova começou ali.

Naquela tarde, ocupamo-nos do galinheiro e nos dias seguintes pintamos o nosso lar: as paredes de branco e as portas e janelas de cinza. O chão de cimento queimado ganhou fulgor com o polimento de nossas mãos e virou espelho.

Dois dias depois, papai começou no emprego novo e, como não podia deixar de ser, passou a trabalhar horas a mais para abrandar a olímpica dor que carregava. Tia Manena, que logo fez amizade com a vizinhança, afeiçoou-se, de forma especial, a duas irmãs: Felícia e Vicência.

Para ajudar nas despesas, minha tia passou a costurar para fora junto com Felícia enquanto Vicência trabalhava na fábrica de tecidos. Eu, de volta à escola, também assumi os afazeres da casa, que, aos poucos, foi ganhando os contornos da gente. Um jardim aqui, um sofá ali, a horta acolá, um armário em cada quarto... A primeira geladeira. O suficiente.

Durante os três anos seguintes, papai esteve inúmeras vezes nas delegacias de Curvelo e Belo Horizonte. Por duas vezes, foi a São Paulo ter com o delegado que acompanhava o caso e também nas embaixadas. Nada. Nenhuma informação, além da de que o renomado médico francês, localizado pela polícia internacional, falou a verdade quando disse que não tinha qualquer relação com tia Pilar, salvo a profissional. Com honorários cobrados a peso de ouro, veio ao Brasil por duas vezes para acompanhar o tratamento de Rosa, sendo que, na última, foi para dar a palavra final quanto à transferência no dia em que minha irmã deixou o hospital de São Paulo. Autorizou uma viagem curta com prescrição austera e acompanhamento de um médico cardiologista, na certeza de que o avião contratado por tia Pilar — e conferido por ele quanto aos equipamentos necessários para minimizar o risco de Rosa deixar o hospital na condição em que se encontrava — voaria para Curvelo. Foi a última vez que as viu. Retornou à França no mesmo dia, pelo aeroporto de São Paulo, em avião de carreira. Depois dessa, nunca mais tivemos qualquer informação.

Conforme o tempo foi passando, fomos aprendendo a não deixar a dor nos dominar. Não que ela tivesse diminuído, muito ao contrário. Mas não permitimos que ela nos parasse, embora, muitas vezes, os cansaços impacientes quase nos fizessem desistir da virtude que nos mantinha de pé: a esperança.

Papai ganhou uns poucos quilos dos muitos que perdeu desde que Rosa foi tirada de nós. Aos cinquenta, ele permanecia bonito, apesar das várias cicatrizes que trazia nas costas, ao que dizia, sem nunca ter entrado em detalhes, serem consequências de um infortúnio. Alto, tinha cabelos lisos que cobriam a nuca e olhos de um tom que nunca vi igual — aos que Rosa dizia serem da cor de lápis-lazúli, como os dela. No entanto, nevoou a cabeça e perdeu viço antes do tempo. De fato, ele já não era mais o mesmo. Nunca mais cantou ou pegou na viola. Eu e tia Manena nos desdobrávamos para arrancar-lhe um sorriso ou um riso raso que fosse.

Tia Manena, cuja religiosidade era alimentada diariamente, desenvolveu, ao longo dos anos, a arte de sofrer sorrindo e tornou-se, mais ainda, o pilar de nossa casa.

Quanto a mim, não havia uma manhã sequer que eu não pedisse a Deus que o sol raiasse para Rosa naquele dia, ainda que o céu se cobrisse de chumbo para nós. Madurei antes do tempo e passei a temer que as pessoas que eu amava me fossem tiradas a qualquer momento. Apeguei-me ainda mais à minha tia e ao meu pai, e me fechei para o mundo. Séria ao extremo, poucas coisas me traziam alegria, como a visita de Corsino e Sinhá Preta de quando em quando. É que a dor, quando passa da conta, começa a fazer estrago por dentro e a gente não percebe.

Em relação à tia Pilar, eu não lhe tinha indiferença. Tinha raiva mesmo, tão grande que beirava ao ódio, sempre contido pela tia Manena, que intervinha com orações quando ele aflorava. Graças à sua súplica constante pela intervenção divina, passei a acreditar, por incrível que parecesse, que Deus nos dava — ou permitia que nos acontecesse — aquilo que, embora não entendêssemos, mais nos convinha.

Dediquei-me aos estudos como quem os tem como único alento de vida. Sim, porque só eles mantinham minha cabeça ocupada e mostravam-se caminho para eu cumprir as promessas que havia feito à Rosa: a de buscá-la e a de encontrar a cura para sua enfermidade.

Quase seis anos se passaram do dia em que minha irmã foi tirada de nós e eu ainda acalentava, sem dividir com ninguém, a esperança — cientificamente descartada pelos médicos e pessoas mais próximas — de que ela estivesse viva. "Será que tia Manena e papai também acreditavam nisso?" Era algo que eu ansiava em perguntar a eles, mas não tinha coragem. Talvez o medo de abrir-lhes a cicatriz que aparentemente estava fechada falasse mais alto. Ou talvez por receio de escutar da boca deles que comungavam com a opinião médica de que Rosa, provavelmente, já não estivesse viva... O que sei é que a revolta, escondida na saudade, foi se enclausurando dentro de mim de tal forma que passou a fazer muita sombra onde carecia de luz.

Prestes a completar 18 anos, conversava com tia Manena sobre namoro quando, sem medir as palavras que há muito segurava entre os dentes, perguntei a ela por que não se casava com papai. Dessa forma aplacaria a solidão do corpo e poria fim à falácia que corria à boca miúda de que eram amasiados, para contragosto dos dois.

Diante da ousadia da pergunta — de foro íntimo, reconheço —, pensei que ela fosse se sentir ofendida ou, no mínimo, me chamar à compostura. Mas, para minha surpresa, além de revelar-me parte de sua vida que deu origem à resiliência que trazia e que veio sendo forjada através dos anos, ela me ensinou, nesse dia, lições que eu levaria para sempre, como o que era viver sem se preocupar com que os outros pensavam, o que era compaixão de verdade e as muitas formas de servir a Deus.

Tia Manena, mulher sensível de temperamento firme, pousou em mim seus olhos de folha seca e, com expressão de cumplicidade eterna, respondeu, com a simplicidade e leveza de quem sabia o que queria, que jamais ocuparia o lugar daquela que sempre foi única. Além do que ela já era casada com Deus e com nossa família há muito tempo e isso não carecia de papel.

Buscou no quarto uma caixinha de madeira, a mesma que abrigava os seus segredos como a foto que me apresentou anos atrás. De dentro, tirou a única ponte com o seu passado: uma fotografia marcada pelo tempo de um jovem vistoso de olhos verdes transparentes. Raimundo de Figueiredo era o nome dele. Cresceram juntos na São Sebastião e as mães eram comadres.

Quando tia Manena perdeu a mãe, tornando-se órfã aos 17 anos, foi nos braços do mancebo que ela buscou amparo durante o cortejo. Então, naquele dia, veio às claras o que muitos já sabiam: que eles se gostavam desde que entraram na adolescência.

O pai dela, homem tosco e sem freio na língua, não pareceu ter aceitado a contento o fato e, num dia de fogueira, quando faziam a Festa da Colheita na fazenda, com uns goles a mais na cabeça, disse a quem quisesse ouvir que sua menina estava lhe matando de desgosto. E como se não bastasse a perda da esposa, agora lhe vinha novo golpe: a filha única se enamorando de um pé rapado cheirando a leite, que não tinha eira nem beira.

Esse desabafo feriu como punhal a família de Raimundo. Nunca se soube como a conversa chegou tão rápido a quem não deveria, nem se o portador foi fiel ao dito. O que ocorreu a partir dali foi que o moço, talvez vestido pelo manto do orgulho e investido mais de covardia do que de coragem, terminou com tia Manena no dia seguinte e ganhou o mundo, como diziam por lá.

Uma estação depois, na surdina, os pais e a irmã de Raimundo deixaram a fazenda para nunca mais voltarem.

Tia Manena desgostou de paixão. Foi para um convento no Rio de Janeiro de onde só retornou 16 anos depois, formada em letras, falando três idiomas e prendada em costura, com a sina de cuidar do pai doente, que ficou em uma cama por dois pares de anos até que adormecesse para não mais acordar.

De volta ao convento na cidade maravilhosa, passados dois anos da morte do pai, recebeu aquela que seria a última carta de Moreninha, comunicando que carregava uma criança no ventre — sim, porque, à época, ninguém supunha que seriam duas — e que estavam de partida para o Brasil a bordo do SS Normandie, cuja data prevista para chegada no porto do Rio de Janeiro seria no dia 27 de fevereiro do ano de 1938.

Na completude dos seus 40 anos, quando o tão esperado transatlântico da flâmula azul aportou pela primeira vez em águas brasileiras trazendo europeus e americanos, tia Manena estava lá e reconheceu a menina da qual cuidou até os dois anos de idade. Foi ela quem acolheu mamãe, bastante debilitada, assim que deixou o navio rumo ao hospital.

No dia seguinte, na manhã de segunda-feira daquele 28 de fevereiro de 1938, na presença de papai, minha mãe, muito fraca e já cega, pediu à tia Manena que nos tomasse como filhas e que, junto de papai, fosse a família que precisávamos. Tia Manena recordou, com emoção, o sorriso e as lágrimas que fez brotar na face de mamãe ao prometer que cuidaria de nós como cuidou dela e que sempre nos faria conhecer a mãe que tivemos. No início da tarde daquele mesmo dia, o corolário da eclâmpsia levou mamãe.

Tia Manena, que não era nada de mamãe além de babá e amiga, abandonou o convento e os votos para se dedicar à criação minha e de Rosa, bem longe da capital e da vida de reclusão que escolhera, apesar de manter-se casta.

Quanto ao seu amor da adolescência, ela não falou se ainda nutria sentimento de afeto por ele, mas foi impossível desconsiderar o lampejo de luz que irradiou de seus olhos quando revelou que, passados quatro anos que já estávamos em Curvelo, reencontrou Raimundo de Figueiredo na Praça da Matriz de Santo Antônio, ao sair da missa, num domingo pela manhã.

Ambos olharam-se frente a frente por longo tempo até que papai, sem saber que se tratava de um reencontro orquestrado pelo destino, interrompeu aquele silêncio que tanto tinha a dizer. Cumprimentou Raimundo com um gesto de cabeça, deu o braço à tia Manena e disse que precisavam voltar para a casa.

Semanas depois, a mesma praça voltou a ser palco de sua história, só que desta vez de uma triste passagem. A irmã de Raimundo, ao encontrar tia Manena na saída da missa, noticiou que ele, já avô e viúvo, havia morrido na tarde daquele domingo em que se encontraram. Naquele mesmo dia, no almoço em família, ele estava feito criança quando falou do encontro fortuito. Por volta das quatro da tarde, ele fez sua passagem, sentado na poltrona de sua casa, com um sorriso suave estampado nos lábios, esboçando a alegria de quem havia experimentado o sol depois de anos de chuva. A irmã de Raimundo finalizou a conversa dizendo à tia Manena que há décadas não o via tão feliz.

Essa foi a primeira e última vez que minha tia, tão reservada quanto culta e prendada, falou de sua vida casta e de seu grande amor. E, mais do que isso, ela se revelou exemplo de quem fez das vicissitudes da própria vida um espelho de amor ao próximo.

Capítulo VII

Era janeiro de 1956, quando fui aprovada para o curso de Medicina na Universidade de Minas Gerais. A notícia promissora trouxe novo viço ao papai e à tia Manena, e foi a primeira vez que celebramos algo, desde que Rosa foi levada.

Na celebração a três, durante o jantar, falamos sobre a vida que tomaria novo rumo. Sonhos, mudança de cidade, inseguranças e amenidades cotidianas. A felicidade que mamãe sentiria se estivesse viva. O orgulho que Rosa sentiria se estivesse conosco. E quem duvida de que elas não estavam? Para mim, estavam mais presentes do que nunca!

A despeito da alegria que eu sentia, fui dormir com uma saudade que me torturava a alma. Tia Manena foi ao meu quarto prosear um pouco. Pressentia que a melancolia estava fazendo hora extra dentro de mim.

Conversa vai, conversa vem, falamos sobre a saudade que eu sentia de Rosa e a vontade que eu tinha de ter conhecido minha mãe, com a qual, aliás, todos diziam que eu estava cada vez mais parecida. Confessei que sempre guardei o desejo de ter uma foto dela ou alguma lembrança, qualquer que fosse.

Tia Manena pediu licença e se retirou. Poucos minutos depois, retornou trazendo a foto e o lenço, apresentados outrora, além de um envelope em mãos.

— Para você, Branca! — exclamou, entregando-me os três objetos. — Esses dois primeiros, que você já conhece, são seus por direito. Já o conteúdo deste envelope é a única coisa que tenho de sua mãe: a última carta que ela me escreveu.

Mal podia acreditar que tinha em mãos uma carta escrita de próprio punho por minha mãe! Um encontro com o meu passado para coroar a noite. Verdadeira relíquia que me trazia a sensação de estar mais próxima dela.

Tia Manena, com semblante de satisfação, fez-me um afago antes de se retirar.

Aconchegada na cama, li e reli a carta várias vezes, sorvendo cada detalhe, cada contorno de letra, cada emoção contida no costurar daquelas palavras. Pungiu-me a angústia com que a mesma foi escrita, mas arrebatou-me a confiança dedicada à tia Manena.

"Valência — Espanha, cinco dias do mês de janeiro do ano de 1938.

Querida Manena — minha Bá,
Saudações!

A guerra aqui continua fazendo milhares de vítimas todos os dias. Tenho evitado escrever-lhe por temor aos oficiais espanhóis, que continuam em nosso encalço. Receio por nós e pelos que nos tem dado bendita guarida, como Juan Nobre, que tem sido nosso anjo e porta-voz. Porquanto esta deve ser a última carta que lhe escrevo em solo espanhol.

Não é auspicioso que continuemos em Valência, especialmente agora que carrego uma criança no ventre. Temo pela vida dela e também pela nossa. Pilar endoideceu há muito e, depois que soube que tia Angelina me beneficiou em seu testamento, sua obsessão por mim e por Modesto parece não ter limites. Tio Josef, alienado com o poder ao lado de seu primo, Francisco Franco, perdeu o pouco de lucidez que lhe restava e nomeou a filha seu arauto; e ambos, com a alma empedernida, têm varrido o chão à nossa procura.

Somos declarados fugitivos políticos aqui. Eu, sem motivo específico, e Modesto, por traição à pátria por se opor à falange do General.

Além do medo, nada mais nos prende nesta terra. O pai de Modesto foi torturado para que revelasse nosso paradeiro. Tivemos a notícia de que ele se encontra em coma, com poucas chances de vida, o que tem causado uma dor sem precedentes ao meu marido. Ele nem mesmo pode ir ver o pai, já que o hospital se encontra tomado por oficiais do exército. Seu único irmão e família tiveram a casa saqueada pelos nazifascistas e desapareceram do mapa. Quanto a nós, só estamos vivos graças à proteção de tia Angelina e à coragem de Juan. Mas, o cerco está se fechando e não podemos continuar aqui. A cada dia, os nacionalistas tomam uma cidade da Espanha. Valência não tardará a ser usurpada também.

Precisamos fugir desta guerra que não é só política, mas também ideológica.

Deixaremos o país nos próximos dias. Se puderes, encontre-nos no porto da cidade do Rio de Janeiro, no dia 27 de fevereiro deste. Se tudo der certo, chegaremos a bordo do SS Normandie.

Confrange-me não poder lhe dar mais detalhes, Manena. Entrementes, rogo-lhe um último favor: se acontecer algo a mim ou a Modesto, cuide do nosso bebê como se fosse seu, como se fosse tu a mãe dele. Prometa-me isso, pela graça de Deus! Estou cansada de perseguição e ando com o coração apertado. É uma viagem muito longa e encontro-me no sétimo mês de gestação, mas não nos resta outra alternativa.

Que a graça Divina nos acompanhe nesta viagem!

Gratidão, Bá querida!

Com apreço,
Sua Moreninha."

Dormi abraçada ao papel.

Faltavam poucos dias para as minhas aulas iniciarem. Papai conseguiu hospedagem para mim na pensão do Sr. Deodato, companheiro de lida dele na época de sua chegada à São Sebastião. O amigo de longa data havia se mudado com a esposa, D. Prazeres, e os quatro filhos para a capital mineira há mais de década, a fim de prover os estudos da prole e trabalhar dando pensão a estudantes.

O dia de deixar a casa paterna coincidiu com o sábado em que completei 18 anos. Papai bateu à porta do meu quarto quando os primeiros raios de sol já se esgueiravam pelas frestas da ventana. Abriu-a devagar, sustentando um ramalhete de rosas brancas junto ao peito. Estava com um brilho diferente no olhar e queria ser o primeiro a me parabenizar. Levantei-me comovida para abraçá-lo. No abraço de alma e coração, a emoção ganhou fôlego e logo tomou conta de nós dois, numa cumplicidade inaudita, sem necessidade de qualquer palavra. Lágrimas misturadas foram trazendo à tona sentimentos de alegria e saudade que, naquele instante, já não se diferenciavam, pois o abraço apertado que felicitava a uma Rosa era o mesmo que se contraía de dor pela ausência da outra, que nunca deixou de estar presente.

Nesse dia, a casa parecia falar. Os cômodos tomados pela luz do sol traziam flores perfumadas, sustentadas nos parapeitos das janelas; e eram puro aconchego. A mesa reproduzia os mesmos biscoitos e bolos da minha infância na São Sebastião. Junto de papai e tia Manena, desfrutei de um café especial, de celebração e despedida.

No início da tarde, um carro de praça estacionou à nossa porta para levar-nos à rodoviária de Curvelo, onde minha tia embarcaria comigo rumo à capital. Ela foi a primeira a se despedir de papai e entrar no ônibus. Eu, que havia ensaiado dizeres próprios para a ocasião, não falei palavra alguma. Tudo o que consegui foi tomar a bênção de meu pai e abraçá-lo demoradamente, como fazia desde a infância.

Ele, parecendo juntar esforços para se manter firme, disse, com voz embargada, uma única frase:

— Vá com Deus e Nossa Senhora, minha filha!

Pelo caminho, meu silêncio foi travando queda de braço com todo o ruído que eu trazia dentro de mim: o que eu faria com o medo que me acompanhava? Onde esconderia a minha dor para que ninguém a percebesse e para que ela não me consumisse nos momentos de solidão? Tinha consciência de que fui uma criança feliz e segura, mas há muito havia me tornado numa jovem introspectiva, que desconfiava menos de bicho do que de gente e trazia uma tristeza profunda como companhia. Em meio a tantas dúvidas, somente uma certeza movia-me: a partir daquele momento, iniciaria o caminho de encontrar a cura para o coração de Rosa e de buscá-la, onde quer que ela estivesse.

Em Belo Horizonte, eu e tia Manena fomos recebidas com enlevo na pensão pelo Sr. Deodato e D. Prazeres, que, junto aos seus dois pares de filhos, não nos pouparam agrados. Depois da excursão à minha nova morada e da prosa à mesa do café, fomos arrumar os pertences no aposento que seria meu pelos próximos seis anos.

Reservaram-me um quarto individual, três por três, com cama, guarda-roupa, escrivaninha com cadeira e uma janela que dava para a Rua Sergipe. Na parede que rogava tinta, a imagem de São Francisco descansava junto ao Sagrado Coração de Jesus e ao Imaculado Coração de Maria.

Organizávamos os meus pertences em meio aos conselhos sobre a minha nova rotina, os cuidados na cidade grande e a necessária arte do controle financeiro, além de amenidades que saltavam do presente na capital ao passado na São Sebastião e em Curvelo, quando interrompi tia Manena e mudei o rumo da conversa:

— A senhora acredita que Rosa esteja viva?

Ela me encarou perplexa — como se escutasse algo estúpido — e retorquiu sem demora:

— Nunca duvidei disso! Você já?

Essas palavras me cobriram de esperança e vestiram o quarto de cor. Mais nada precisou ser dito. A noite caiu depressa e tia Manena retornou a Curvelo na manhã seguinte, deixando-me uma sensação desconfortável, pela primeira vez experimentada: a solidão — minha companheira dos anos seguintes.

No primeiro dia, cheguei à faculdade de bonde e com uma hora de antecedência.

A sala de aula, composta em sua maioria de rapazes brancos e bem nascidos, parecia trazer a nata da tradicional sociedade mineira, da qual, obviamente, eu não fazia parte e pela qual não seria aceita por um bom tempo, por motivos óbvios. Lá, aliás, foi onde mais sofri preconceitos. Ora por parte de colegas, ora por parte de professores. Aparentes ou velados, os prejulgamentos se faziam presentes e atentavam diretamente contra mim, como se eu tivesse um preço a pagar por ter nascido com a pele mais escura, pobre e com a coragem suficiente para adentrar em uma área dominada por homens, na época.

Logo nos primeiros meses, a vida já me veio com uma conta alta por eu não ter a maturidade que a nova fase exigia. Não que eu esperasse que as coisas fossem fáceis ou que receberia algo de mão beijada, muito pelo contrário! Nasci e cresci sob a lei do esforço! Mas o fato de ser muito jovem — a mais nova da turma, inclusive — de estar em uma cidade grande com desafios diários e longe da minha família pesaram consideravelmente em minha vitalidade.

Sobrava em mim boa vontade, mas faltava condicionamento para tanta mudança e pressão, suscitando-me surpresas variadas: um dia não me tinha em pé, noutro, sobrevinha-me uma infecção furibunda; na semana seguinte, outro achaque oportunista e por aí afora. Fato é que quase doze quilos foram embora fácil nos seis primeiros meses. E como se não bastasse as agruras do corpo, fui experimentada com açoites na alma ao ter que provar, quase todo o tempo, que não era de pouca valia como me julgavam. Esse desafio consumia-me mais do que qualquer outro e só não me fez desistir porque fui forjada frente ao espelho que papai me colocava quando criança. Este mesmo espelho que carrego até hoje permitia-me ver o que ninguém via e lembrava-me de que nasci exatamente como precisava para cumprir o que a vida me pedia.

Certa feita, na matéria de anatomia do ciclo básico, haveria um exame cuja matéria alcançava quase um livro inteiro que eu não possuía. Aliás, não possuía muitos dos livros que necessitava, por falta de condição para comprá-los, motivo pelo qual eu praticamente morava na biblioteca da universidade. E os colegas que possuíam o dito, com intenção direta ou indireta de fazer com que eu desistisse, pegaram todos os exemplares disponíveis.

Emendei dias e noites estudando o original em inglês e outras bibliografias afins. Qual um mulambo, depois da prova, tive que pedir dispensa, tamanho era o meu cansaço. Cheguei à pensão pouco antes do almoço e apaguei para só acordar no dia seguinte.

Uma semana depois, soube que fui a única a fechar a prova em meio a notas que não ultrapassaram a terça parte da minha. Esse fato me rendeu, a partir dali, a admiração do professor tirano que, até então, parecia ignorar minha existência. Além, é claro, do olhar diferente dos colegas que tanto me subjugavam.

Depois do acontecido na biblioteca e de outros de menor envergadura, cheguei à conclusão, já no terceiro período, de que precisava me virar para conseguir os livros, ainda que os básicos, para não passar por outros esgotamentos que, de certa forma, tornaram-se frequentes. Pelos grupos de estudo que não me aceitavam, pelos meus trabalhos que desapareciam e pelas oportunidades das quais eu era excluída, passei por todos de cabeça erguida, porque se tem uma coisa que eu aprendi na vida é que tudo passa: *"Não há bem que sempre dure e nem mal que não se acabe!"* E, ao final das contas, todos viraram benfeitores, pois despertaram em mim a ousadia e o espírito de luta.

E essa necessidade de abrir caminho, obrigou-me, obviamente, a sair da casca e enfrentar o medo que sentia das pessoas, o que há anos me dominava. Deixei de alimentar minha dor para, com mais leveza, investir no esforço de superar a mim mesma diariamente. Fazendo isso, deixei de alimentar em mim o vitimismo e o sentimentalismo. Dessa forma, ganhei força e comecei a conquistar não só o meu espaço, mas também as pessoas que me julgavam sem me conhecerem, como era o caso do professor, considerado carrasco por muitos, que passou a me dispensar especial atenção. Este preceptor apresentou-me à cardiologia na Anatomia 1 e me abriu oportunidades tão valiosas quanto desafiadoras, que me levaram a assumir a medicina não somente como promessa, mas como missão de vida.

Pelos livros e por não poder onerar mais ao papai e tia Manena, que já arcavam com as despesas da pensão, transporte e alimentação, descobri que banqueteiras da capital contratavam jovens acostumadas à lida para servirem nas festas aos finais de semana, em casas de famílias abastadas. Foi então que tive meu primeiro trabalho, sempre aos sábados, sem que papai e tia Manena tomassem conhecimento, mas, lógico, com a anuência de D. Prazeres e Sr. Deodato, que me apoiavam, aconselhavam e ofereciam ombro quando eu precisava.

O trabalho dos finais de semana sacrificou o pouco de vida social que eu tinha, inclusive as escassas viagens para Curvelo. Mas o esforço permitiu-me comprar os livros que eu precisava e rendeu-me o reconhecimento junto aos professores que se deparavam comigo servindo em algumas festas. Esses, ao contrário do que eu previa, passaram a me dar oportunidades, como a que ocorreu na aula de Cardiovascular, quando fui convidada a assistir à primeira das muitas cirurgias que acompanharia dali para frente. Com isso, o hospital, a partir de então, passou a ser minha terceira morada, já que eu fazia questão de acompanhar a evolução de cada paciente cujo procedimento eu assistia. E eu, evidentemente, via minha irmã em cada um desses procedimentos.

As férias em Curvelo tornaram-se menores. Papai e tia Manena sabiam que eu tinha um trabalho no hospital que eu amava, embora isso não me fosse exigido pela faculdade ainda. Perceberam que a minha convivência com outras dores foi fundamental para que eu, que estava presa a uma tragédia do passado, libertasse-me das grades que me confinavam. Livre, passei a ser um perigo para os outros médicos e para mim mesma, porque comecei a alimentar em mim o desejo irreprimível de salvar o mundo.

No quinto período, eu havia alcançado uma maturidade surpreendente para a minha idade. Sempre junto dos professores, eu não dispensava qualquer chance de acompanhá-los na prática, ora como observadora, ora como instrumentadora. Eu virava as noites esmiuçando as teorias dos mais diversos autores para compará-las com o que via em sala e com o que presenciava *in loco* nos procedimentos cirúrgicos. De tanto me debruçar sobre os livros, inclusive os estrangeiros, minha fluência no inglês, francês e espanhol me tornaram quase uma estrangeira; e o alemão já não me assustava como antes.

No dia a dia, economizava no sono e até nos custos com refeição, para conseguir manter o meu ritmo entre a universidade e o hospital. E cada paciente que eu acompanhava desenvolvia em mim aspectos de uma humanidade diferenciada, que eu levaria por toda a vida. E vida para mim, naquele momento, significava esforço, esforço e mais esforço.

Era um sábado do ano de 1958 e eu estava como copeira numa festa suntuosa. Havia deixado o hospital duas horas antes e ainda trazia o cansaço no corpo e na mente. Focada em meu labor, estava de pouca conversa e organizava os canapés em uma bandeja, quando um jovem bem vestido, aparentemente bem-nascido — e porque não dizer bem ousado? — parou para perguntar o meu nome:

— Senhorita, com licença! Qual o seu nome, por favor?

— Deseja algo, senhor?

— Sou Galdino, muito prazer! Posso saber o nome da senhorita? É senhorita, não é, já que não vejo aliança em sua mão?

— Perdoe-me não lhe dizer o meu nome, mas como estou trabalhando, posso lhe servir algo, se quiser — retornei com a intenção de dar um chega pra lá naquele rapaz um tanto impetuoso.

— Desculpe-me a insistência! — disse, colocando a taça sobre a mesa e afastando-se com um leve cumprimento de cabeça.

Enquanto ele se afastava, eu me perguntava se não havia sido um tanto indelicada. Mas a lembrança de D. Prazeres me alertando sobre o arrojo dos moços da capital que vinham com conversa mansa para cima das jovens ingênuas, com o intuito de se aproveitarem delas, logo me tirou de cabeça tal cisma. Voltei ao meu trabalho, que só diminuiu o ritmo quando os convidados começaram a se retirar.

Já estava amanhecendo e poucas pessoas, além das que trabalhavam, permaneciam nos salões da mansão. Eu já estava que não me aguentava de cansada quando o mesmo rapaz se colocou novamente ao meu lado:

— É a segunda vez que a vejo trabalhando em festas na capital...

— Então, pelo visto, o senhor é frequentador de celebrações opulentas... — retornei, determinada a colocar um ponto final na conversa que nem devia ter recomeçado enquanto continuava o trabalho de organizar as louças sujas no carrinho de mão.

Mas ele era insistente:

— Vejo também que a senhorita não descansa, pois continua no mesmo compasso enquanto quase todos já pararam.

— É que tem pessoas que descansam trabalhando — respondi, dando-lhe as costas para organizar agora as taças. — E o senhor não deve trabalhar, não é?! — completei, decidida a lhe cortar o ânimo e as asas.

Ele abriu sorriso leve entre duas covas profundas e me respondeu educadamente:

— Temos algo em comum, então. Trabalho muito e estas festas, guardadas as suas proporções, também são o meu descanso, como o são para a senhorita.

Senti-me envergonhada por tamanha aspereza de minha parte. É que, naquele momento, o cansaço já havia assumido o comando, além, é claro, de eu ter sido contratada para trabalhar e não para conversar. E não podia, nem em sonho, correr o risco de perder aquele trabalho que tanto me ajudava nos estudos.

— Perdoe-me, mas não me é permitido ficar de colóquio com os convidados. Se me dá licença, preciso terminar o serviço!

— Claro, não quero prejudicá-la! — exclamou enquanto, ao invés de se retirar, tomou nos braços algumas taças e caminhou para a segunda cozinha.

— O que faz? Isso não é trabalho seu! — bradei, interpondo-me à sua frente, com a intenção de impedi-lo, antes que alguém visse aquela cena.

— Posso ajudá-la a terminar mais rápido!

— Por favor, não posso perder este trabalho! — supliquei, quando fui interrompida pelo *maître* que se aproximou e disse que eu já estava dispensada por aquela noite.

Encarei o intrépido rapaz aliviada e, em silêncio, peguei as taças de suas mãos e levei-as para dentro, onde recebi o pagamento pelo meu trabalho. Troquei-me e comi alguma coisa, já que as muitas horas sem descanso e alimento há muito me castigavam.

Como era tempo das águas, a chuva parecia não estar disposta a se recolher para que eu e os poucos contratados que ali restavam pudéssemos ir para casa. Por isso, tão logo abrandou, dirigi-me apressada ao jardim, rumo ao portão dos fundos, na companhia da cozinheira e da ajudante, que sempre me faziam companhia até o bonde.

Neste momento, no meio do caminho, uma voz conhecida se aproximou às nossas costas:

— Senhorita! Senhorita! Estava esperando que saísse!

Surpresa, levantei as sobrancelhas e inspirei o ar com força, antes de soltá-lo com muxoxo, externando minha impaciência, cansaço e receio pela aproximação.

— Boa noite! Quero dizer, bom dia, senhoras! Se não tiverem carona, posso levá-las em casa ou pelo menos até o ponto do bonde...

Mal esperei ele terminar, agradeci em nome de nós três. Além da timidez e da exaustão, eu era muito desconfiada para dar espaço para qualquer rapaz se aproximar. E como ele não cedia, tive que ser mais direta:

— Sr. Galdino, agradecemos sua gentileza, mas não queremos que se incomode! De mais a mais, a festa já acabou faz tempo. Presumimos que também esteja cansado e queira chegar logo em casa.

— Entendo, senhorita. Não mais insistirei! — exclamou, entrelaçando e soltando os dedos, sem saber onde colocava as mãos. — Tem razão, estou cansado! Mas já estou em minha casa, abrigado da chuva, e vocês não. Com licença! — finalizou com um cumprimento de cabeça e afastou-se.

Retomamos o caminho sob sombrinhas que não nos protegiam da chuva de vento. Pelo trajeto, as duas vieram alugando meus ouvidos com reprimendas pela minha postura junto a elogios rasgados ao jovem educado, corajoso e bem-posto. Mas só pude pensar a respeito quando elas finalmente desceram três pontos antes do meu.

Será mesmo que havia algum interesse da parte dele? Ou seria ele mais um daqueles que D. Prazeres dizia estar em busca de diversão? Por outro lado, se estivesse falando a verdade, que interesse teria um jovem tão bem posto em uma copeira? Afinal, aquele rapaz era bonito demais para não embalar os sonhos das jovens lindas, casadoiras e abastadas que estavam na festa... Essas ilações povoaram a minha mente junto à lembrança do seu sorriso encantador até a parada do bonde, quase à porta da pensão.

Assim que desci, meus pés se afogaram na cachoeira que varria a rua enquanto a chuva, sem trégua, não me poupava nem para abrir o portão. A luz da sala, refletida na vidraça da porta e a lâmpada da varanda que acabara de ser acesa denotavam que havia alguém, como sempre, à minha espera.

Entrei, agradeci à D. Prazeres pelo cuidado comigo, apaguei as luzes e subi ao meu quarto.

Já se aproximava da hora do almoço quando acordei, no domingo, com a lembrança do rapaz insistente. Era uma recordação gostosa, que aliviava o peso dos meus membros ainda não acostumados à labuta de tantas horas ininterruptas. O relógio da mesinha avisava que o sol já estava à pino. Levantei-me com o desejo de jogar água no corpo para acabar com a lombeira, mas meus músculos ansiavam por mais descanso e a garganta seca pedia água, muita água. Desci à cozinha para aliviar a sede quando observei, no canto da mesa, um vaso com um buquê de rosas cor-de-rosa.

— D. Prazeres! Sr. Deodato! Pessoal! — chamei enquanto averiguava os cômodos próximos para ver se alguém respondia. Ninguém estava em casa. Pelo horário, todos, inclusive as pensionistas, deviam estar na missa ou no mercado, intuí.

Parada junto à mesa, não resisti àquele perfume de vida e aproximei-me imaginando quem seria a sortuda agraciada com tão lindas flores... Enquanto as cheirava, vi o cartão a quem se destinava. O pequeno envelope adamascado ao pé do vaso trazia um "À *SENHORITA*", escrito em bico de pena com outros dizeres miúdos em destaque. "O quê? Devo estar dormindo ainda...", pensei por uns segundos, antes de correr ao lavabo para assear os olhos que talvez estivessem iludidos. Ignorei a secura da garganta e voltei à mesa num passo só. Peguei o envelope e o aproximei: "À *SENHORITA*", escrito em letras garrafais. E, entre parênteses, ao pé do envelope: *(A moça mais linda da festa).*

Borboletas bateram asas em meu estômago e uma alegria que eu não sabia de onde vinha tomou-me de súbito. Com o pequeno invólucro em mãos — sem saber se abria ou não — corri ao filtro e me servi de água. Um, dois, três copos desceram fartos e encorajaram-me a ler. Voltei para a mesa e abri devagar.

> *"Comprazeu-me conhecê-la ontem, senhorita sem nome!*
> *Galdino R.P.J. Silva.*
> *Obs.: A senhorita disse que eu não poderia levá-la em casa, mas não disse que eu não poderia segui-la."*

Subi para o meu quarto com as flores e o cartão, que li por uma dúzia de vezes antes de adormecer novamente. Aprumei-me no final da tarde e escrevi à tia Manena contando do acontecido. No jantar à mesa com D. Prazeres, família e algumas pensionistas, tive que narrar por algumas vezes os detalhes do encontro inusitado com o persistente autor do galanteio. Nesse domingo, fui me deitar com uma sensação de felicidade há muito não sentida.

Dois dias depois, ao deixar a pensão a caminho da faculdade, encontrei um carro parado próximo ao portão. Encurtei o passo, estiquei o pescoço e, para minha surpresa, um jovem de aparência familiar dormia recostado no banco. Era o autor do galanteio.

Bati no vidro. Ele despertou tão assustado quanto constrangido por ter pegado no sono e pôs-se a abrir a porta apressadamente.

— O que faz aqui? — perguntei.

— Vim vê-la, já que não tenho a agenda de sua próxima festa.

Achei graça de sua presença de espírito e silenciei.

— Saí do trabalho a pouco e daqui vou para casa dormir. Perdoe-me a postura inadequada, mas só agora me dei conta do quanto estou especialmente cansado. Deixei o plantão e vim direto para cá, tentar a sorte de vê-la.

— Hum! Então, além de insistente, o senhor é enfermeiro, médico, policial ou o quê?

— Quanto a ser insistente, dizem que sou bastante. Quanto a ser médico, a senhorita teria alguma restrição? — perguntou em tom bem humorado.

— Obrigada pelas rosas!

— Acertei nas flores?

— Sim, as minhas preferidas!

— Será que posso chamar a senhorita pelo nome?

— Branca Rosa — respondi.

— As que gosta? — arguiu pensando que eu me referia às cores das flores de minha preferência.

— Não — sorri. — Esse é o meu nome! Chamo-me Branca Rosa de Castro.

Ele mostrou-se encantado por conhecer uma moça com nome de flor e de cor.

Nesse momento, o bonde se aproximava.

— Tenho que ir!

— Aonde vai? Posso dar-lhe uma carona...

— Obrigada, mas não aceito caronas! — respondi já a caminho do ponto.

— Tudo bem! — disse ele enquanto pegava sua maleta e fechava a porta do carro, meio desajeitado pela pressa. — Espere! Aonde vamos? — emendou.

— Vou para a universidade.

— Ótimo, vou junto!

— Sr. Galdino, eu vou estudar...

— Não se preocupe, só vou acompanhá-la! A senhorita disse que não aceitava carona, mas não disse que eu não poderia acompanhá-la, não é?!

Foi naquele momento em que me dei conta de que aquele rapaz, de fato, estava disposto a me fazer a corte. E comecei a olhá-lo de forma diferente. Pelo caminho, ele foi descrevendo como eu estava na primeira vez em que me viu em outra festa e como minha postura chamou a sua atenção. Confessou também que não me tirava do pensamento e que, desde então, vinha frequentando todas as altas festas da capital, nas quais ele não tinha o menor interesse, só para ver se me reencontrava.

O trajeto até a universidade passou rápido e foi quase um monólogo, já que eu mal tive oportunidade de abrir a boca.

— Posso ver a senhorita outra vez? — perguntou pouco antes de eu descer.

— Não precisa me chamar de senhorita!

— Claro, desde que não me chame de senhor! — exclamou satisfeito pela informalidade permitida.

— Não tenho tempo disponível, Galdino, porque saio da universidade e vou para o hospital.

— O que faz?

— Quinto período de Medicina.

— Que bom, seremos colegas então! Formei-me nesta mesma universidade há pouco mais de dois anos.

Levantei-me e dei-lhe um sorriso. Ele se levantou, cumprimentou-me com um aceno de cabeça, sorriu e permaneceu de pé enquanto eu deixava o bonde. A partir daquele dia, todas as manhãs, com ou sem plantão, ele me esperava na porta da pensão para me acompanhar até a universidade. Só depois é que voltava, pegava o carro e ia para casa.

Capítulo VIII

Finalizava o sexto período de Medicina e já havia decorrido quase oito meses que Galdino me acompanhava à universidade todos os dias. Neste dia haveria prova e apresentação de trabalhos. Meus nervos estavam abrasados quando encontrei Galdino à minha espera no portão, com uma rosa branca na mão. Disse ele que era para me acalmar e dar sorte. Se deu ventura eu não sei, mas que me tirou a tensão, tirou! Tanto que não falamos sobre prova, cansaço ou casos médicos, como era de praxe. Desta vez, falamos de sonhos. Nesta manhã, antes que eu descesse do bonde, ele me beijou a testa.

Cruzei os portões da universidade com as pernas bambas e a respiração ofegante. Meu coração não palpitava, tamborilava. Aquele beijo, além de ser o primeiro, era também o pedido de namoro de Galdino. De forma que, no dia seguinte, assim que me encontrou, beijou as minhas mãos e olhou-me com fulgor por bom tempo.

— Por favor, diga que aceita!

Sorri e retornei-lhe com um beijo furtivo no rosto.

Ele não se conteve e abraçou-me a cintura, levantando os meus pés do chão com meio rodopio, sem se importar de estarmos em via pública. Empolgado, desceu-me devagar, beijou minha testa demoradamente e olhou em meus olhos por um bom tempo. Arrisco dizer que o brilho emanado do seu olhar era suficiente para iluminar uma cidade naquele momento.

Por pouco, não perdemos o bonde.

A esta altura, na Faculdade, boa parte da sala não só me acolhia, como fazia questão da minha presença. Quanto aos professores, poderia dizer que eles muito me estimavam e a recíproca era verdadeira.

Galdino me presenteou, já que os tinha, com a imensa parte dos livros que o curso solicitava. Isso me permitiu substituir os trabalhos como copeira nos finais de semana — trabalhos que, de certa forma, comprometiam o meu rendimento nos estudos — pelos trabalhos esporádicos de tradução de teses. O que, por sua vez, veio a calhar, já que o curso apertava o cinto a cada semestre.

Início das férias. Família comunicada, Galdino foi comigo para Curvelo.

Papai e tia Manena buscaram-nos na rodoviária com um carro de praça. Nossa casa, preparada para receber a visita ilustre, não cabia de tantas flores. As paredes cheiravam a tinta fresca e a mesa, especialmente farta das quitandas caseiras, conquistou Galdino de pronto.

Tia Manena, que bem o conhecia pelo que eu narrava nas cartas, acolheu-o como a um filho. Já papai, não foi bem assim! O forte sangue espanhol misturado à tradicional desconfiança mineira resultou, eu diria, num oceano a ser vencido — a nado de peito — por Galdino, o qual, aos olhos do meu pai, não passava de um forasteiro querendo levar a única flor que lhe restava.

Com o passar dos dias, papai baixou a guarda para o jovem bem-humorado, espirituoso, simples e altruísta, que veio para ficar dois dias hospedado no único hotel da cidade e pousou uma semana.

Passamos o restante das férias cada um em sua cidade e escrevemo-nos com constância. No último sábado de janeiro, retornei a Belo Horizonte para ser apresentada à família de Galdino, que também muito já sabia a meu respeito, segundo ele.

Tia Manena fez-me um vestido para a ocasião. A filha mais velha de D. Prazeres encarregou-se do penteado e de dar cor à minha tez. Os sapatos velhos ganharam vida com o lustre incansável de várias demãos de cera. Para arrematar, água de colônia, bolsa emprestada e, claro, oração para acalmar a alma. Tudo pronto? Não! É que a tarde inteira de preparação, por pouco, não foi em vão, já que, na hora de sair, desarranjei o intestino de tanto nervoso. Também não era para menos, afinal, seria a minha apresentação à família de Galdino, primogênito e único homem de três irmãos, cujo mundo estava a quilômetros de distância do meu.

Mesmo correndo o risco de ficar mal falada, já que, na época, moça direita não entrava em automóvel de rapaz solteiro, dispensamos o carro de praça e optamos por ir no carro de Galdino por precaução, caso uma necessidade involuntária sobreviesse novamente. A tensão diante da situação me consumiu de tal maneira que na porta da casa, ou melhor, da mansão, precisei respirar fundo algumas vezes antes de entrar.

Fomos recebidos pelo mordomo enquanto a família inteira nos esperava na sala principal. Depois de formalmente apresentada a todos, as duas irmãs, Inácia e Perfídia, lideradas pela mãe — sagaz — separaram-me de Galdino, que permaneceu com o pai. Elas, amavelmente a princípio, me conduziram a um passeio pelas obras de arte e fotos de família, espalhadas pelos salões.

Após uns minutos de excursão pela casa e pelo tempo — e já a uma estratégica distância de Galdino, evidentemente — deram início, de maneira cruel, ao calvário que me aguardava.

De cara, a mãe dele, D. Isaura, insinuou — sem se dar ao trabalho de me conhecer — oportunismo de minha parte. Com comentários mordazes, demonstrou visível incômodo diante da escolha do herdeiro, e não se cansou de listar as moças da sociedade que dariam o mundo para se enamorarem do bom partido. As duas irmãs acanhadas pareciam cumprir protocolo. Tive a sensação de que estavam constrangidas por estarem ali. Nada diziam e portavam-se como se fossem obrigadas a darem respaldo à mãe.

Naquela parte da casa, onde a opulência era maior do que eu pensava, fui julgada e condenada sem direito a defesa. E quando, enfim, juntei-me a Galdino e seu pai, estava tensa, constrangida e completamente diferente de quando cheguei.

Galdino percebeu-me de imediato e questionou, ao pé do ouvido, o motivo de tamanho torpor. Diante do meu silêncio e excessivos acanhamento e falta de lugar, ele lançou olhar intrigado à sua mãe e irmãs, que fizeram como se nada soubessem.

Ao nos sentarmos à mesa, senti-me um peixe fora d'água frente a tantos talheres de prata, guardanapo de linho e taças finas — as mesmas que eu manuseei com cuidado exacerbado, meses antes, como copeira. Galdino esforçava-se para que eu me sentisse à vontade. Impossível! Aquele não era o meu mundo e o aviso de que nunca seria havia sido dado momentos antes.

Seu pai, o Dr. Carlos Augusto, médico reconhecido e empresário de renome e de grande influência junto aos políticos da época, ao contrário da mãe, recebeu-me com empatia imediata. Homem de simplicidade salutar a despeito da fortuna que possuía demonstrava com naturalidade a habilidade de bom anfitrião. Sem ocultar a satisfação por conhecer a escolhida de seu primogênito, expressou real admiração por minha história, sobre a qual inquiria, com estampado interesse, durante todo o tempo em que estivemos à mesa, para incômodo da esposa.

O jantar custou a passar e eu nada provei do que foi servido. Em parte, pelo meu organismo que só aceitava água, por outro lado, pela comida mediterrânea que eu nunca havia experimentado e para qual era necessária notória habilidade para levá-la à boca; e, por fim, pelas alfinetadas preconceituosas da anfitriã — cada vez mais severas —, o que despertou a revolta de Galdino e a reprovação de seu pai. A certa altura, fiz menção de me retirar da mesa, ao que fui contida pelo chefe da casa que se desculpou pelas inconveniências inesperadas da esposa e exigiu, com firmeza, compostura da mesma.

Eu estava em pura desolação quando deixei a casa dos Pompêu de Junqueira Silva. Nenhuma palavra saiu de minha boca durante o trajeto até a pensão. Galdino, visivelmente aborrecido e envergonhado, respeitou meu silêncio. Na despedida, só olhares devastados.

Saí do carro, descerrei o portão sem me virar e subi os degraus da varanda. Depois que a porta se abriu, entrei, apaguei as luzes e fui para o meu quarto. O carro dele ficou parado na porta por longo tempo ainda.

O pensamento de colocar um ponto final naquele namoro ressonava em minha mente desde que deixamos a casa. Apesar do período de quase um ano que vínhamos nutrindo afeição sincera um pelo outro, eu não podia ignorar que o seu universo estava a um mar de distância do meu. Trocando em miúdos, a mãe dele não aceitava uma nora pobre e que não tinha a sua cor, motivo pelo qual não se interessou (e deixou claro que não se interessaria) em conhecer a mim, já que o tipo de riqueza que eu possuía não alcançava valor perante a sociedade a qual sua família pertencia, cuja cultura segregava no silêncio das posses. Por isso, eu, por melhor que fosse, para a mãe de Galdino, jamais estaria à altura de sua família e de todos que o cercavam.

Meu peito doeu muito naquela noite. Experimentei o que se chamava de insônia. Mais do que em mim e em Galdino, pensei em minha família da qual tanto me orgulhava. Papai, tia Manena e Rosa não possuíam sobrenome de peso nem dinheiro em banco, mas tinham um tipo de riqueza que fortuna alguma poderia comprar. Não eram influentes, mas apresentavam mais educação, conhecimento da vida e generosidade do que toda a família de Galdino junta. E por essas e outras, é que eu não me perdoaria se os submetesse ao constrangimento pelo qual passei.

"Acordei com as galinhas" no domingo. Meu corpo doía e coçava, e a cabeça estourava de dor. Ainda assim, resisti na cama, já que não queria conversar com ninguém e podia apostar que a torcida organizada da pensão estava a postos. Passava das 11 horas quando desci para tomar água e um copo de leite. Todos haviam saído. Voltei ao quarto com decisão já tomada, a despeito dos desejos do meu coração.

Na segunda-feira, iniciaria o sétimo período de Medicina. Levantei uma hora mais cedo para não encontrar-me com Galdino, caso ele aparecesse na porta da pensão. Então, pouco depois das 5h30, quando a lua ainda dava o ar da graça, eu cruzei o portão rumo ao ponto do bonde. Só que, para minha surpresa, Galdino já estava lá, de pé, escorado no carro. Tive vontade de passar direto, mas meu coração e minha educação não permitiram. Então parei diante dele, que trazia olheiras generosas e os cabelos desalinhados.

De frente para mim, Galdino abaixou a cabeça externando não saber por onde começar. Passados alguns segundos de silêncio, tomei a iniciativa de puxar a conversa:

— Como não está sendo fácil para nós dois, serei breve, Galdino! — exclamei sem conseguir esconder a emoção. — Apesar do grande afeto que lhe tenho e da importância que você ocupa em minha vida, não posso competir com sua família nem brigar com os valores que ela carrega. Como penso que não devemos ser razão de sofrimento daqueles que amamos, acho melhor nós nos...

— Por favor, não continue! — impediu-me, levantando o rosto e encostando o indicador em meus lábios. Com os olhos pejados de lágrimas e a voz rouca, continuou: — Sinto muito por minha família! Quisera ter uma forma de apagar o constrangimento ao qual minha mãe lhe submeteu...

— Posso imaginar, Galdino — interrompi —, mas isso não muda os fatos nem a opinião dela em relação a mim. Mais do que isso, não muda o sentimento dela por mim, que se assenta na não-aceitação da minha cor, da minha classe social, da minha condição financeira, da ausência de sobrenome de peso, das minhas circunstâncias..., do que eu sou.

— Sei disso. Ontem, eu e meu pai reunimo-nos em família para falarmos da mesquinhez com a qual minha mãe se comportou. E ela lhe deve desculpas...

— Não carece de desculpas, porque essas, também, só têm valor se precedidas de arrependimento e sabemos que não é o caso. O preconceito destilado em seus gestos e o ódio contido em suas palavras não foram uma ofensa só a mim, mas também à minha família, que ela nem conhece.

Galdino pareceu assentir com as minhas colocações e volveu o olhar para o lado em silêncio.

— Não vamos tornar as coisas mais difíceis do que já são! — exclamei, esforçando-me para conter as lágrimas que já se empoçavam nos meus olhos.

— Mas eu não quero te perd... — dizia ele, quando, dessa vez, fui eu quem coloquei os dedos em seus lábios e o impedi de continuar.

Ele segurou minha mão e se emocionou.

— Por favor, não faça assim! — proferi, antes de soltar minha mão e me afastar.

O bonde já se aproximava. Eu estava trêmula e não olhei para trás. Não queria que Galdino percebesse a dor que meu rosto externava naquele momento, nem o quanto eu lutava para sufocar o choro, que persistiu durante todo o trajeto até a Faculdade.

Meus olhos inchados chamaram tanta atenção que, na sala, não houve uma viva alma que não tenha parado para oferecer ajuda e querer inteirar-se do ocorrido. Naquele dia, apesar de o professor de Anatomia Aplicada de Cardio me convidar para assessorá-lo "oficialmente" em todas as cirurgias daquele semestre — o que antes eu fazia de maneira não-oficial — esquivei-me da resposta imediata face ao meu estado emocional e me dirigi a uma praça depois da aula. O desejo de estar em um lugar onde eu pudesse ficar sozinha falou mais alto.

Na terça-feira, Galdino não apareceu. "Melhor assim", pensei. E nos outros dias também não apareceria. Na Faculdade, procurei o professor e aceitei o convite. Passei a acompanhá-lo diariamente, sem imaginar que aquela oportunidade seria um divisor de águas em minha vida.

Na sexta-feira daquela mesma semana, acompanhei a cirurgia de uma criança que me marcaria para sempre. Ísis era o nome da menina. Tinha oito anos, mas parecia ter o dobro. Os três últimos anos de sua vida — limitada entre o ir e vir ao hospital — não lhe tiraram a alegria e a esperança. A cirurgia era a única chance de vida que lhe restava, ainda que com "menos de um" por cento de expectativa de sucesso. Por coincidência, seu coraçãozinho apresentava os mesmos sintomas do de Rosa, só que num grau limite.

Os seus pais, apresentados a mim pelo meu preceptor e cirurgião dois dias antes da cirurgia, estavam apreensivos e bastante sensíveis, o que não era para menos. Disseram que "o tudo ou nada" partiu da própria Ísis. Foi ela quem pediu para ser operada, mesmo consciente do risco. Desde que os conheci, não arredei os pés do hospital. Dormia lá mesmo e só saía para frequentar as aulas, pois não podia faltar. Os dois dias que antecederam a cirurgia de Ísis acenderam em mim uma luz que nunca mais se apagaria. É que aquela criança, que mais se assemelhava a um anjo, tinha uma força e esperança gigantescas, a despeito de sua consciente situação. Ela não temia a morte; o que ela temia, de verdade, era não viver. E ensinou-me isso.

Passei todas as horas possíveis ao seu lado e segurei sua mão quando vinha o desespero pelo ar que lhe faltava ou quando a dor vinha forte a ponto de lhe tirar os sentidos. Quando ela recobrava a sobriedade, sorria e fazia chacota do susto que a dona Morte lhe pregava. Era o seu modo de agradecer pela oportunidade de estar viva.

Como os dias tumultuados fizeram-nos perder a referência das horas, viramos as duas noites conversando, rindo, chorando juntas por duas vezes e lendo histórias. Era por amor que eu estava ali, embora Ísis não tivesse noção do quanto estava sendo importante em minha vida, muito mais do que eu na dela.

Pouco antes de ir para o bloco cirúrgico, ela segurou firme minha mão e perguntou se eu a acompanharia na cirurgia. Disse que sim, mas que eu não poderia fazer nada por ela, já que eu era estudante e ainda não sabia o que e nem como fazer. Foi aí que Ísis me deu a maior lição que eu poderia receber: disse-me que eu tinha sim muito o que fazer, porque eu possuía o que ela precisava: o amor. E que se eu não pudesse fazer nada quanto à cirurgia, eu continuaria tendo a força mais poderosa do mundo. Então, uma oração que eu fizesse com amor chegaria ao céu e faria descer sobre ela as bênçãos que necessitava. E esse amor abrandaria sua dor, porque o amor era tudo.

A cirurgia durou mais de 8 horas e sua válvula aórtica foi trocada com sucesso por uma mecânica. Contudo, já no final do dia seguinte, Ísis começou a apresentar sinais de que alguma coisa estava errada. A baixa saturação sanguínea, a dificuldade de respirar e a febre muito alta eram o sinal de que uma infecção severa havia se apossado do seu corpo.

Ísis foi guerreira e lutou com fé até o fim. Fechou os olhos para esta existência três dias depois, de mão dada comigo, escutando, feliz, uma de minhas histórias.

Nunca esquecerei o olhar vivo daquela criança por quem havia me afeiçoado em tão pouco tempo. Em cinco dias, ela me ensinou, com maestria, que nada era mais valioso do que viver. Foi também com Ísis que eu descobri o tipo de médica que eu precisaria ser e que grau de humanidade eu queria exercer.

Em alguns momentos, ela me lembrou Rosa. Em outros, me fez recordar a menina que fui.

— Por que tinha que ser assim? Por que uma criança? Sem a cirurgia, a infecção oportunista não a teria levado... Que poder tinha o coração para deliberar sobre a biografia de um ser tão puro e inocente? Quanto ainda tínhamos que aprender para dominar os mistérios desse órgão e salvar as vidas pelas quais ele pulsava? Diante de tanta dúvida e revolta, uma certeza eu alcancei no pouco tempo que Ísis permaneceu em minha história e eu na dela: nada valia mais do que uma vida!

Os dias intensos no hospital, aliados à separação de Galdino, a qual eu não queria dar o braço a torcer, mas muito me doía, levou-me a ficar de cama. E, desta vez, com febre intermitente na casa dos 40 graus.

Na verdade, já havia me despedido da família de Ísis com febre. Na pensão, D. Prazeres e o Sr. Deodato foram-me só cuidados. Atentos, ao final do segundo dia, quando vieram os delírios, correram comigo para o hospital, que não era o mesmo onde eu trabalhava. Fui atendida por médico e enfermeiras muito atenciosos, que fizeram de tudo para que a febre persistente desse trégua. Entretanto, a noite não foi fácil para eles e nem para mim, cuja fraqueza consumiu-me a olhos vistos, cobrando o seu preço por eu haver me descuidado tanto da saúde. De fato, mal comi nos dias em que estive com Ísis no hospital, além de não dormir e permanecer tensa todo o tempo. Mas, como o novo dia sempre traz novas surpresas, acordei com papai e tia Manena ao meu lado e a sensação única que a presença deles me suscitava. Não só a deles, como também a do novo médico que assumiu o meu caso: o Dr. Galdino R. P. J. Silva.

Se é acaso ou destino eu não sei, mas meu coração estava por saltar do peito quando me deparei com ele. Barbado e mais magro, parecia também não atravessar os seus melhores dias, contudo, ainda assim, esbanjava charme suficiente para remexer minhas entranhas. Entrou no quarto com ar simpático, cumprimentando papai com um aperto de mão e abraço de meio corpo, e tia Manena com um abraço carinhoso, antes de dirigir-se a mim.

— Como se sente, senhorita? — perguntou enquanto tocava minha testa com uma mão e com a outra tomava o meu pulso.

— Bem, doutor! — respondi com uma voz quase sumida, torcendo para que o meu corpo, retesado de pronto pelo seu toque, não entregasse meu coração.

— Que bom vê-la mais disposta, ainda que febril! Seus exames precisam acompanhar sua melhora, Branca!

— Pensei que só desse plantão à noite!

— Ainda dou, só que agora, uma vez por semana apenas, que foi ontem. É que há mais de seis meses recebi o convite para tornar-me efetivo no hospital em seu quadro diurno. Declinei da proposta na época, porque minhas manhãs estavam voltadas para um importante compromisso. Como deixei de tê-lo e o convite permanecia de pé, resolvi aceitá-lo na semana passada.

Esta revelação fez rebuliço em meu peito e foi o que bastou para dar corda ao meu coração.

Enquanto conversávamos, tia Manena e papai se juntaram a nós. Queriam se inteirar do meu quadro e certificarem de que o susto não constituía risco. Pergunta daqui, pergunta dali, Galdino acalmou-os. Em tom professoral, destrinchou os resultados dos exames. Não que não houvesse com o que se preocuparem, muito ao contrário!, mas, por sorte, meu corpo havia se rendido antes que minhas reservas se esgotassem.

Com a intenção de poupá-los, não havia dito ao papai e tia Manena que eu e Galdino havíamos terminado. Mas nem foi preciso, porque seus olhares logo denunciavam a desconfiança de que havia algo errado entre nós. Galdino foi todo atenção para com eles que, aliviados, aproveitaram a presença dele ali para deixarem o quarto por uns instantes para tomarem um café.

A sós, Galdino voltou-se para mim, pedindo licença para auscultar o meu coração com o estetoscópio. Precisava concluir os exames clínicos. Entretanto, nesse momento, alheio ao meu comando, meu corpo me traiu. Ao primeiro toque daquele médico tão dedicado, meu coração me entregou de bandeja ao estugar as batidas e arfar-me o peito.

Galdino olhou-me profundo e externou suas charmosas covinhas num sorriso pimpão. Corei as bochechas de vergonha e outorga ao que meu corpo não negava. E para não me entregar de graça, intervi:

— Pode me dar alta? Não posso perder mais aula... — disse na tentativa de tirar o foco do meu coração e de não dar o braço a torcer quanto à sensação gostosa de ser cuidada por ele.

— Depois dos próximos exames, lhe darei uma previsão — respondeu segurando com carinho minha mão e emendou: — O que mais aconteceu para que se permitisse chegar a este ponto, Branca?

De frente para Galdino, minha fragilidade — aquela que eu escondia no porão da minha alma — veio à tona e eu não consegui fazer outra coisa que não chorar. Tentei me segurar, mas meu queixo começou a tremer e as lágrimas desceram fartas enquanto uma bola de ar estacionou em minha garganta. Tudo o que fiz foi fechar os olhos, virar a cabeça para o lado e sinalizar levemente com uma das mãos que eu não conseguiria responder à sua pergunta. Fui salva pelo gongo quando, naquele instante constrangedor para mim, uma enfermeira aproximou-se dizendo que precisavam dele na urgência. Galdino deixou-me com o toque dos dedos em meus cabelos, antes de se retirar do quarto.

Levei um tempo para me refazer. Quando tia Manena e papai chegaram, eu ainda não havia me acalmado. Minha tia não temporizou, puxou a cadeira, sentou-se ao meu lado e pediu ao papai que nos deixasse a sós por uns instantes. Segurando a minha mão, ela olhou-me tão profundamente que não foi necessária qualquer verbalização de sua pergunta.

— Sim, rompemos dois dias depois daquele jantar de apresentação, tia — disse-lhe assim que me acalmei.

— Por quê?

— Não consegui sustentar a situação diante da mãe dele. Muito preconceito em relação a tudo; muita diferença entre os nossos mundos...

— Isso não é motivo para se desistir de um amor, Branca!

— Não quero passar por isso! Não preciso passar por isso! De mais a mais, é a mãe dele, não quero fazê-lo sofrer...

— Você já o está fazendo, não vê? E o que está fazendo a você mesma? Olhe, Branca, as coisas boas não são fáceis, não se iluda! O amor verdadeiro segue senda própria! Eu também não gostaria que você passasse por isso, mas se esse é o caminho, você dará conta. Não há caminho bom sem empecilhos!

— Mas, tia, a senhora não sabe como fui tratada por ela...

— O que importa é como Galdino te trata, o quanto esse rapaz te respeita e te ama, querida! E a verdade é que não existe nada na vida que o amor não consiga superar!

Antes que eu a interpelasse, ela continuou:

— Minha experiência valida-me te aconselhar a não permitir que o orgulho ferido de sua parte e o preconceito da parte da mãe dele, por maior que sejam, definam a história de vocês. Você pode escolher ser vítima desta sociedade doente ou protagonista de uma sociedade sadia, Branca. Dará trabalho? Sim, lógico. Haverá dor? Também, pois é inerente ao processo de crescimento. Mas valerá a pena, querida! O amor sempre vale a pena!

Cada palavra dela penetrou-me tão profundamente que me encorajou a escutar meu coração, com o qual eu andava vivendo às turras.

— Obrigada, tia! Estou feliz que estejam aqui comigo! Como souberam que eu estava internada? — mudei o rumo da conversa enquanto respirava fundo e limpava os olhos.

— Galdino ligou ontem à noite para a casa de nossas vizinhas e pediu para me chamar. Conversou comigo, explicou seu estado e insistiu que aceitássemos que o motorista do pai dele fosse nos buscar. Chegamos ao hospital já depois das duas da manhã. Prazeres foi para a pensão e eu e Modesto ficamos com você. — E emendou: — Esse rapaz te estima de verdade, Branca! Ele não poupou cuidado com você hora alguma — finalizou ela, com o retorno de papai ao quarto.

— Está melhor, filha?

— Sim, papai, está tudo bem! — respondi com um sorriso raso de fraqueza, porém, espontâneo, oferecendo minha mão para que ele a segurasse. — Que bom tê-lo aqui!

— A notícia de que estava internada assustou-nos, Branca, mas agora, vendo que está bem assistida, e com sua tia ao seu lado, fico tranquilo para retornar à Curvelo.

— Mas, já?

— Se você está bem, não justifica faltar a mais um dia de trabalho, filha!

Este comportamento de papai era-lhe uma característica marcante. Aliás, foi dele que eu captei, ainda na infância, a força do exemplo de responsabilidade e disciplina com os compromissos assumidos. Fiquei esperando que perguntasse algo, mas isso não aconteceu. Presumi que os poucos segundos que decorreram do trajeto da porta do quarto até o meu leito foram suficientes para ele e tia Manena se dizerem com o olhar.

Papai retornou para Curvelo. Galdino não voltou mais ao quarto durante todo o dia, embora a enfermeira viesse amiúde, como que cumprindo o protocolo singular (com um cuidado especialmente diferenciado, eu diria) de conter a febre que, por fim, cedeu.

A noite já havia chegado quando tia Manena, a meu pedido, perguntou à enfermeira pelo Dr. Galdino. Soubemos que um acidente numa rodovia próxima à capital trouxe muitos feridos que exigiram sua atenção. Aliás, havia horas que ele se encontrava no bloco cirúrgico.

Ainda que impossibilitado de me acompanhar pessoalmente, cobriu-me de cuidados ao pedir que seu colega fizesse sua vez. O novo doutor veio três vezes ao quarto durante a noite, ministrando medicações venosas e orientando quanto ao soro. Em uma das vezes, não me contive e perguntei se as cirurgias do Dr. Galdino haviam terminado. Soube que já passava de dez horas que ele permanecia firme no bloco cirúrgico.

A postura ética de Galdino, o compromisso que tinha com a boa medicina e com a vida, e a sua dedicação aos pacientes, despertavam-me grande admiração. Apesar de ter nascido em berço de ouro, preferiu não fazer uso da estrada que já se lhe apresentava definida e também optou por não se utilizar da influência e trajetória do pai. Ao contrário, dedicava-se com afinco, dando o melhor que possuía na trilha do próprio caminho.

No dia seguinte, Galdino também não voltou ao quarto. De quando em quando, a enfermeira vinha me acompanhar e também saber se tia Manena precisava de algo. Eu melhorava por um lado e meu coração piorava por outro, pois o cuidado e carinho dele estavam impregnados em todos os que me cercavam e não me permitiam esquecê-lo.

Era manhã do quarto dia quando Galdino retornou ao quarto novamente. Estava bem-disposto, barba feita, novo viço. Com os resultados em mãos e sorriso no rosto, cumprimentou-nos com alegria, denotando as boas novas:

— Como se sente, Branca?

— Bem melhor! — respondi, sem conseguir esconder a alegria em vê-lo.

— Seus exames atestam um progresso relevante, o que não significa que esteja em forma ainda — completou enquanto examinava meu pulso. Vamos assentar para eu ver como estão estes pulmões!

Enquanto fazia o que me pedia, sentia uma sensação diferente. Como estudante de Medicina, eu já estava acostumada à relação médico-paciente, e tentei — confesso — manter este pensamento, mas não consegui. Meu corpo não atendia ao meu comando — ou será que atendia? —, porque a cada toque de Galdino, meus pelos eriçavam e minha pele parecia pegar fogo. E era aí que "a vaca ia pro brejo", porque, da parte dele, não tenho dúvidas de que estava ali o médico, mas, de minha parte, estava alguém que se achava mais do que paciente e não existiam meios de esconder isso. Colei as pálpebras enquanto ele auscultava o meu coração.

— Branca, tudo bem?

— Sim — respondi, ruborizada.

Ele sorriu e chamou tia Manena. Disse-nos que me daria alta com a condição de que eu mantivesse o repouso e reforçasse a alimentação, referindo-se ao caldo verde que minha tia fazia com esmero, o qual lhe preparara, certa vez, em Curvelo.

— Mas já estou bem para ir pra casa? — inquiri de impulso, antes de me aperceber da pergunta que se desprendeu dos meus dentes sem que eu pudesse contê-la, entregando-me, de novo, de bandeja.

Galdino esboçou suas covinhas com um charme único e deu-nos suas orientações, entregando à tia Manena as prescrições por escrito.

— Daqui pra frente, não há muito o que a medicina possa fazer por você aqui, Branca. Você já tem quem precisa ao seu lado — disse, abraçando tia Manena. — Agora é com vocês, senhoritas! Espero que não precisem de médico novamente, mas se precisarem, estarei à disposição!

Despediu-se de tia Manena com a atenção de sempre. A mim, limitou-se a um olhar enigmático e pediu que eu me cuidasse direito.

Confesso que esta despedida me doeu. No fundo, eu queria mais, muito mais de Galdino, mas não podia deixar de considerar que ele tinha uma postura a zelar, afinal, ali estava o médico humanizado, não o homem que um dia foi por mim apaixonado... Ou será que ainda era?

No caminho para casa, eu me perguntava se Galdino ainda me amava, porque eu estava decidida a vencer o mundo por esse amor, se ele me desse uma segunda chance...

Era sexta-feira, quase na hora do almoço, quando chegamos à pensão. A presença de tia Manena se revelava refrigério para mim e alegria para todos que ali residiam, que se reuniam em torno dela para escutar suas histórias da São Sebastião e comer seus famosos bolinhos de jiló.

Ao final da tarde de sábado, juntamo-nos na sala para um animado café com biscoito — daqueles fritos na hora, de polvilho e queijo, que tia

Manena fazia na fazenda. A prosa gostosa ia de vento em popa quando a campainha da pensão tocou. Uma das pensionistas atendeu e me chamou. Todos miraram em mim. Fui curiosa até a porta, onde meu coração deu o grito, desta vez, de alegria. Era Galdino, com um jardim inteiro de rosas vermelhas entre os braços e apenas uma branca entre elas.

— Para a paciente mais linda que tive a honra de atender!

Surpresa e emocionada, emudeci diante daquele olhar que reluzia fulgurâncias. Enquanto acolhia as flores, lembrei-me dos curiosos que aguardavam na sala e, ao me virar, deparei-me com uma plateia que mal piscava. Então convidei Galdino a entrar. Mas, antes de entrar, ele puxou-me para a varanda, tirou as flores das minhas mãos e colocou-as numa cadeira. Tomou-me em seus braços e me deu um abraço demorado, saudoso e apaixonado, daqueles que abalam as estruturas e chamejam o corpo inteiro.

Não era preciso dizer que o pouco que faltava para a minha completa recuperação concluiu-se naquele fim de tarde prazeroso.

Nossos olhos se transformaram em dois oceanos de felicidade e olhamo-nos por um bom tempo, sem nada ser dito. Ele beijou-me a testa, colocou as flores em meus braços e entramos.

Apresentei, oficialmente, o Galdino a todos da pensão, os quais a ele se afeiçoaram de imediato. Aliás, foi neste dia que aquele jovem doutor, sem intenção de tal, abriu precedente para que os namorados passassem a visitar as suas amadas na hospedaria.

Antes de ele ir embora, conversamos um tempo a sós na varanda. Perguntei como ficaríamos em relação a D. Isaura.

— A questão não é que eu esteja indo contra minha mãe, Branca, a questão é que eu não posso desistir de lutar por aquilo que eu acredito. Penso, inclusive, que posso ser instrumento de mudança na vida dela, que, sem perceber, está se alimentando mais de misérias do que de riquezas. Não abandonarei você, que é a mulher que amo, para atender aos "caprichos" e "devaneios" de minha mãe, apesar de muito amá-la também. Já fiz minha escolha e com o tempo ela entenderá. Agora, o que preciso é que você seja forte e esteja disposta a enfrentar comigo o que vier pela frente.

Uma paz enorme invadiu meu coração neste instante e senti tanta segurança quanto orgulho daquele homem jovem cuja postura sensata e firme provinha de uma pessoa que bem sabia o que queria. Daquele dia em diante, não tive qualquer dúvida de que Galdino seria, por todo o sempre, o grande amor da minha vida.

No domingo, ele convidou a mim e a tia Manena para um passeio pela manhã e um almoço na Pampulha. Passamos horas agradáveis e, assim que chegamos ao restaurante, para surpresa minha e de tia Manena, o pai de Galdino nos esperava. Cavalheiro que era — a quem Galdino puxou a força do exemplo —, o Dr. Carlos Augusto levantou-se para nos receber. Cumprimentou-me com um abraço paternal e beijou a mão de tia Manena, antes de puxar a cadeira para que ela se assentasse. Agradável como sempre, o pai de Galdino externou o regozijo por nos ver juntos novamente. Quanto à minha tia, ele não escondeu sua empatia imediata, que foi recíproca, inclusive. E ambos permaneceram numa prosa alvissareira, tal como amigos que já se conheciam há décadas.

A tarde foi tão aprazível que não percebemos o passar das horas e, quando nos levantamos da mesa, a noite já tinha chegado. Ao nos despedirmos, Dr. Carlos Augusto praticamente se convidou para ir a Curvelo, dizendo à tia Manena que faria gosto em visitar a ela e ao papai, num final de semana que ela achasse conveniente. A mim e Galdino, abraçou-nos e deu-nos sua bênção. Voltei para casa com uma alegria que não cabia dentro de mim.

O retorno à Faculdade quase me despachou para o hospital outra vez, não fosse os cuidados de tia Manena. É que em uma semana acumulei tanta matéria para estudar que as noites tiveram que se transformar em dias. Minha tia me cobriu de cuidados por duas semanas ainda, até que eu estivesse quite com as obrigações estudantis e me fortalecesse novamente. Os encontros com Galdino passaram a ser aos finais de semana, face aos compromissos dele e meus, o que imprimiu certa maturidade ao nosso namoro, que a cada dia ficava melhor.

Finalizava o décimo período de Medicina em dezembro de 1961, com elevado grau de aproveitamento. A confiança do meu preceptor de Cardio em mim já alcançava alta conta e, sabedor da minha história, dos motivos que me levaram ao curso e do meu desvelo ao estudo do coração, ele, ao encerrar a última aula do semestre, deu-me a notícia de que dali a cinco meses seriam abertas as inscrições para se concorrer à bolsa de estudos para residência em cirurgia cardiovascular no Hospital da renomada Universidade de Minnesota, com o Dr. Clarence Walton Lillehei, um dos precursores da cirurgia cardiovascular mundial e pioneiro na cirurgia em coração aberto. Apesar do rigor da prova e do ritmo puxado do curso, a possibilidade de conseguir bolsa, segundo ele, no meu caso, era real. Isso mexeu tanto comigo, que mal pude esperar para contar a Galdino que, ao contrário do que eu imaginava, não recebeu a notícia com tanto entusiasmo assim.

— Branca, sei o quanto é importante uma bolsa como essa e tudo o que ela representa, afinal, estamos falando do mais avançado centro de pesquisa e prática cirúrgica cardiológica do mundo. Mas são dois anos, meu amor. E eu estou custando esperar que se forme para nos casarmos...

— O que disse?

— Por que acha que dupliquei meu plantão à noite?

Embatuquei diante da revelação que me pegou de surpresa. E a conversa da bolsa, naquele dia, acabou ali.

Confesso que os planos de Galdino quanto ao casamento vinham ao encontro dos meus, mas não podia desconsiderar que a possibilidade de estudar com um dos médicos mais destacados da história da cirurgia cardíaca não só me proporcionaria um conhecimento que eu jamais teria aqui, como também a possibilidade de iniciar minha busca por Rosa.

Fui de férias para Curvelo. Desde o início do curso, essas seriam as primeiras férias completas que eu passaria junto de tia Manena e papai. Pelo fato do meu preceptor passar dois meses fora do país, eu estava dispensada do hospital neste período. Tempo esse que me permitiria pensar com calma e tomar uma decisão segura quanto ao sonho de estudar fora. Galdino não me acompanhou a Curvelo como outrora, já que agora, além dos dias no hospital, havia dois plantões noturnos a cumprir. Mas, mesmo assim, não abria mão de pegar a estrada para me encontrar nos finais de semana, ainda que lhe fosse sacrificante, devido à sua jornada prolongada.

A esta altura, meu sogro já visitava tia Manena e papai, tornando-se amigo íntimo. Bastava um feriado ou uma folga em seus compromissos sociais para que ele se refugiasse em nossa humilde casa, a qual, segundo dizia, era um lar onde a paz reinava absoluta e sua alma encontrava refrigério. As irmãs de Galdino, Inácia e Perfídia, que não comungavam com os valores e posturas maternos, afeiçoaram-se a mim e à tia Manena, e passaram a acompanhar o pai nas viagens à nossa Curvelo, pela qual se apaixonaram. Quanto à minha sogra, não tinha notícias. Até porque os que me estimavam, da parte de Galdino, cobriam-me de cuidado para que nada que pudesse me ofender ou tirar-me a paz chegasse aos meus ouvidos.

Em Curvelo, passei dias maravilhosos junto às minhas raízes. Participei papai e tia Manena dos anseios de Galdino quanto ao casamento e do meu desejo de tentar a bolsa de estudos em Minnesota quando me formasse, o que aconteceria, se nada desse errado, no final do ano. E, claro, se eu conseguisse dinheiro para arcar com as despesas de viagem para realizar a prova lá. Alertados sobre a maratona de estudos a qual teria que me dedicar, além da possível desistência de um casamento em breve, caso conseguisse a bolsa, nenhum dos dois se arriscou a qualquer conselho, mas me ofereceram apoio incondicional para qualquer que fosse a minha decisão.

Quando Galdino apeava em Curvelo tudo era festa, já que papai, quem diria, o havia acolhido como a um filho, de cuja companhia não abria mão nem mesmo para ir ao mercado aos sábados e à missa aos domingos. Meu namorado, por sua vez, sem seca que era, gostava de fazer companhia ao papai na viola e nas conversas de homem, motivo esse que deixava meu genitor bisonho por uns dois dias, quando retornava à capital.

Como tudo o que é bom passa rápido, minhas férias voaram. E assim que Galdino me buscou na rodoviária de Belo Horizonte, a conversa sobre a bolsa voltou à tona. O assunto, por incrível que pudesse parecer, partiu dele, como se tivesse captado meu pensamento, tamanha nossa afinidade. Paramos em uma casa de chá para um lanche e a conversa tomou pé.

— Galdino, preciso mesmo lhe contar minha decisão: apesar de alimentar o desejo de tornar-me sua esposa e juntos formarmos uma família, gostaria muito de tentar essa bolsa. Terei a oportunidade não só de estudar numa universidade de ponta, mas também de praticar ao lado de um dos precursores da cirurgia cardíaca e, quem sabe, estar à altura de cuidar de minha irmã, quando encontrá-la...

— Mas são dois anos, Branca.

— Que passam rápido! — completei.

— Estou fazendo carreira como cirurgião geral e acabei de assumir uma área específica no hospital. Não poderei acompanhá-la e ficaremos muito tempo sem nos ver...

— Daremos um jeito, Galdino. Pense no avanço que eu poderei trazer para cá, nas vidas que poderão ser salvas, nas técnicas inovadoras que a nossa medicina ainda desconhece. Além do que, eu poderei iniciar a busca por minha irmã de lá. Devo isso a ela, devo isso à minha família, devo isso a mim mesma!

Galdino sabia, desde que nos conhecemos, que, em algum momento, eu iniciaria a procura por Rosa e só descansaria quando a encontrasse, apesar de ele, por algumas vezes, alertar-me para a possibilidade real de ela não mais estar viva. Considerações de cá e de lá, chegamos ao consenso de que eu estudaria para a prova de Minnesota e que não discutiríamos mais sobre o assunto, apesar de guardar comigo a impressão de que ele alimentava a forte esperança de eu não passar.

As aulas na universidade retornaram com tudo no último ano e o final do curso foi qual um "balaio de gato": aulas, provas, estágio no hospital e dedicação acirrada aos estudos para concorrer a uma vaga na tão sonhada residência. Tia Manena, como sempre, veio de Curvelo para me socorrer várias vezes e garantir reforço extra à minha alimentação e ao meu coração. Para minha alegria, papai apareceu em alguns finais de semana, também. Havia meses que eu não dormia mais do que cinco horas por noite para conseguir estudar os livros, teses, publicações e diversos materiais que meu preceptor me passou, com o intuito de aumentar minhas chances na disputa por uma das dez vagas abertas a médicos formandos e formados do mundo todo. Só que a prova, que seria realizada um mês antes de minha formatura, trazia um empecilho a ser vencido, o financeiro, já que era preciso ir à própria Universidade de Minnesota para realizá-la.

Papai, que estava perto de se aposentar, fez todas as horas extras possíveis e vendeu as férias daquele ano enquanto tia Manena costurou como nunca.

Era julho de 1962 quando retornei a Curvelo. O prazo para realizar a inscrição findaria na semana seguinte e eu só poderia fazê-la se, de fato, conseguisse os recursos para a viagem. Estava tensa e não queria que

Galdino me acompanhasse à minha casa, uma vez que precisaria sentar-me calmamente com papai e tia Manena para fazermos as contas. Mas Galdino insistiu, demonstrando preocupação pelo meu apoquentamento.

A viagem para Curvelo não foi das melhores. Náuseas e pensamentos torturantes me consumiram pelo caminho. Chegamos no final da manhã. A exaustão dos últimos meses extraiu-me alguns quilos, mas a excessiva preocupação com a condição financeira roubou-me o viço. Ansiosa, chamei tia Manena à parte e disse que precisava conversar com ela e papai a sós. Mas ela pediu que almoçássemos primeiro.

Cisquei a comida. Estava inquieta demais à mesa e pedi licença para me retirar, mas Galdino insistiu que eu ficasse, pois gostaria de conversar comigo junto à tia Manena e papai. A tensão na qual eu me encontrava me impedia de perceber o quanto Galdino estava comigo para o que desse e viesse.

— Sr. Modesto e D. Manena, sou testemunha do quanto Branca tem se esforçado para realizar o sonho de fazer a prova em Minnesota, da mesma forma que reconheço o esforço de vocês para ajudá-la. Por isso, gostaria que não me interpretassem mal e nem pensassem que desconsidero tamanho empenho de todos, mas, pelo amor que a tenho, gostaria de fazer parte deste sonho — professou.

Então ele tirou um envelope do bolso e me passou às mãos.

Sem graça, abri o envelope devagar. Fui surpreendida com duas passagens aéreas de ida e volta para os Estados Unidos, reserva de hotel por uma semana para mim e tia Manena e a inscrição para a prova. Minha reação foi tamanha que nem mesmo Galdino estava preparado para tanta emoção... E o presente acabou por arrancar lágrimas de nós quatro.

— Teremos que adiar nosso casamento por, pelo menos, um ano, Branca — disse enquanto me abraçava.

Chorei em seu ombro feito criança enquanto ele se esforçava para me acalmar — o que não foi fácil, tamanha a significância daquela atitude para mim. Perguntado sobre como soube da data e local da prova para que pudesse reservar o hotel e comprar as passagens, já que não falávamos sobre a viagem, ele revelou que, no dia seguinte em que lhe contei sobre a decisão de estudar para tentar a bolsa, ele procurou o meu professor e inteirou-se de tudo. Foi com a ajuda dele que Galdino, pedindo discrição, fez, inclusive, a minha inscrição.

"Como eu posso, diante de tantas demonstrações de amor, pensar que ele não torce por mim? Por que esse pensamento, se nunca tive motivos para duvidar dos seus sentimentos?" A vida realmente me tirou quem eu mais amava, mas também me presenteou com quem eu mais precisava... Mais do que apaixonado, Galdino era devotado e não escondia isso. Devotamento esse que, num futuro breve, por acaso ou destino, selaria nossos caminhos.

Ele retornou a Belo Horizonte no dia seguinte e eu permaneci em Curvelo, debruçada sobre os livros. Retornei no final do mês, pronta para o último semestre, cujo tempo voaria até novembro.

O dia da viagem, enfim, chegou. Galdino levou-nos ao aeroporto da Pampulha e se despediu sem demora, pois precisava regressar ao hospital. Antes, porém, entregou-me dois bilhetes. O primeiro, do meu professor, trazia palavras encorajadoras. O segundo, dele próprio, dizia que me amava e que estaria na torcida por mim. Despediu-se desejando que eu e tia Manena aproveitássemos, ao máximo, a estadia nos Estados Unidos da América.

Galdino detinha a arte de estar presente sem ser invasivo, de ajudar sem desconcertar quem recebia a ajuda, de dar sem cobrar nada em troca e, principalmente, de se render por uma boa causa quando era preciso. E, por amor, ele já havia se rendido algumas vezes...

Enquanto levantávamos voo, foi Rosa quem tomou conta dos meus pensamentos. "Como estará agora? O que faria se soubesse que, em menos de um mês, eu concluirei o curso de Medicina? Como reagiria se me visse voando para outro país, para disputar uma bolsa de estudos com um dos médicos mais referenciados do mundo na cardiologia, área que escolhi por causa dela?" Essas e outras ilações cresciam dentro de mim e, apesar de não ter respostas para elas, uma certeza eu alimentava: a de que, um dia, encontraria Rosa.

Voamos para São Paulo, de onde pegamos outro avião para o Aeroporto Internacional de Minneapolis — Saint Paul. Tanto Minneapolis quanto Saint Paul eram lindas e diferentes de tudo o que eu havia imaginado. Durante os três dias que antecederam a prova, eu e tia Manena visitamos cafés, museus, igrejas, praças, diversos pontos turísticos naturais e, como não podia deixar de ser, hospitais, para saciar minha curiosidade.

Antes da avaliação, eu estava mais apreensiva do que gostaria. Quando terminei, deixei o local com uma sensação de leveza tão grande que tive a impressão de que alçaria voo.

A viagem de volta foi mais rápida e tivemos a lépida surpresa de sermos recebidas no aeroporto por Galdino e papai, naquela manhã ensolarada de domingo. Meu pai e tia Manena abraçaram-se com tanto carinho que era visível a falta que sentiram um do outro, afinal, era a primeira vez, em todos esses anos, que eles se distanciaram dessa forma.

Galdino veio ao meu encontro e me levantou do chão com seu abraço. Mal toquei o chão novamente, senti a mão firme de papai sobre o meu ombro antes mesmo de me dar seu abraço forte. Não um pouso de mão qualquer, mas daqueles que só um pai sabe fazer quando quer se mostrar presente.

Deixamos papai e tia Manena na rodoviária antes de irmos para a pensão, onde eu ansiava descansar para refazer-me da viagem e do fuso horário.

Na segunda-feira, de volta à rotina de estudos, fui sabatinada pelos que queriam saber sobre a prova e a universidade tão sonhada. Ao meu professor, que muito havia se empenhado em me ajudar e que, de fato, acreditou em mim — até mais do que eu mesma —, dediquei especial atenção ao partilhar os detalhes dos hospitais, da prova e do famoso campus.

As poucas semanas de conclusão do curso passaram como um sopro e eu fechei o ciclo com chave de ouro. Como oradora da turma, encerrei o discurso agradecendo a Deus, aos professores, ao meu preceptor de Cardio e a três pessoas em particular: papai, tia Manena e Galdino. O diploma dediquei àquela pela qual eu estava ali: minha irmã, Rosa Branca de Castro. E o porquê da escolha pela medicina, resumi em sete palavras: “Nada vale mais do que uma vida!”

Capítulo IX

Era fevereiro do ano de 1963. Já decorriam três meses que eu havia realizado a prova para conseguir a bolsa em Minneapolis e não havia obtido qualquer retorno por parte da universidade. Estava prestes a iniciar minha residência no hospital em Belo Horizonte na área que eu amava: a cardiologia.

Nesses anos todos, papai nunca desistiu de procurar por Rosa. Conversava mensalmente com as Embaixadas Francesa e Espanhola e com as polícias civil e federal, de São Paulo e Belo Horizonte, além da delegacia de Curvelo. Certa vez, foi tirado de cabeça, pelos conhecidos que fez nesses órgãos, de viajar para a Europa para, ele mesmo, com dinheiro tomado em banco, ir atrás de Rosa. A polícia, a essa altura, apostava na possibilidade de tia Pilar e Rosa não fixarem residência em solo europeu.

Em Curvelo, havia uma semana que tia Manena e papai se esmeravam na casa. Queriam comemorar meu aniversário e minha formatura. Tinta branca nas paredes e azul nas janelas. Nada de cinza nem de passado. Era para frente que se caminhava. Com jardim novo, cadeiras novas e esperanças no porvir. Eu e tia Manena passamos os últimos três dias na cozinha preparando as iguarias mineiras: pães de queijo, pãezinhos de mandioca, broas de milho, bolos de fubá, feijão tropeiro, galinhada, torresmo, paçoca de carne e mandioca com linguiça. O suficiente para alimentar um batalhão de bocas famintas, desde o cantar do galo até a lua ficar alta, por, pelo menos, dois dias seguidos. A casa não cabia de flores e a vizinhança emprestou cadeiras e talheres.

— Tia Manena, para quê tanta coisa? Está parecendo festa de casamento...

— Festa é festa, Branca! E temos motivos para comemorar, não acha?

Era fato que motivo para celebração não faltava, mas aquela, ainda que eu não desconfiasse, não seria uma celebração qualquer.

Com riso fresco de criatura feliz, Galdino aportou em Curvelo na sexta à noite, em companhia do Dr. Carlos Augusto, Inácia e Perfídia. O sábado amanheceu luzente de enlevo e alegria intraduzíveis. Sinhá Preta veio da São Sebastião puxando a fila. Teobaldo foi o segundo a chegar com a família completa. O Sr. Honorato e D. Faustina não vieram porque estavam fora do país. Corsino me deu a maior das alegrias ao marcar presença ao final da manhã, vindo da capital fundada por Juscelino Kubitschek, na companhia da noiva, que esbanjava simpatia, e também a irmã dela. Felícia e Vicência chegaram em seguida, o Dr. Mário José e sua esposa, a simpática e reservada D. Carmem, o Sr. Deodato e a D. Prazeres, e até o Sr. Olinto fizeram coro aos convidados no decorrer do dia.

A celebração simples, preparada com amor e coroada de fartura, tomou as almas singelas que se regozijavam por estarem ali. Ao final da tarde, todos foram se retirando um a um, para o banho refazejo. Por ser a anfitriã, para dar lugar aos convivas e por não querer perder nada daquele dia tão especial, fui a última a me arrumar.

Quando deixei o quarto e voltei para a festa, as sombras da noite já haviam se avizinhado e os convidados, tomado conta da varanda e passeio, ao som de violas e bandolins. O céu bordou-se de luzes cambiantes quando apontei na porta. Cheirando a alfazema, com vestido cinturado, sapato de salto fino e flores nos cabelos soltos, todos os olhares voltaram-se para mim. A música parou e Galdino veio ao meu encontro. Tomou-me pela mão e conduziu-me à frente de papai, de tia Manena e do meu sogro. E, para minha surpresa, ao invés do parabéns, veio outra coisa:

— Sr. Modesto, D. Manena, meu pai, minhas irmãs, todos amigos aqui presentes, obrigado por virem e guardarem segredo quanto ao motivo desta festa! Diante de vocês, quero pedir ao Sr. Modesto a mão de sua Branca Rosa em casamento.

O pedido, caído de chofre, pegou-me de súbito e me fez verter um mar de felicidade. Levei as mãos unidas ao rosto na tentativa de conter a catadupa de emoção repentina.

— Galdino, você sabe que já lhe tenho como um filho, mas é Branca quem deve decidir se lhe quer como marido, não acha? — interveio papai em meu socorro, com palavras que descontraíram e quebraram a formalidade.

— Branca Rosa, aceita ser minha noiva por, aproximadamente, um ano?

O pedido que trazia conta de tempo arrancou riso curioso da plateia que convertia olhares prazenteiros amiúde para ele e para mim.

— Você tem alguma dúvida? — redargui com outra pergunta.

Ele então segurou meu rosto entre suas mãos para beijar a minha testa, embora, nitidamente, ansiasse beijar os meus lábios.

— Tem o anel, meu filho! — lembrou o Dr. Carlos Augusto.

— É mesmo! — exclamou desconcertado enquanto procurava em qual dos bolsos estava o bendito. Encontrou-o na última algibeira apalpada, para delírio dos expectadores.

Galdino colocou o anel de noivado em meu dedo e beijou-o, sob o manto de felicidade e paz que abrigava as alegrias santas de todos os corações que ali estavam. Eu era puro contentamento!

Papai não fez por menos e soltou um solo no bandolim. Galdino osculou demoradamente a minha testa e me abraçou com paixão. A festa varou madrugada adentro e só terminou no dia seguinte, quando os convidados foram se retirando após o café. Mas as surpresas não haviam terminado e, no almoço em família, Dr. Carlos Augusto pediu a palavra. E voltando os olhos para mim e para Galdino, começou:

— Penso que o tempo de noivado de um ano se faz necessário para a compra da casa, estou certo, filho?

— Sim, meu pai. Acredito que para um homem tirar a noiva do aconchego de seu lar, ele deve, no mínimo, proporcionar-lhe outro. Então julgo ser este o período suficiente para eu conseguir recursos para dar entrada em uma casa.

— Galdino, desde que me revelou seu intento em se casar com Branca, comecei a pensar em algo que pudesse presentear os dois. Pois bem, há pouco mais de mês, o Dr. Florduardo, meu compadre, que se aposentou e se mudou com a esposa para Cordisburgo, pôs sua casa da Av. do Contorno à venda. Sabe aquela amarela, cujo paisagismo lembra uma vila, que fica perto da Santa Casa de Misericórdia? — inquiriu com certo entusiasmo. — Pois bem, assim que soube, fui ter com ele e, depois de visitar a casa, não vi presente melhor para vocês. Fechamos negócio no mesmo dia. Os papéis estão correndo e na próxima semana a escritura ficará pronta. Portanto, se era a casa que faltava para se casarem, agora não falta mais.

Galdino foi pego surpresa por seu pai, tanto quanto eu fui pega de surpresa por ele no pedido de noivado. É que, apesar de herdeiro de uma das famílias mais abastadas da capital, ele, nem por sombra, cogitava pedir ajuda ao pai. Primeiro, porque valorizava as conquistas pelo esforço próprio e, segundo, por saber que jamais teria o consentimento da mãe, a quem, apesar de não concordar com as posturas e valores, muito respeitava. Galdino retornou para Belo Horizonte com a família e o domingo, em Curvelo, terminou em polvorosa com os planos do casamento.

Minha última semana no interior foi coroada de entusiasmo, apreensão e questionamentos. O que a mãe de Galdino diria quando soubesse que iríamos nos casar? O que faria quando descobrisse que o Dr. Carlos nos presenteou com uma casa em nosso noivado? Podia apostar que ela não ficaria de braços cruzados... Embora Galdino evitasse falar da mãe, nunca omitiu que ela jamais deixou de azucriná-lo por causa do namoro. E, segundo Perfídia, não foram poucas as festas e encontros, organizados pela matrona com o intuito de que ele se enamorasse de outra moça da sociedade, das quais ele sempre se esquivou.

De fato, Galdino era o noivo que quase toda mulher sonhava ter, pois, além do vigor de seu sólido caráter, detinha a arte do encantamento. Confesso que, embora não admitisse, sentia um certo ciúme quando as moças se insinuavam para ele com olhares indelicados e gestos nada sutis, dos quais ele se declinava naturalmente, sem deixar de ser gentil. Mas, quando eu tomava pé das armações de D. Isaura, sentia uma mistura de raiva e tristeza. "Até quando ela agirá assim? O que mais será capaz de fazer?" Esses e outros questionamentos passaram a assolar a minha mente durante algumas noites. Por outro lado, a satisfação do casamento iminente trazia-me uma alegria arrebatadora. Em casa, a lista do enxoval e dos convidados envolveu a todos. Apesar do desejo de convidar somente os que nos eram caros, havia os convidados da família de Galdino cuja lista, provavelmente, traria muito mais do que os escolhidos a dedo.

Papai, aposentado de pouco, tinha tempo de sobra e não tinha diante da urgência dos preparativos. Preocupado com as despesas do casório, acompanhou a mim e tia Manena à igreja para conversarmos com o padre Luciano, que tranquilizou-nos ao explicar o passo a passo do processo, depois dos trâmites do cartório, cujas entradas dos papéis ficaram por conta de Galdino, que voltaria à Curvelo para essa finalidade.

A semana voou. Retornei para Belo Horizonte e comecei minha residência no hospital.

Era maio de 1963 e havia mais de dois meses que me devotava ao exercício da medicina. Os preparativos para o casamento seguiam de vento em popa quando a vida, mais uma vez, apresentou-nos o seu revés por meio de um acontecimento que tirou o nosso chão.

Ao sermos chamados, eu, Galdino, papai e tia Manena apresentamo-nos no cartório para receber não os papéis do casório, como prevíamos, mas o açoite final no que restava de nossa esperança: a certidão de óbito de minha irmã, expedida por um cartório americano no ano 1958, que aguardava esquecida em um dos livros daquele estabelecimento há quase cinco anos e que, segundo a tabeliã de Curvelo, fora ali entregue por um portador que, sem se identificar, deixou-a sobre o balcão dizendo não possuir o endereço de residência da família, à época.

Não acreditamos num primeiro momento. Por certo, devia haver um engano, um homônimo, talvez. Mas lemos e relemos o lúgubre instrumento três vezes. Não tinha como duvidar. Lá constava claramente todos os dados de Rosa Branca de Castro e a causa de sua morte, além dos nomes de papai e mamãe.

Questionada por receber um documento deste porte e retê-lo por tanto tempo, a tabeliã esclareceu-nos que aquele não era fato isolado. Muito ao contrário! Era, inclusive, de praxe, tratando-se de indigentes. Muitos atestados de óbito ou mesmo certidões eram deixados nos cartórios quando a família não era localizada, para quando algum parente citado no referido documento desse entrada no cartório, os mesmos lhe fossem entregues.

— Minha irmã não era indigente, senhora! — exclamei pávida e aos prantos, procurando o ombro de Galdino para abrigar a minha dor.

Tia Manena amparou-se na cadeira rente ao balcão para não cair, ao mesmo tempo em que apertava as pálpebras e levava uma das mãos ao rosto num choro silencioso, vertendo todo o sofrimento para dentro.

Papai, abraçado à certidão, sem que nos déssemos conta, saiu a deambular pela rua.

Deixamos o cartório com os corações dilacerados à procura de papai. Fomos encontrá-lo a três quarteirões dali, sentado em um meio fio, chorando feito menino, com as mãos entrelaçadas junto ao peito, apertando a certidão. Não havia o que dizer. Palavra alguma minoraria nossa dor. Era como se nosso chão, de repente, desaparecesse. Eu perdia uma irmã, mas eles perdiam uma filha.

Confesso que, por um instante, cheguei a pensar que a razão da minha vida havia se acabado, que o meu esforço em me tornar médica para buscar a cura para Rosa, durante todos esses anos, havia sido em vão. Mas logo eu me lembrei de Ísis e de tantos outros pacientes que eu havia acompanhado... E esse pensamento perdeu força.

Em casa, cada qual com sua dor, externava como podia. No quarto, recostada na cama, fiquei abraçada à tia Manena que se conservou silenciosa pelo resto da tarde enquanto Galdino mantinha-se ao lado de papai, oferecendo-lhe o ombro amigo e o abraço de filho.

Já no crepúsculo, quando acabaram as minhas lágrimas e restou-me apenas a razão, deixei tia Manena na cama e levantei-me enquanto Galdino colocava papai debaixo do chuveiro quente, o qual, já sem forças, deixava-se guiar feito criança.

Peguei a certidão e a li novamente. Nesse instante, meu coração dizia haver algo estranho com aquele documento. Algo que eu não sabia explicar...

Enquanto preparava um caldo para todos, deduções e questionamentos assaltaram-me a mente: se a certidão foi emitida por um cartório de San Diego, nos Estados Unidos, significava que era lá, onde, provavelmente, tia Pilar mantinha Rosa, desde que deixaram o Brasil, o que explicaria, a princípio, a não-localização das duas pelas polícias francesa e espanhola. E como a mesma foi emitida no ano de 1958, pressupõe-se que Rosa teria se submetido a uma cirurgia bem sucedida, na infância, para que conseguisse chegar aos 20 anos... E considerando que esse procedimento, realizado com sucesso à época não era fato corriqueiro na história da medicina, haveria grande chance de estar catalogado em algum hospital daquele país.

Mas que motivo teria levado tia Pilar a nos enviar tal certidão? Se o seu intento — o qual supúnhamos — era castigar papai, por que poria fim à dor da dúvida, que vergastava muitas vezes mais do que a conclusão da perda? E quem seria a pessoa que teria deixado a certidão no cartório? Certamente alguém que não sabia nosso endereço, mas tinha conhecimento de que não morávamos mais na São Sebastião...

Podia parecer absurdo tudo o que me ocorria à mente naquele momento, mas meu coração se negava a acreditar que Rosa havia morrido e, mais do que isso, eu sentia que, de alguma forma, poderia não ser verdadeiro aquele documento que ensombrou nossas almas. E como tudo nos vinha na hora certa, a certidão apresentada a nós, cinco anos depois de sua emissão, não poderia ser por acaso. Para mim, ela veio nortear o caminho pelo qual eu iniciaria minha busca. Seria por aquele cartório estrangeiro — ao qual tia Pilar acreditava que jamais teríamos acesso — que eu chegaria a ela e descobriria a verdade. Ah!, como eu queria ter conseguido a bolsa em Minnesota! Estaria no país que eu, certamente, vasculharia palmo a palmo...

Por insistência minha, papai tomou um pouco de caldo e se recolheu com sua dor. Tia Manena não se levantou, mas aceitou receber o alimento na cama.

A sós com Galdino, compartilhei meus pensamentos e ele não achou absurdas minhas conclusões. Aquele documento, lavrado sob a alcunha da verdade, tinha chance de ser falsificado, por que não?! Entretanto, havia uma verdade a ser apurada antes de desacreditá-lo.

Passei a noite pensando se dividiria minhas deduções com papai e tia Manena. Intuí que seria dor maior se eu acendesse neles a esperança, baseada apenas em minhas inferências pessoais, e depois concluísse que Rosa, de fato, partira na juventude. Então, diante da possibilidade daquela certidão poder ser verídica, achei por bem calar-me a respeito. Galdino retornou a Belo Horizonte no dia seguinte. Permaneci com minha família naquela semana.

Nos primeiros dias após a notícia fatídica, linhas precoces surgiram no rosto de papai e de tia Manena e persistiriam como sulcos de dor que só cederiam com o tempo. Vicência e Felícia se revezavam na companhia constante aos dois. Antes de eu voltar ao trabalho, Sinhá Preta chegou para passar o mês, tão logo se inteirou do acontecido.

Todos os finais de semana seguintes, passei a estar com eles em Curvelo e num desses vim disposta a dividir minhas inquietudes e esperanças compartilhadas com Galdino e com o delegado de polícia de Belo Horizonte, que muito me orientou. Mas, no último momento, declinei novamente e resolvi não só guardar segredo, como também travar a busca pela verdade por conta própria.

Era uma sexta-feira de julho de 1963 quando Galdino convidou-me para jantar. Estava ansioso para me encontrar e comemorar uma notícia alvissareira. Aceitei, sem imaginar que a roda da vida giraria novamente.

Ao chegar à pensão após o trabalho, encontrei um telegrama sobre minha cama. O remetente? Universidade de Minnesota — Minneapolis/ Departamento de Residência e Especialização. Abri tão depressa o envelope que quase rasguei o conteúdo:

Senhorita Branca Rosa de Castro, comunicamos que, pelo resultado alcançado no exame prestado em nossa universidade, fostes agraciada com a bolsa de estudos para residência em cardiologia, com foco em cirurgia do coração, presidida pelo professor C. Walton Lillehei, que terá início no dia 05 de agosto do corrente ano. Aguardamos seu contato para os trâmites necessários, bem como sua presença no próximo mês. Atenciosamente.

Fui tomada de tanta alegria que as duas horas que antecederam ao jantar pareceram séculos de espera, tamanha era minha ansiedade por compartilhar a notícia com Galdino.

Assim que ele me pegou na pensão, estampávamos os dois a melhor das feições.

No jantar, um vinho tinto para iniciar a noite que muito prometia.

— Bom te ver feliz assim, Branca! Está linda com este sorriso!

— Tenho uma novidade para lhe contar, Galdino!

— Que bom! Celebraremos dobrado então porque também tenho uma para você! — disse externando as charmosas covinhas. — Conte primeiro a sua, Branca!

— Não, Galdino. Conte a sua, porque a minha só chegou há pouco mais de duas horas...

Ele tomou minhas mãos sobre a mesa e, com olhar tão feliz quanto apaixonado, disse que os papéis do cartório saíram e ele marcou nosso casamento para dali há três meses.

A notícia, até algumas horas antes bem-vinda, estilou meu coração e retesou-me a face. Minha alegria, de súbito, transformou-se numa angústia que eu não consegui disfarçar.

— O que foi, Branca? O que aconteceu? Não ficou feliz com a notícia?

Meus olhos intumesceram. Abaixei a cabeça e desvencilhei-me de suas mãos. As palavras se estancaram entre os meus dentes e eu só pensava em não tirar a alegria que ele trazia. Mas a cumplicidade que nos ligava obrigou-me à verdade, então, tirei da bolsa o telegrama e passei-o às suas mãos, sem coragem de encará-lo. Permaneci de cabeça baixa até que ele me devolvesse novamente o envelope, arrastando-o pelo forro da mesa, no compasso de sua decepção, até tocar meus dedos.

Sob um silêncio ensurdecedor, guardei o papel e levantei meus olhos para encontrarem os dele. Deparei-me com uma feição profundamente frustrada e distante, desprovida de qualquer viço. As emoções esfriaram e o jantar, que mal havia começado, terminou ali. A meu pedido, Galdino pediu a conta e me levou para a pensão. Palavra alguma no caminho. Na despedida, uma troca de olhares frustrados.

Só fui ter com Galdino no almoço de domingo, quando ele se abriu:

— Branca, penso não ser fácil a decisão que terá que tomar e não quero influenciá-la a respeito, até porque participei do seu sonho. Só que muitas coisas aconteceram no caminho e pensamos que a bolsa não sairia, motivo pelo qual noivamos e investimos no casamento. Mas confesso que dois anos é tempo demais para quem tem contado cada dia para tomá-la nos braços como esposa. Desde que chegou em minha vida, afastei-me dos colegas de farra, deixei as folganças descompromissadas e investi mais ainda na carreira. Por amor, tenho enfrentado muitas coisas e aprendido a esperar — só Deus sabe o quanto me custa! — e também a ceder. Por amor, penso que guardar-me para o nosso casamento e entregar-me a você por toda a vida, dominar meus instintos e ordenar minhas paixões, respeitar o seu corpo e me sentir tão responsável por guardá-lo quanto você (apesar de desejá-lo mais do que a mim mesmo) e fazê-la realmente feliz é muito mais importante do que os meus próprios desejos... Mas, por amor, devo ser verdadeiro com você: se partir, temo por você e por mim! Eu não sou perfeito, Branca, queria ser, mas não sou! Existe um homem miserável dentro de mim, um homem que cresceu cercado pelas facilidades do mundo, achando que tinha tudo, mas quando te encontrou, viu que não tinha nada. Este homem anterior insiste em duelar com o homem que sou agora, o homem que se transformou por sua causa e que encontra força e alegria na sua presença, na sua companhia, no seu sorriso... Você me fortalece e me inspira a vencer o mundo, Branca. Preciso de você ao meu lado! Você me conduz ao que há de mais elevado e sublime, muito diferente de tudo o que eu vivia antes de te conhecer... Não quero perder isso!

— Você não perderá!

— Sabemos que a distância e o tempo não estarão a nosso favor, Branca!

— Se você me amar de verdade, vai me esperar, Galdino!

— Se você me amar de verdade, ficará e se casará comigo, Branca! Você não deixará de se dedicar à cardiologia. Por favor, não me peça compreensão, porque meu coração e meu corpo já estão bastante rudes quanto a isso!

Notei Galdino frio e firme naquele almoço, no qual eu não falei mais nada e ele terminou dizendo que se afastaria uns dias para eu pensar.

Minha cabeça estava uma confusão só. Se fosse para Minnesota, realizaria o sonho de estudar no centro mais avançado do mundo em cardiologia e iniciaria minha busca por Rosa, mas correria o risco de perder Galdino. Se ficasse, casaria com o homem que amo, mas perderia duas oportunidades únicas. Era uma decisão a ser tomada rapidamente, uma vez que as aulas começariam no próximo mês.

Fui para Curvelo no final de semana. Conversei com papai e tia Manena, que pareceram ganhar vida com a notícia. Além deles, aconselhei-me com Sinhá Preta que estava de volta à nossa casa e lá permaneceria por uns meses.

No domingo, o Dr. Carlos Augusto apareceu para o almoço. Sabedor do ocorrido pela boca do próprio filho, ele veio dizer que apoiaria minha decisão fosse ela qual fosse. Lembrou-me de que a verdadeira medicina exigia sacrifícios e renúncias, tal como o casamento, e que não tinha dúvidas de que o mundo ganharia muito com a médica que eu me tornaria, caso decidisse partir, apesar de, pessoalmente, preferir que eu ficasse e me casasse. Mas terminou dizendo que a vida nos brindava com oportunidades únicas, as quais, por um motivo maior, não deveriam ser desperdiçadas.

Apesar do orgulho pela minha conquista, senti um certo pesar nos olhos de papai, pela distância, talvez. Tia Manena não se deixou guiar pela emoção e, embora acolhesse Galdino como a um filho, recordou-me que oportunidades olvidadas eram sonhos destruídos. E aludindo à minha preocupação por deixar a ela e papai no Brasil e me afastar por longo tempo, minha tia chamou-me aos brios e proferiu que eles me criaram para voar, que a minha história não era a deles e que ficariam bem se eu estivesse bem aonde quer que fosse.

Retornei a Belo Horizonte na segunda-feira e entrei em contato com a Universidade de Minneapolis para acertar os detalhes da bolsa e providenciar a documentação solicitada. Comuniquei minha decisão ao hospital e comprei a passagem. Grata à D. Prazeres e ao Sr. Deodato pelo carinho da acolhida durante os mais de seis anos, avisei na pensão que estava de mudança. Papai e tia Manena chegaram dois dias depois para ficarem comigo até a partida.

Faltavam duas semanas para a viagem quando liguei para Galdino e o chamei para uma conversa. Este encontro que eu protelava não foi fácil pra mim, porque, de fato, eu o estimava mais do que pensava e estava sofrendo por deixá-lo. De frente um para o outro, dissemo-nos sem serem necessárias palavras. Galdino abraçou-me forte por bom tempo e nesse abraço, onde misturamos pele, mãos, cabelos e lágrimas, tive a certeza do quanto o desejava e do quanto o amava. Apesar de não querer que eu partisse, ele não escondia a admiração pela minha conquista. No fundo, Galdino parecia saber que eu não era pássaro de gaiola e me venerava exatamente por isso. Decidimos aproveitar cada instante que nos restava e não falar sobre a viagem.

Todas as providências foram tomadas durante estes dias que passaram voando. Comprei uma linha e um aparelho telefônico para a nossa casa em Curvelo, para poder conversar com papai e tia Manena, sem incomodar nossas vizinhas. E eles, por sua vez, poderiam falar comigo sempre que quisessem. Levei os dois ao hospital e fizeram uma avaliação completa na saúde. Precisava ter a certeza de que estavam bem para eu poder deixá-los. Aproveitamos juntos cada minuto dos dias que antecederam à minha partida. Por opção de papai e de tia Manena, eu e Galdino os levamos à Curvelo um dia antes da minha viagem.

A caminho do aeroporto, a separação iminente me angustiava muito mais do que o desconhecido que se avizinhava. Na despedida, a alguns minutos do embarque, Galdino, emocionado, tomou-me em seus braços e me apertou em seu peito. Suas mãos deslizaram por minhas costas e pressionaram minha cintura como se quisesse retê-la nas digitais. Nossa respiração ficou acelerada, nossa voz embargada e nossos olhos mergulhados num mar de saudade antecipada. Não queríamos nos soltar desse abraço, mas um calor cresceu em mim feito fogo e acredito que tenha crescido em Galdino também, já que ele — de pronto — se afastou. Pude ver a face da paixão em seu rosto, antes dar-me as costas e caminhar de um lado a outro por um tempo, levando as mãos aos cabelos e enxugando os olhos, externando um ar de desespero que não lhe era próprio. Do alto-falante do aeroporto, uma voz feminina chamou os passageiros do meu voo para o embarque, elevando o grau do meu sofrimento ante a separação. Galdino voltou-se para mim e olhou-me como se quisesse fotografar na memória cada traço meu. Descansou os dedos em meu pescoço e emaranhou com firmeza os meus cabelos, no anseio de guardar o perfume dos meus cachos. Segurou meu rosto entre suas mãos, olhou-me profundamente mais uma vez e se aproximou com ardor para beijar a minha boca. Neste momento, neste milésimo de segundo e de distância de nos tocarmos os lábios — momento no qual eu mesma já não tinha forças para me desvencilhar de suas mãos (ou não queria ter) — ele apertou as pálpebras fortemente, tremeu o queixo como se estivesse em queda de braço com seus desejos e voltou-se para a minha testa, na qual colou os lábios demoradamente enquanto as lágrimas que escorriam por nossa face se misturavam numa promessa de amor.

Separamo-nos quando a voz do alto-falante chamou para a sala de embarque pela segunda vez. Corremos ao guichê e despachamos as malas. Na correria, antes de atravessar a porta de embarque que era nosso limite, um último abraço emocionado, mãos que não queriam se soltar e uma pergunta derradeira:

— Você vai me esperar, Galdino?

Ele não respondeu.

Capítulo X

Os últimos momentos com Galdino, por pouco, não me fizeram desistir. O caminho para a aeronave foi difícil, já que os olhos submersos mal me permitiam ver o chão. Procurava não pensar nele, em papai ou tia Manena. Sabia que, da forma como me sentia naquele momento, corria sério risco de abandonar o sonho de Minnesota. Sonho este que, de certa forma, começou lá atrás, na infância, quando prometi salvar um coração desenganado.

O alívio que senti assim que o avião levantou voo, eliminando qualquer possibilidade de desistência, não sobrepujou o frio que congelou minha espinha, asseverando que, a partir daquele momento, seria eu comigo mesma. Fui tensa até São Paulo onde embarquei em outra aeronave. Neste segundo trecho, o cansaço me venceu e só acordei nos Estados Unidos da América.

Chegando em Minneapolis, fui para o hotel no qual fiquei anteriormente, até que encontrasse um local apropriado de acordo com o que a bolsa dispunha, o que não demorou. Três dias depois estava alojada no apartamento de um prédio ocupado por estudantes e funcionários da universidade. Quarto, sala, cozinha, banheiro, uma modesta lavanderia e uma vista charmosa para a principal avenida da cidade, que regurgitava de estudantes afoitos por conhecimento. Instalada, liguei para Curvelo e conversei com tia Manena e papai, que não se aguentavam de ansiedade por notícias. Com Galdino, falei no hospital por evitar ligar para o telefone de sua casa. As vozes saudosas e embargadas dos dois lados não nos permitiram muito diálogo, o que encurtou a ligação. Escrevi a ele no mesmo dia, dando início à nossa comunicação oficial por cartas semanais, uma vez que os telefonemas, via telefonista, eram caros e difíceis.

Os três primeiros dias naquela cidade foram suficientes para eu tomar pé da condição político-social na qual acabava de me inserir e precaver-me quanto ao que poderia sofrer. Isso porque cheguei aos Estados Unidos da América no auge do Movimento dos Direitos Civis dos Negros, o qual, a cada dia, ganhava mais adeptos chocados com as cenas de violência contra, especialmente, mulheres e crianças. O que, óbvio, obrigava-me a guardar os passos tão logo pisava na rua.

As aulas começaram e já no primeiro dia senti o que significava ser "de cor" num país que se distinguia no preconceito. Assim que entrei em sala, todos os olhares se voltaram para mim, despertando-me a incômoda sensação de ser despida em público. Enquanto me dirigia murcha a uma das três cadeiras disponíveis, das aproximadamente 15 que avistei da porta e que foram ocupadas por pertences pessoais em fração de segundos, desabafava comigo mesma que na inscrição para a bolsa deveria constar a pele branca como requisito...

Na Universidade de Minnesota, o racismo não se manifestava por meio de leis segregacionistas, mas a dicotomia era clara, o que levava os cidadãos negros a ansiarem por mudanças drásticas nas relações sociais.

Com o foco no professor, o Dr. Lillehei, assim que ele se apresentou, fui deixada de ser o centro das atenções por um tempo.

Apesar de estar a mais de mil milhas de distância da capital americana, já cheguei como expoente da Marcha de Washington. É que naquele agosto de 1963, a marcha organizada por Martin Luther King, Bayard Rustin e Phillip Randolph, junto a outros líderes, mobilizou ativistas negros e brancos, vindos de todos os quadrantes da nação, na maior aglomeração pacífica realizada nos Estados Unidos. E como única mulher jovem e negra naquele curso, não precisava muita imaginação para antever o que me esperava e o que significaria minha presença ali, pelo menos nos próximos meses.

Havia também outro fato impactante naquele agosto de 1963: o primeiro negro acabara de se formar na Universidade do Mississippi e isso reverberava em todas as universidades do país, fossem elas segregacionistas ou não. Novamente teria que provar a que eu vinha, até porque, além da cor, eu era recém-formada e jovem estrangeira, proveniente de um país latino e subdesenvolvido aos olhos deles. Mas isso não me intimidava nem um pouco. Ousadia e coragem eu tinha de sobra. O que me balançava mesmo era a saudade.

As quatro primeiras semanas foram tão dolorosas que verti lágrimas suficientes para transbordar o Canal da Mancha. Escrevi cartas quase todos os dias ao papai, à tia Manena e ao Galdino, e ansiava recebê-las na mesma medida para alimentar a sensação de senti-los próximos e, dessa forma, abrandar minha solidão cruciante. No entanto, no dia em que me peguei voltando mais cedo para casa só para cercar o carteiro e perguntar porque havia três dias que ele não me entregava carta alguma, dei-me conta de que eu não estava em lugar algum. Então infligi a mim mesma a sentença: ou assumiria minhas escolhas pagando o preço que elas me impunham ou abandonaria o sonho dessa residência e voltaria para o Brasil, mas o que não daria era para permanecer no meio do caminho.

A partir deste dia, deixei de sentir compaixão por mim mesma e parei de pôr lenha no fogo da saudade. Todas as manhãs, assim que me colocava de pé, prometia-me que naquele dia eu faria jus à oportunidade de estar onde eu estava. Deixei as cartas para os finais de semana e reforcei minhas horas de estudo.

O curso, mais puxado do que eu supunha, ia da teoria intensificada à prática exaustiva, com aulas práticas que iniciavam com o dia e, na maioria das vezes, terminavam à noite. O Dr. Lillehei, sumidade no assunto e exigente na mesma medida, não escondia o propósito de desenvolver em nós a habilidade necessária para ressuscitar corações ao nos ensinar a dominá-los com segurança e propriedade como poucos.

Durante a semana, meu ritmo era um só: do apartamento para a universidade e hospital e vice-versa. Apesar da correria, não me descuidei da alimentação. E a dor da distância dos que eu amava logo arrefeceu. Passei a escrever para os três semanalmente, contando da rotina e novidades no outro continente. Esporadicamente, escrevia também à Perfídia e Inácia.

No terceiro mês, eu já havia me acostumado por completo à minha nova vida de esforço, esforço e mais esforço. Havia feito poucos amigos, mas angariado o respeito de muitos colegas. Como as oportunidades para os negros não eram tão democráticas como o país propagava, tive que me avigorar além da conta. Os horários de prática cirúrgica "extra" me sobravam somente nos finais de semana à noite enquanto que para a maioria dos alunos brancos eram durante a semana e em horários diurnos. No entanto, exatamente por isso, aproveitava para fazer não uma cirurgia, mas pelo menos duas. Pegava carona no espaço deixado por um ou outro médico que se ausentava desses hospitais, que já contavam com o quadro reduzido. E a nova realidade começou a moldar em mim não só a resiliência, mas a resistência física e emocional que eu muito precisaria num futuro próximo.

O natal e a passagem de ano foram os mais solitários da minha vida e só não foram piores porque passei trabalhando. De férias na universidade, consegui, por indicação do professor, um trabalho temporário no hospital até que as aulas retornassem. A experiência de trabalhar no hospital durante as férias fez muito bem para a minha cabeça e coração, além do bolso, claro, pois me permitia somar ao que eu já vinha economizando mensalmente da bolsa.

Março de 1964 chegou num piscar de olhos. Retomei as aulas e celebrei o aniversário de Galdino, para quem enviei uma carta apaixonada e um mimo comprado com desvelo.

Em abril de 1964, no oitavo mês em solo americano, procurei meu professor novamente e me candidatei a um trabalho voluntário no mesmo hospital para suprir a necessidade que eu trazia de me sentir útil. Na semana seguinte ao meu pedido, ele conseguiu um trabalho no mesmo lugar onde atuava como também cirurgião voluntário, durante um final de semana por mês. E para minha "sorte", passei a ajudá-lo nessas cirurgias.

Algumas semanas depois, já no nono mês do curso, fui surpreendida em sala de aula ao ser chamada à frente por esse mesmo professor. Ele queria apresentar à turma as fotos e dados das práticas que eu vinha realizando nos hospitais, principalmente no que tangia à recuperação mais rápida dos pacientes. Pegou algumas imagens cirúrgicas relevantes e, com a ajuda do projetor, iniciou a exposição explanando a sua grata surpresa ao perceber que eu trabalhava o coração como se o conhecesse como ninguém. Perguntou como consegui a destreza para suturar um órgão dificílimo com tamanha habilidade e o que eu fazia para que os pacientes — muitos deles descrentes — entrassem com tanta confiança no bloco cirúrgico.

— É que não conheço nenhum coração como deveria, doutor!

— O que quer dizer, Dra. Branca Rosa? A senhorita é uma médica e está se especializando em cirurgia cardíaca. Suas cirurgias têm sido referência na universidade e nos hospitais onde tem atuado e a senhorita afirma que não conhece o coração?

— Sim, é isso mesmo! Não posso dizer que conheço o coração se eu não conhecer o que o alimenta. O que entra e sai dele vai muito além da ciência e é justamente o que o nutre. Refiro-me às emoções e crenças dos pacientes, doutor!

— O que está me dizendo, doutora? — cresceu ele.

— Apesar de buscar incansavelmente o conhecimento científico e trabalhar com a medicina de ponta, e não obstante empenhar-me no desenvolvimento de minhas habilidades para tornar-me uma médica à altura da minha profissão, de nada adiantará se eu não tiver uma visão ampliada, se não for humana o suficiente para me colocar no lugar do meu paciente e procurar sentir a sua a dor... Posso ser exímia na troca de válvulas aórticas, mas preciso antes conhecer a causa que gerou essa troca e trabalhá-la, causa essa que pode não estar no coração.

Os olhos cálidos do Dr. Lillehei ficaram congelados em mim por longo tempo antes de retomar a palavra:

— E quanto à crença... A doutora considera que a fé supera a habilidade médica? — perguntou ele com uma fisionomia que eu não sabia descrever.

— Não disse isso, professor!

— Devo informá-la que aqui ensinamos médicos a serem bons o suficiente para não contarem com a fé e sim com as próprias habilidades, com o conhecimento científico e com as inovações tecnológicas a serviço da medicina.

— Sim, professor!

— A senhorita tem alguma consideração a respeito?

— Tenho — respondi em tom pequeno. — Vim justamente em busca do que o senhor ensina que é o conhecimento científico e o desenvolvimento da habilidade médica, mas sem fé eu mesma não estaria aqui! A fé não substitui a ciência, mas acrescenta-a profundamente.

O olhar incisivo e o aceno de cabeça do professor foram a permissão para eu voltar ao meu lugar sob silêncio geral de todos. O trecho até minha cadeira foi longo. Eu tinha consciência de que a medicina, naquela década de 60, duelava abertamente com a espiritualidade — qualquer que fosse ela — e muitos eram os médicos renomados que não a consideravam como fator importante no tratamento. Aliás, muitos sequer a aceitavam! Então, o que deveria estar pensando o Dr. Lillehei ao saber que, além da fé, eu acreditava que a visão holística poderia apontar um caminho mais assertivo para a cura não só do coração, mas de vários outros órgãos? Será que ele ainda iria me querer como voluntária em sua equipe? Por que me questionou daquela forma? Seria ele um daqueles médicos que confiavam apenas na medicina e em si mesmos? Talvez fosse melhor deixar meu coração de lado quando se tratasse do coração dos outros...

Todavia, há coisas que não se entende e por isso mesmo não se explica. Fato é que na semana seguinte à sabatina em público, o Dr. Lillehei passou a me requisitar como médica substituta de sua equipe também em outro hospital.

Enquanto as coisas só melhoravam no campo profissional, no campo emocional já não acontecia o mesmo. Fazia dois meses que Galdino escrevia-me de modo lacônico e enviava-me, no máximo, uma carta por mês, além de passar a não atender às minhas ligações. Inácia e Perfídia também deixaram de me escrever. Tia Manena e papai, que não falhavam nas cartas semanais, ainda que somente para me darem a bênção, pareciam nada saberem a respeito e eu não queria ocupá-los com isso. Por esse motivo, minha cabeça só descansava quando eu mantinha minhas mãos ocupadas na divina graça do trabalho.

Em julho de 1964, uma carta de Galdino pôs fim à minha suspeição. Sem maiores detalhes quanto aos seus sentimentos e aos motivos de seu comportamento nos últimos meses, terminou o noivado de forma seca, com a justificativa de que o tempo e a distância definiram nossos destinos. Dizia que, apesar de continuar nutrindo carinho por mim, não me cativaria no compromisso do noivado e desejava-me sucesso nas minhas escolhas.

Aquelas palavras, chegadas de susto, tiraram-me o chão, a fome, o rumo, tudo. Chorei muito naquele dia, primeiro e único que faltei às aulas. Debulhei cada palavra dezenas de vezes. Quis ler o que estava por trás daquele texto e sentir a emoção não exposta. Dor, desconfiança, decepção, tristeza, culpa, saudade, amor... Senti um pouco de tudo. Aquela carta acompanhou-me por dias e foi relida em praças, ruas, ônibus, cafés e até mesmo na universidade.

Sem sucesso nas chamadas telefônicas, duas semanas depois não me contive e escrevi uma carta de volta, questionando os motivos que o levaram a esquecer o amor declarado tantas vezes. Mas, para o meu desespero, também não obtive resposta. O que teria acontecido? Onde estava aquele amor? Somente uma nova paixão seria capaz de distanciá-lo assim, ainda que eu relutasse em acreditar nisso. Mas que mulher tão especial teria arrebatado o coração de Galdino dessa forma? Charmoso que era, nunca duvidei de que candidatas não faltariam, ainda que eu colocasse confiança em seus sentimentos e em sua conduta. Aventura, paixão, loucura... seja qual for o nome deste vendaval que o levou de mim, bem que poderia se identificar, para que diminuísse meu sofrimento.

Porém, de uma coisa eu não tinha dúvida: Galdino sempre seria o amor obstinado que não mediu esforços para me libertar da dor que me aprisionava desde a infância. Paixão afiançada pelos abraços de cumplicidade. Amor que me acordou para a existência.

Na semana de férias que tive em julho, passei remoendo o ocorrido. Percebi que não tinha os nervos inquebrantáveis como pensava, pois a sensação provocada pela perda de Galdino evocava fantasmas do passado, reavendo os medos que há muito haviam me deixado.

Por três vezes, tive o impulso de pegar o avião e ir ao Brasil somente para conversar com ele. Mas como a sensatez era virtude que não me faltava e superava os meus ataques de impulsividade, eu então desistia. Era certo que eu nada poderia fazer a tantas milhas de distância, mas de que adiantaria atravessar o oceano para escutar um "não" pessoalmente se ele já havia sido dado sem chance de questionamento? Se a decisão de Galdino já estava tomada e ele sequer dignou-se a explicá-la?

Levei um mês para encontrar coragem e também a melhor forma de comunicar o rompimento do noivado à minha família, que não escondeu a tristeza com a notícia. Tia Manena disse que ela e papai haviam notado a mudança no comportamento do genro galeno nos últimos meses, mas preferiram não dividir comigo suas impressões.

Sem apetite, sem dormir e num sofrimento sem medida, amanheci no sábado, 8 de agosto de 1964, com uma vontade imensa de procurar um lugar onde eu pudesse falar com Deus e encontrar a paz que, há muito, não existia em mim.

A caminho da igreja mais próxima de minha casa, lembrei-me das palavras de tia Manena dizendo que Deus jamais nos abandonava, ainda que nós o abandonássemos... E foi no auge do desespero emocional que voltei à igreja depois de anos. Não que eu fosse uma pessoa descrente ou que desconhecesse as coisas do Alto, afinal, cresci em uma família de valores cristãos e hábitos disciplinados, mas reconheço que, há muito, havia me tornado morna demais. Depois que Rosa foi tirada de nós, eu passei a questionar o sentido da Misericórdia Divina e da "maternidade" de Nossa Senhora, as quais tia Manena sempre se referia. Sabia que a compaixão divina existia, pois a trabalhava com meus pacientes, mas, no fundo, não considerava que eu fosse digna dela. Lembro-me que, antes de deixarmos a São Sebastião, coloquei-me diante da imagem da Mãe de Cristo, em nossa varanda, e questionei a Virgem onde ela estava que não cuidou de Rosa. Por que permitiu que a levassem? Será que não via nosso sofrimento? Foi nesse instante que deixei de recorrer à Maria. E, mais do que isso, foi a partir dali que me entreguei à "cômoda desistência da crença" a qual eu, desde nova, profetizava.

Havia começado uma celebração por honra de Nossa Senhora naquela manhã de sábado. E o templo, tomado de almas fervorosas que debulhavam as contas do terço na contemplação dos seus mistérios, quase não tinha mais lugar. Por sorte, encontrei um pilar sem dono e me encostei. Fiquei um tempo apenas observando as pessoas. O padre, à frente, discorria sobre os mistérios da Virgem enquanto emoções exaltadas e testemunhos ao pé do ouvido iam brotando aqui e ali. Cansada física e emocionalmente, sentia-me muito distante de tudo aquilo, até que no momento do banquete eucarístico, do qual eu não participei por razões óbvias, mirei a imagem daquela que trazia a criança nos braços e supliquei ajuda.

No mesmo instante, percebi o quanto havia me distanciado de Deus e a falta que fazia estar em estado de graça...

Aos prantos, não me dei conta de que o templo já estava vazio e um homem, de pé ao meu lado, olhava-me com compaixão. O mesmo que, quando cheguei, já estava encostado na pilastra da frente.

Sob um silêncio paciente, aquele desconhecido de olhar sibilino e profundo, estendeu-me os braços. Desabei-me em seu ombro e chorei até perder o fôlego. O tempo que fiquei assim eu não sei, mas as lágrimas que volvi durante esse período purificaram minha alma e lavaram meu coração.

Talvez por perceber o meu cansaço, ele conduziu-me ao banco mais próximo, sem soltar-me de seu amparo que me acolhia e alimentava ao mesmo tempo. Eu queria falar, mas não conseguia. Precisava perguntar-lhe o nome, agradecer pela paz que ele me transmitia, pela presença... Queria falar que não recebia um abraço há meses, mas a voz não saía. Feito criança que se enrosca em colo paterno, assim era eu em seu ombro, com minhas mãos aquecidas pelo calor das suas. Fui me acalmando devagar, a respiração foi voltando ao normal e eu já não trazia o cansaço emocional de quando cheguei. O ar foi entrando leve novamente, sem me sufocar como antes. Foi quando eu levantei a cabeça e olhei nos olhos do ignoto de semblante reservado que me ofereceu ombro sem conta de juízo.

Já passava das 12 horas quando uma jovem veio ao nosso encontro avisando que precisavam fechar a igreja. Levantamo-nos e ele apoiou a mão em meu ombro enquanto nos dirigíamos para a saída. Do lado de fora, agradeci pelo abraço que eu tanto precisava. Ele sorriu.

— Sua casa é para lá? — apontei na direção norte, onde ficava meu apartamento, na esperança de ter sua companhia pelo caminho.

— Não — retornou em tom baixo e ar misterioso.

— Qual o seu nome?

— Max.

Antes que eu pudesse perguntar mais alguma coisa, ele proferiu:

— Tenha paciência porque tudo passa. Toda dor passa! Vá em

paz! — exclamou com ar mavioso, antes de se virar, pondo fim a qualquer intenção de aproximação.

Percebi que ele não estava para conversa, apesar do carinho e altruísmo demonstrados havia pouco. O desconhecido garboso, que aparentava ter, no mínimo, uns dez anos a mais do que eu, veio e se foi com discrição, deixando paz em meu coração.

Capítulo XI

O domingo chuvoso não me impediu de colocar minha capa de chuva e voltar à mesma igreja, onde me refugiaria muitas vezes a partir daquele dia. Além de buscar o que eu precisava, será que ansiava encontrar o Max novamente? Talvez...

A segunda-feira chegou com novo viço. Minha energia para os estudos e trabalho voltou como dantes. A saudade de Galdino continuava grande, mas não a ponto de me entorpecer. Após a aula, procurei o hospital no qual vinha atuando como médica voluntária e ofereci-me para dar plantão por, pelo menos, uma vez por semana. Consegui não um, mas dois plantões no final de semana, os quais, além de não me sobrecarregarem na universidade e não atrapalharem os trabalhos voluntários que eu fazia, me permitiriam, se minhas contas estivessem corretas, fazer duas coisas: viajar para San Diego com o intuito de visitar o cartório que emitiu a certidão de Rosa e investir na busca pelo paradeiro de tia Pilar.

Na sexta-feira da primeira semana do retorno às aulas, o Dr. Lillehei apresentou-nos o que seria o maior avanço de toda história das cirurgias cardíacas, cujo êxito se revelaria mais importante, inclusive, do que a exploração espacial: o transplante de coração. E para abordar esse tema que era considerado tão inconcebível quanto revolucionário para a medicina da época, ele trouxe uma autoridade no assunto: o médico de origem francesa que residia em Nova York e trabalhava num dos hospitais mais renomados em cardiologia, o Dr. Maxine Olivier Blanche.

Segundo o médico francês, o transplante de coração humano, até então inimaginável e controverso, seria questão de tempo e salvaria milhares de pessoas com doença cardíaca crônica para a qual não se tinha cura. Depois de detalhar o assunto, ponderou que as dificuldades não seriam de ordem técnica, mas de rejeição, uma vez que o organismo se defenderia contra todo e qualquer corpo que lhe fosse implantado, razão pela qual já se havia estudos consideráveis de imunossupressores.

O tema cuja palestra durou pouco mais de três horas despertou-me paixão imediata, mas não me surpreendeu mais do que o médico que a proferia. De óculos, cabelos alinhados, barba feita e muito bem vestido, aquele que nos falava à frente era o mesmo que havia me acolhido após a missa no último domingo. Apesar de não portar óculos na igreja, dos cabelos ao natural — que estava lindo — da barba por fazer e do traje esportivo, o olhar enigmático e visceral era o mesmo, tanto quanto o ar reservado e a voz serena e empostada. Grande pesquisador, o Dr. Maxine, que passou a compor a equipe do Dr. Lillehei, havia trabalhado com aqueles que num futuro próximo escreveriam a história da cardiologia como os primeiros cirurgiões a realizarem transplantes de coração humano no mundo: o professor Christiaan Barnard, da África do Sul e o Dr. Shamway, da Standford University da Colúmbia.

Confesso que senti uma alegria imensa em revê-lo novamente, além, é claro, de um congelar sutil por dentro, apesar de ele sequer ter dado a entender de que havia me reconhecido. Será que não? Suspeições à parte, não nego que meu coração se alegrou assim que o viu e que eu, discretamente, corri os olhos em suas mãos para ver se trazia aliança.

No encerramento e despedida, apenas o aceno de cabeça e seu olhar indecifrável para mim.

Era outubro de 1964 quando a universidade parou por três dias. Peguei o avião e voei as 1.500 milhas que me separavam da Califórnia. A diferença de fuso horário de duas horas permitiu que eu fosse ao cartório no mesmo dia.

Solicitei uma cópia da certidão de óbito de Rosa Branca de Castro. Forneci todos os dados que tinha em mente, inclusive o dia e horário constantes naquela que nos foi entregue em Curvelo. Minutos depois, a funcionária muitíssimo educada veio, na companhia de outra, confirmar os dados novamente, sob a justificativa de que a tal certidão não se encontrava em seus registros. Uma hora mais tarde, o veredito final: a certidão de óbito de Branca Rosa de Castro jamais fora emitida pelo referido cartório.

Por sugestão do próprio estabelecimento, fiquei um dia mais em San Diego e percorri todos os outros cartórios da cidade com o mesmo intuito. E descobri, para concluir minha suspeição, que não havia certidão de óbito de minha irmã em lugar algum da cidade, o que evidenciava, claro, que o documento enviado a nós era falsificado.

Será que contaria à tia Manena e ao papai sobre a minha descoberta ou será que esperaria por uma pista de Rosa primeiro? Preocupada com a reação deles à distância, considerei a possibilidade de me silenciar. Por outro lado, seria um pecado negar a felicidade que a verdade proporcionaria aos dois, tão testados pelas vicissitudes da vida. Então, de volta à Minneapolis, no horário do almoço, do Campus, liguei para Curvelo. Tia Manena atendeu e, ao escutar minha voz, logo se precipitou em perguntar o que havia acontecido para que eu ligasse naquela hora do dia. Tranquilizei-a e fui direto ao assunto:

— Tenho uma notícia para vocês! E como notícia boa não se guarda, confio à senhora a forma e o momento de repassá-la ao papai.

— De que está falando, Branca?

— Da certidão de óbito de Rosa.

— Não entendi.

— A certidão de óbito que o cartório de Curvelo nos apresentou é falsa, tia!

— O que diz?

— É uma certidão falsificada... Tia?! Está aí?

— Tem certeza, Branca? — retornou com voz embargada.

— Absoluta. Estive no cartório onde o documento foi supostamente emitido e também em todos os cartórios de San Diego. Não deixaram dúvidas de que o documento não era verdadeiro.

— Mas por que Pilar faria isso conosco?

— Não sei ainda, mas vou descobrir! O que sei é que esta é a prova de que Rosa pode estar viva e que, se estiver, não importa onde, iremos encontrá-la.

Com uma voz que chorava alegria, tia Manena proferiu:

— Tenho fé que sim, querida! Vou intensificar minhas orações para esse objetivo!

— Quero que dê a notícia ao papai por mim.

— Claro! Tenha certeza de que Modesto ganhará anos de vida quando souber disso.

— Agora tenho que ir porque minha aula começará. A sua bênção!

Desliguei o telefone com um entusiasmo que não cabia em mim. A caminho da sala, decidi que iria para a França em dezembro.

No dia seguinte, no horário costumeiro, conversei com tia Manena novamente, depois, é claro, de papai, prazenteiro, vir ao telefone e perscrutar todos os pormenores da descoberta da falsa certidão. Estava numa alegria que não se via há muito tempo.

Pedi à tia Manena para conseguir junto ao Dr. Mário José, no hospital de Curvelo, o nome e o endereço completos do médico francês que acompanhou Rosa. Tia Manena não só se dispôs a ir atrás da informação, como contou-me da visita agradável dos Mascarenhas naquele dia. O Sr. Honorato e D. Faustina, recém-chegados da Europa, passaram parte da tarde com eles em Curvelo. Trouxeram a notícia do falecimento do amigo espanhol e pai de tia Pilar, o Coronel Joseph Franco, que há anos residia em uma cama de hospital. O ex-patrão de papai esteve no velório e disse que a filha ingrata chegou acompanhada de advogados à cerimônia de despedida, minutos antes do enterro, sem sequer se aproximar do esquife onde o corpo do pai repousava.

Repleta de autoridades e funcionários de confiança, a despedida do primo e braço direito do General Franco pareceu causar mais comoção à alta patente do que à própria rebenta. O Sr. Honorato bem que tentou, mas não conseguiu aproximar-se, visto que a pródiga herdeira, vestida de sua original empáfia — e calorosa como uma pedra — cercava-se de forte aparato de segurança e claramente esquivava-se do contato de quem quer que não fosse de seu interesse, especialmente dele, claro.

O que o Sr. Honorato veio dizer ao papai e tia Manena foi que ele esteve no velório não só para se despedir do amigo, mas, principalmente, para saber notícias de tia Pilar, uma vez que ninguém esperava que ela fosse estar presente.

Papai e tia Manena acharam por bem não alardearem sobre a falsa certidão, mas não esconderam que a notícia do reaparecimento de tia Pilar não poderia ter chegado em melhor hora. Aquela notícia caiu como uma luva e a Espanha, que era apenas possibilidade, passaria a ser incluída no meu roteiro.

Um envelope de tia Manena, duas semanas depois, trouxe tudo o que eu precisava: a tal certidão de óbito e o endereço do médico, o Dr. Antoine Lamartine Blanche.

Com a certidão em mãos, entrei em contato com o hospital da Califórnia que supostamente havia decretado a morte de Rosa. Disseram não poderem informar a ficha dos pacientes que por lá passaram, exceto por via judicial. Por outro lado, questionados quanto ao referido médico, o qual eu disse apenas o nome e omiti, claro, que havia assinado o óbito, afirmaram que desconheciam tal profissional e que o mesmo jamais fizera parte do quadro de médicos da entidade, o que veio corroborar ainda mais com o que eu havia descoberto.

Na minha turma, que já estava bem mais coesa do que no princípio do curso, conversei com dois médicos franceses para saber do Dr. Lamartine e, para minha surpresa, o referido doutor havia sido o preceptor de um deles na faculdade. Soube que o médico afamado não era de muitos amigos, porém, acumulava grande respeito no meio acadêmico e científico, além de ser ousado e *avant-garde* no assunto da cardiologia. Os altos valores cobrados pelos seus serviços rendiam-lhe o apelido de Peso de Ouro.

O tempo passou rápido e quando avisei ao Dr. Lillehei que precisaria me ausentar do hospital e dos trabalhos voluntários naquele tumultuado início de dezembro, face a uma viagem breve que faria à França, ele tentou me demover do intento sob o argumento de que precisaria de mim mais dias naquela semana específica. Por esse motivo, não tive alternativa de não abrir para ele a minha história e o real motivo de minha viagem, inclusive sobre a consulta marcada com dois meses de antecedência com o Dr. Lamartine Blanche, para esclarecer os fatos do passado.

O Dr. Lillehei volveu-me um olhar compassivo e, parecendo compreender a importância daquele encontro, pediu que eu o esperasse depois da aula.

Assim que todos deixaram a sala naquela segunda à noite, a duas semanas da minha viagem, meu professor passou-me um envelope lacrado para que o entregasse nas mãos do Dr. Lamartine. Antes de se despedir, disse, de forma bem humorada, que eu não me assustasse com os impulsos bravios do médico francês, uma vez que ele costumava mostrar os dentes por muito pouco.

A viagem longa foi tensa face à minha ansiedade. Assim que pisei no aeroporto de Paris, minhas pernas tremiam tanto que tive que sentar-me e esperar um pouco. O táxi me levou ao hotel indicado por meus colegas, que ficava a poucos metros do consultório do Dr. Lamartine, situado na famosa Avenue Anatole France. A julgar pelo endereço de seu consultório, o egrégio médico parecia fazer jus ao seu apelido.

Como tinha a tarde de folga, já que a minha consulta estava marcada para a primeira hora da manhã seguinte, saí para espairecer um pouco e caminhar até a Champ de Mars para ver de perto o ícone mundial da França. Tentada a visitar seus andares, tive de me conter porque não levei dinheiro para turismo e precisava manter uma reserva, caso precisasse. Então, segui pelas ruas de Paris, encantada com sua arquitetura. Diante de tanta beleza, perguntava-me se Rosa havia estado alguma vez naquela cidade tão linda...

Já era final da tarde quando retornei ao hotel. Pedi uma refeição econômica, se é que se pode dizer isso num hotel de Paris. Banhei-me e dormi pesado.

Acordei bem antes de amanhecer, temendo perder a hora. O tempo estava frio e o sol não dava mostras de que daria o ar da graça. Cheguei ao consultório do Dr. Lamartine antes mesmo de sua secretária, que se esmerou nos preceitos de civilidade. Às 8 horas, pontualmente, eu cruzava a porta da sala do renomado médico, que esperava-me de pé, atrás de sua mesa, com o braço rigidamente estendido, caracterizando uma formalidade extrema e nada condizente para quem cuidava de corações doentes.

— Seja bem-vinda, senhorita Branca Rosa! — exclamou sisudo, com minha ficha recém-aberta em mãos, gesticulando para que eu me assentasse enquanto ele fazia o mesmo.

— O prazer é meu, doutor! — respondi baixinho, em francês, observando cada traço de seu rosto.

— A senhorita é americana mesmo? Com esse nome?

— O que tem meu nome?

— Nada, apenas uma curiosidade. Vejo que vem de Minneapolis...

— Sim, senhor.

— O que a traz aqui?

Nesse instante, voltei no tempo e recordei de papai dizendo que um médico acreditado da França chegaria com tia Pilar para cuidar de Rosa. E agora, depois de anos, diante deste mesmo médico, eu me dou conta dos cacos que nossa vida se transformou depois da chegada dele e de tia Pilar ao hospital de São Paulo.

— Senhorita Branca Rosa, está me escutando?

— Sim, doutor. Desculpe-me!

— Em que posso ajudá-la?

— Com a verdade, doutor!

— Entendo... Mas, para isso, preciso saber o que se passa, senhorita. O que a trouxe aqui?

— Dor, doutor. Muita dor, saudade, tristeza, raiva...

— Necessito que seja mais precisa nas descrições! — cortou-me, aparentemente curioso.

— Sim, claro! Meu coração, há anos, vem ansiando pela verdade. A verdade sobre minha irmã, Rosa Branca de Castro, de quem o senhor cuidou em São Paulo, no ano de 1950, antes de ela ser sequestrada por Pilar Franco. Vim buscar a verdade do que ocorreu antes e depois.

Sem esconder o estupor e o súbito incômodo pela visita inesperada, ele se levantou de repente e logo mostrou os dentes, como o próprio Dr. Lillehei me prevenira, no intuito, talvez, de me intimidar.

— Não tenho nada a dizer sobre a vida pessoal dos meus pacientes, senhorita!

— Mas a ética médica dispõe que a vida de seus pacientes, especialmente se forem menores de idade, deve ser aberta a seus familiares — retorqui.

— Reportei-me a quem me contratou à época — afirmou em tom firme.

— Mas creio que o senhor sabia que Pilar Franco, quem lhe contratou, nada era de minha irmã.

— Vejo que a senhorita veio para um interrogatório! — exclamou caminhando em direção à porta. — Então, devo lhe dizer que perdeu a viagem!

— Por que esse caso lhe constrange, doutor? — arguí sem me levantar da cadeira, esforçando-me para me manter tão firme quanto ele.

— O que eu tinha a dizer, já disse à polícia há alguns anos. Nada tenho a ver com Pilar Franco. Agora, queira se retirar! — ordenou ríspido, abrindo a porta.

Uma tristeza profunda abateu meu coração tanto quanto a evidência de que havia coisas obscuras em suas palavras. Mas, mesmo congelada por dentro, intuí em permanecer ali até escutar a verdade, não fosse um enfermeiro do tamanho de um guarda-roupa, que mais parecia um segurança e que havia chegado para me acovardar, obrigando-me, com a força de sua presença, a deixar a sala.

Levantei-me cabisbaixa e, antes de cruzar a porta, lembrei-me do envelope do Dr. Lillehei. Tirei-o da bolsa e parei em frente ao Dr. Lamartine, que me olhava numa mistura de cólera e desprezo.

— É para o senhor!

Ele se manteve indiferente e sequer levantou a mão para pegá-lo.

— É da parte do Doutor Lillehei — afirmei.

Ele então segurou o sobrescrito com desdém e fechou com firmeza a porta assim que passei por ela.

Na recepção, diante da secretária e de pacientes que já o esperavam, não me contive e fui às lágrimas. Precisei dirigir-me ao banheiro para tentar me refazer.

Sentada no vaso, peguei uma toalha de mão e tampei a boca para abafar minha dor, que saía aos gritos. Não podia acreditar que vim de tão longe para nada. Por que o tratamento tão duro se o que eu queria era apenas a verdade a que eu tinha direito e da qual ele fazia parte? Por que relutava em ajudar? No entanto, a aspereza de seu comportamento não deixava dúvidas de que ele sabia muito mais do que eu imaginava...

Levei um tempo para me acalmar.

Depois de quase meia hora, retornei à recepção com os olhos ainda inchados e parei diante da secretária para acertar a consulta.

— A consulta não será cobrada, Dra. Branca Rosa. O Dr. Lamartine a aguarda novamente.

Sem entender o que havia acontecido, dirigi-me à sala dele. O enfermeiro, que havia pouco aparecera para me intimidar, agora, com feição de nobre amigo, encarregou-se de me abrir a porta.

O doutor francês, visivelmente constrangido, embora não menos sisudo, sentado em sua cadeira, gesticulou para que eu me assentasse. Pressupus que o envelope do meu professor trazia algo de importante monta, mas nada comentei a respeito.

— Então a doutora é minha colega de trabalho e aluna do Dr. Lillehei? — perguntou com a carta do meu preceptor em mãos.

Fiz que sim com a cabeça.

— Suponho que saiba o que está escrito aqui...

— Não sei, doutor! O Dr. Lillehei entregou-me o envelope lacrado e pediu que eu o passasse às suas mãos.

O Dr. Lamartine encarou-me por longo tempo sem falar nada, por certo pensando se colocava crédito em minhas palavras antes de se pronunciar.

— O que deseja saber?

Apesar de abalada, respirei fundo e me concentrei para manter-me assertiva nas perguntas e aproveitar ao máximo a oportunidade de estar com quem provavelmente definiria o caminho que eu tomaria dali pra frente.

— O que sabe de tia Pilar e por que foi a São Paulo se o hospital em que Rosa estava era de ponta e reunia os melhores profissionais do país?

— Durante anos fui o médico dos pais de Pilar, portanto, já bem a conhecia. Certo dia, ela veio ao meu consultório contratar os meus serviços para avaliar uma sobrinha no Brasil. A princípio, relutei pela distância e porque minha agenda, desde aquela época, já era apertada. Contudo, a filha de Joseph Franco tinha seus artífices, os quais não quero entrar em detalhes. Por esse motivo, fui ao Brasil avaliar Rosa Branca. De fato, a situação dela não era das melhores, mas com o tratamento correto e uma vida restrita, ela viveria razoavelmente bem até que estivesse pronta para passar pela cirurgia de troca de válvula, que já vinha sendo realizada na Europa e recentemente no Brasil, apesar de os médicos brasileiros, à época, ainda não colocarem confiança no procedimento relativamente novo. Junto aos médicos de lá, conduzia o tratamento daqui. Voltei ao hospital de São Paulo, a pedido de Pilar, para dar minha palavra final quanto à transferência, sob a condição de que sua irmã fosse encaminhada ao hospital de Curvelo numa aeronave com os recursos hospitalares necessários e com o acompanhamento de um especialista, e lá permanecesse até estar pronta para a cirurgia. Deixei São Paulo num avião comercial e elas, num equipado para o que a situação exigia.

Semanas depois é que fui procurado pela polícia para prestar esclarecimentos. Foi aí que soube que se tratava de um sequestro e que Rosa Branca não havia retornado ao Brasil.

— Tia Pilar procurou-lhe depois? O senhor tem alguma pista de onde minha irmã possa estar?

Sua fisionomia se fechou e ele desviou o olhar.

— Por favor, doutor!

Ele se levantou com a carta em mãos e me deu as costas. Passou as vistas no papel novamente e mirou por um tempo o horizonte. Depois caminhou até a porta e pediu à secretária água e café. Enquanto a secretária servia-nos, ele solicitou que ela avisasse aos pacientes que ele não seria pontual nas próximas consultas.

Tive certeza de que havia algo escondido em seu comportamento, algo importante que ele queria dizer, mas não sabia se devia...

— Quero que saiba que nunca fui conivente com a atitude de Pilar e tudo o que fiz, depois que tomei conhecimento da atrocidade que ela cometeu, foi pensando em meu filho e em sua irmã, especialmente no risco que ela corria.

— O que quer dizer, doutor?

— Três anos depois que eu havia sido interrogado pela polícia, sem ter notícias de Pilar, estava em um congresso em San Francisco, onde fui procurado por um senhor que dizia me conhecer de uma das palestras que proferi e insistia para que eu fosse avaliar o quadro de sua filha no hospital de San Diego. Como ele demonstrou ser grave o caso, deixei o congresso e embarquei no avião fretado por ele para a cidade onde a filha dele estava. Somente chegando ao hospital é que percebi que aquele senhor tão convincente não passava do porta-voz da herdeira de Joseph Franco.

Pilar, procurada pela polícia europeia e brasileira, havia fixado residência na Califórnia. Apesar de ter proteção total na Espanha, dominada pelo General Franco, não era vista com bons olhos pelo Generalíssimo, que era primo-irmão de seu pai. Além, é claro, de seu orgulho e autossuficiência jamais lhe permitirem pedir asilo à pátria que descartou.

Utilizando dos seus meios como sempre, tentou persuadir-me como da primeira vez. Mas, como ela já não tinha o aval dos militares espanhóis, não me deixei levar por suas ameaças até o momento em que proferiu o único argumento que me fez mudar de ideia: disse que o coração de Rosa Branca estava parando.

Não esperei que ela concluísse a frase e fui direto ao centro de tratamento intensivo do hospital. Assim que vi Rosa, quase não reconheci a criança que atendi no Brasil. Ela não conseguia falar, mas, ao me ver novamente, seus olhos reluziram. E tudo o que fez foi apertar minha mão.

Inteirei-me de seu estado junto aos médicos e, naquela mesma madrugada, à despeito de opiniões contrárias de outros médicos que consideraram altíssimo o risco daquele procedimento face ao estado dela, demos entrada no bloco cirúrgico. De fato, no estado em que a encontrei, ela não tinha mais do que algumas horas de vida e poucas chances também, mas conseguiu dar a volta por cima.

— Por que o senhor não acionou a polícia? — perguntei com certa indignação.

— Doutora, diga-me o que faria se ameaçassem matar o seu único filho? — indagou ele com um traço de revolta e uma pausa, antes de continuar. — Conheço bem a capacidade de Pilar Franco de transformar em pó tudo o que não se curva aos seus desejos — disse ele sem esconder sua raiva. — Você não sabe quantas vezes depois daquela cirurgia estive para denunciá-la e o quanto me puni por não tê-lo feito...

Aquela declaração arrebatou-me como um soco no estômago, pois a última coisa que eu poderia imaginar era que aquele médico tão afamado havia sido duramente chantageado pela mesma pessoa que sequestrou minha irmã.

— O senhor teve contato com Rosa depois, doutor?

— Sim, passei a acompanhá-la a cada seis meses. É lógico que ela vivia com algumas limitações, mas nada que se comparasse à sua vida antes da cirurgia, já que ela passou três anos praticamente morando naquele hospital. A válvula mecânica que colocamos nela tinha condição de manter as funções da válvula humana por anos, se tudo corresse bem. Rosa fez uso do que a medicina alcançara de mais avançado na época. E não passei a acompanhá-la por dinheiro, doutora. Passei a fazê-lo porque havia me afeiçoado a ela e testemunhado sua luta. Éramos, de certa forma, duas vítimas de um mesmo algoz e sentia-me responsável por sua irmã. Fui covarde ao me calar por temer pela vida do meu filho, mas não me acovardei para cuidar de Rosa ou para ajudá-la em sua última internação.

— O que diz? Ela morreu?

Ele abaixou a cabeça com a expressão de quem tentou o possível, quando sua secretária bateu à porta e descerrou-a com cuidado, avisando que a criança que ele havia operado em Boston já o aguardava com a mãe.

Neste momento, a fisionomia do Dr. Lamartine havia mudado por completo e não possuía qualquer traço de soberba.

— Doutora Branca Rosa, deixaremos para continuar esta conversa no almoço. Tenho pacientes me esperando que também vieram de longe.

Certo de minha compreensão, já foi se levantando, dessa vez de maneira gentil, para me conduzir à porta. Sem chão diante de tantas revelações, deixei a sala. Não vi ninguém, apesar de saber a recepção cheia. Com as ideias variadas e sem me despedir, rumei para o corredor quando a secretária dele veio em meu encalço e me parou no elevador. Passou-me um pequeno papel, escrito por uma quase ilegível letra de médico que dizia:

"Às 13 horas, no restaurante do hotel Saint Germain."

Agradeci com um sinal de cabeça, apertei o botão do elevador e desci.

Ao deixar o edifício, sentia-me tão sufocada que o ar entrava-me à prestação. As palavras do Dr. Lamartine ressonavam em minha mente projetando um filme de imagens dolorosas da vida de minha irmã. Tentei conter, em vão, o manancial de revolta e dor que estava prestes a desaguar.

Sem saber para onde ia, tomei a avenida em que me encontrava e comecei a caminhar a ermo. Meus olhos, imersos num oceano de angústia, mal me permitiam ver o chão, mas, ainda assim, eu seguia em frente. Queria ir para qualquer lugar onde não me sentisse tão impotente. Apertei o passo para fugir dos meus pensamentos. Corri tanto que perdi a força. Escorei-me num poste e chorei de desespero.

Um senhor de chapéu e sobretudo aproximou-se e perguntou se eu precisava de ajuda. Mesmo pranteando, fiz que não com a cabeça. Ele insistiu, mas eu agradeci. Das palavras que ele falou antes de se retirar, só guardei "chuva". Fitei o céu vestido de nuvens carregadas e me dei conta de que uma água fina se precipitava com afinco. Avistei uma praça do outro lado da rua e caminhei devagar para lá. Minhas pernas estavam cansadas e meus membros, pesados. Uma chuva grossa tomava corpo sem fazer frente à tempestade que me devastava por dentro. Sentei-me num banco e abracei as minhas pernas encostando os joelhos na testa, como fazia na infância quando estava com medo de alguma coisa. Ali, pude pôr para fora a dor que me consumia. Sabia que ninguém ouviria os meus brados nem veria as minhas lágrimas debaixo da água torrencial que desabava sobre Paris naquela manhã sem cor. A água que açoitava meu corpo parecia querer arrancar-me algo, por isso não me defendia dela, não podia nem queria.

À medida que a efusão de sentimentos minorava, meus pensamentos aceleravam alternando-se em extremos. A alegria por saber sobre Rosa depois de tanto tempo misturava-se à revolta pelo que fizeram a ela. A raiva da mulher que a levou se juntava ao desprezo pelo Dr. Lamartine. Sim, porque não se podia negar que ele, podendo evitar mais sofrimento se quisesse, foi conivente com a crueldade daquela que se dizia minha tia. E o desejo de sair dali e procurar a polícia vociferava em minha mente. Mas eu tinha dúvida se deveria denunciar o médico pelo seu silêncio conveniente. Ao final das contas, ele cuidou de Rosa, apesar da visível raiva e desprezo que ele guardava de tia Pilar, cujos signos heráldicos a blindaram de tal forma que ela permanecia ilesa todos esses anos.

Um veículo parou à minha frente. Dois oficiais envoltos em suas capas de chuva desceram e me abordaram. Perguntaram-me o que eu fazia ali encolhida debaixo daquela tempestade e se eu precisava de ajuda. Olhei para eles procurando trazer minha mente ao momento presente. Sem esperar pelas respostas, arguiram se eu estava me sentindo bem e onde eu morava. Um tanto desnorteada, levei um tempo para dizer que gostaria de auxílio para ir para o hotel em que estava hospedada.

Estenderam-me o braço para que eu me apoiasse, mas ao soltar minhas pernas, meus músculos estavam enrijecidos e meu corpo, congelado e dolorido. Precisei de mais do que apoio para entrar no carro. Um deles se livrou da capa de chuva, tirou o seu casaco e me envolveu. Minhas mãos endurecidas e trêmulas não atendiam ao meu comando de abrir a bolsa e pegar os documentos. Os oficiais então o fizeram e verificaram meu passaporte. Aquele que estava ao volante acendeu as luzes intermitentes e deu a partida. Rumamos acelerados para o hotel que ficava a uma distância considerável de onde me encontraram.

Na porta do estabelecimento, um deles desceu depressa e entrou. Retornou em menos de um minuto com uma funcionária da casa, trazendo uma manta. Ainda no carro, tiraram o casaco que me cederam e envolveram-me na manta. A funcionária, com minha bolsa em mãos, amparou-me edifício adentro. Ela parecia estar acostumada a socorrer hóspedes em apuros, porque em menos de três minutos havia preparado a banheira, ligado o aquecedor do quarto e me conduzido ao banho quente. Eu não esboçava qualquer reação. Então ela colocou um termômetro em meu braço enquanto me aconselhava a tomar algo cálido.

No banheiro, com o corpo imerso na banheira, minha mente reproduzia a epopeia de Rosa enquanto meus olhos, nostálgicos, pareciam presenciar cada sofrimento seu. A lembrança do almoço veio-me à mente. O relógio do banheiro apontava meio dia.

Na ânsia de me aprontar, levantei-me letárgica e com visível dificuldade de me colocar de pé. Antes que eu alcançasse a porta, minha pressão caiu e a vista escureceu. Acordei na cama minutos depois. A prestativa funcionária havia vindo em meu auxílio e permanecia ali, dizendo que eu deveria guardar repouso. Um chá quente me esperava na mesinha de apoio, minhas roupas molhadas haviam sido recolhidas e minha bolsa descansava sobre a poltrona para que se secasse. O banho quente havia regulado minha temperatura, mas não minha sensação térmica e tampouco aplanado a dor que percorria meu corpo. Sentia-me sem equilíbrio e com os músculos em frangalhos. Havia acabado de passar por um choque emocional e térmico e tudo o que eu precisava era de descanso para que meu corpo retomasse suas funções. Por outro lado, não poderia perder a oportunidade de saber o que aconteceu a Rosa. Não depois de tanto tempo de espera...

— A senhorita precisa de mais alguma coisa? — perguntou a funcionária antes de se retirar.

— Preciso — respirei fundo, demonstrando minha angústia. — Há algo que eu gostaria de lhe pedir: a poucos metros daqui, fica o consultório do cardiologista Dr. Antoine Lamartine Blanche e eu tenho um almoço com ele hoje, às 13 horas, no restaurante do hotel Saint Germain. Gostaria que o avisasse que não poderei comparecer por motivo de força maior, mas que anseio estar melhor amanhã para poder procurá-lo. Poderia me fazer esse favor?

Ela assentiu com a cabeça.

Antes de ela deixar o quarto, chamei-a novamente:

— Qual o seu nome?

— Anne Marc.

— Obrigada pela gentileza, Anne!

Ela sorriu de volta e saiu.

Enquanto tomava o chá, pensava no Dr. Lamartine. Apesar da indignação por ele ter deixado de fazer o que se esperava que fizesse, algo me dizia que eu poderia estar sendo injusta. Mas o que ele escondia? Será que Rosa não havia resistido? O que havia no bilhete que o Dr. Lillehei havia escrito para fazer o médico resoluto voltar atrás? O que ligaria os dois? Havia muitas coisas que eu precisava saber, contudo, por ora, a única certeza que eu tinha era que não poderia deixar a França sem escutar, mais uma vez, o médico que cuidou de minha irmã. Terminei o chá e me deitei.

Já passava das 23 horas quando despertei. Na mesinha ao lado, um bilhete do Dr. Lamartine comunicava que ele viria tomar café comigo no hotel, na manhã seguinte, às 7 horas, e desejava-me melhoras. Aliviada, caminhei até a janela para atestar meus sentidos. Sentia-me bem melhor, apesar da dor no corpo.

Observei a cidade adormecida que já trazia o ensejo do natal. Paris era realmente encantadora, ainda que a saudade de minha irmã não me deixasse enxergar todas as luzes. Eu me perguntava o que seria de nós se

Rosa, de fato, tivesse morrido. Uma coisa era viver acreditando que ela também vivia, apesar de longe de nós. A saudade, nesse caso, era suportável. Outra coisa seria viver sem a esperança de um dia encontrá-la... Não haveria consolo para isso!

A lembrança de Galdino assaltou-me novamente e eu me perguntei onde ele estaria àquela hora. Precisava dividir com alguém aquele momento... Queria ouvir sua voz. Sem pensar muito, peguei o telefone e solicitei uma ligação para o hospital de Belo Horizonte no qual ele dava plantão. Ligação completada, pedi à atendente do hospital para falar com o Dr. Galdino Silva.

— Só se for urgência, senhora, porque não podemos chamar os médicos ao telefone durante o plantão.

— Se ele não estiver no bloco cirúrgico, diga que a Dra. Branca Rosa quer lhe falar, por favor!

— Sim, doutora, só um instante que passarei a ligação à ala em que ele se encontra.

Quase três minutos se passaram quando uma voz feminina veio ao telefone:

— Doutora Branca Rosa?! Como vai? Aqui é enfermeira Judith, que trabalha com o Dr. Galdino. Ele não pode atender no momento, mas há algo em que eu possa lhe ajudar?

Busquei na memória a imagem daquela que me falava ao telefone. Antiga no hospital e muito querida por todos, ela me acompanhou em algumas ocasiões, nos poucos meses em que trabalhei lá. Transmitia confiança e sinceridade inauditas, o que me permitiu arriscar:

— Vou bem, Judith, obrigada! Precisaria mesmo era falar com o Dr. Galdino. Deduzo que ele não esteja no bloco cirúrgico, caso contrário a telefonista não teria passado a ligação... Então, poderia me dizer se ele..., se ele — minha voz embargou — não quer me atender?

Ela levou uns segundos para responder:

— Sim, é isto mesmo! — exclamou em tom pequeno.

— Entendo. Obrigada pela sinceridade, Judith!

— À sua disposição, doutora!

Desliguei o telefone tomada de tristeza e revolta. Não conseguia compreender o que eu teria feito que justificasse tamanha estranheza de Galdino. Ainda que, por força do destino, não devêssemos ficar juntos, eu julgava merecer pelo menos um pouco de atenção da parte dele, ou, no mínimo, uma conversa franca. Deste dia em diante, passei a enxergá-lo com outro olhar e a duvidar dos seus sentimentos que, um dia, acreditei terem sido verdadeiros.

Entrelaçando minhas mãos, lembrei-me do anel de noivado que ainda carregava no dedo, apesar de já passarem seis meses do nosso rompimento. Acho que, no fundo, alimentava a esperança de que reatássemos em algum momento e essa aliança, de alguma forma, validava meu desejo. Mas o que esse anel carecia mesmo era da verdade para deixar a minha mão...

Dormi muito mal naquela noite. Às 6h40, eu estava no restaurante do hotel e o Dr. Lamartine, às 7h00, cruzava a entrada do recinto. Simpático e com o semblante mais leve do que no dia anterior, a impressão que me passava era de que ansiava se livrar de um peso do tamanho do mundo que carregava nas costas.

Levantei-me para cumprimentá-lo esperando que me estendesse o braço. Para minha surpresa, ele tomou minha mão e beijou-a com o respeito e a reverência que se dispensava a uma mulher e colega de trabalho. Sentamo-nos e ele deu o sinal para que fôssemos servidos enquanto tomava a palavra:

— O que aconteceu, doutora?

— Tensão e tristeza, doutor.

— Não é para menos!

— Então o senhor pode presumir o que estou sentindo agora... Preciso saber se minha irmã morreu. Diga-me, por favor!

Depois de um gole de chá, ele discorreu:

— Em 1958, cinco anos após a troca de sua válvula, vi Rosa Branca pela última vez. Minha secretária recebeu um telefonema do hospital de San Diego, dizendo que ela estava internada em estado grave. Peguei o primeiro voo para lá. Ela realmente não estava bem. Quando a vi, quase não a reconheci novamente. Qual pele e osso e sob forte medicação, estava desacordada na terapia intensiva. Avaliei os exames que haviam sido realizados e verifiquei que a válvula funcionava bem, mas o seu sangue trazia sinais de forte infecção. Também notei que os dados clínicos e a medicação prescrita não condiziam com a reação dela, que parecia completamente dopada. Chamei o médico responsável que, por coincidência, era de confiança de Pilar, e questionei a medicação ministrada. Pressionei-o para saber qual droga estava dando à Rosa para que perdesse os sentidos daquela forma. Ele desconversou. Mais tarde, com o resultado dos exames específicos que eu havia solicitado, coloquei-o contra a parede. Havia substâncias de uma droga pesada no sangue dela.

Como contra provas não há argumentos, ele confessou que Pilar havia exigido que Rosa fosse mantida sem contato com ninguém e sem condição de responder por ela mesma. Estarrecido com a atitude de Pilar e enraivecido pela falta de caráter e responsabilidade do canalha de branco à minha frente, prometi que, se ele prescrevesse qualquer medicação ou ele mesmo desse o que quer que fosse àquela jovem dali pra frente sem o meu consentimento, eu, com a prova em mãos de sua má conduta médica, não só o levaria à corte e acabaria com sua reputação em toda a Europa, como também cuidaria pessoalmente de fazer com que ele se arrependesse de um dia ter se decidido pela medicina.

Ele se retirou e um tempo depois veio até mim e entregou suas comparsas: as duas enfermeiras pagas por Pilar para vigiarem Rosa. Pediu que eu não comentasse o ocorrido com ninguém.

Tirei a droga que sedava Rosa para que conseguisse conversar com ela enquanto a cuidava. De quando em quando, as enfermeiras, que não desconfiavam da minha descoberta, aproximavam-se para averiguar se Rosa ainda dormia, já que eu não saía do seu lado e dava a entender que a situação era realmente crítica. Então, à medida em que ela foi voltando a si — o que só ocorreu muitas horas depois —, eu dizia a ela que estava ali e iria ajudá-la, mas que ela permanecesse de olhos fechados.

Aquela jovem de alma nobre nunca falou do sofrimento e medo que carregava. Contudo, alguma coisa muito séria havia acontecido, pois quando perguntei se precisava de ajuda, ela apertou minha mão com a pouca força de que dispunha e lágrimas escorreram pelo canto dos seus olhos.

Carecia saber o que estava acontecendo e, para isso, precisava ficar a sós com ela. A única coisa que me veio à mente foi pedir aos três, médico e enfermeiras, para reservarem o bloco cirúrgico e se prepararem para iniciaríamos uma intervenção dentro de alguns minutos. Com essa estratégia, não mais do que trinta minutos, era o que dispúnhamos para conversarmos.

Rosa Branca, ainda um pouco vagarosa para falar, confessou que quando a tia descobriu que ela havia se casado às escondidas com o namorado — seu colega de faculdade — e com o qual planejava fugir, mandou matá-lo e a manteve trancada, privada de comida e sem contato com ninguém, por quase duas semanas, mesmo sabendo das tonturas que a acometia. A água que tomava não parava em seu estômago e os remédios diários que ingeria, também não. E quando chegou ao hospital, a fraqueza já havia lhe consumido, apesar de manter a consciência. Mas foi depois que ela escutou do médico que seu coração estava fraco, que havia foco de infecção em seu sangue e que as tonturas que sentia eram decorrentes da desnutrição, de uma anemia profunda e da gravidez de poucas semanas, que ela passou a não se lembrar de nada.

Rosa confessou não temer por sua vida, mas pela da criança que carregava no ventre. Não tinha dúvidas de que se a tia não fizesse com que lhe tirassem o filho, faria uma atrocidade maior àquela criança. Mesmo sabendo que poderia não ter saúde para criar o bebê que carregava, não permitiria que lhe fosse tirado e que muito menos a tia se aproximasse dele. Foi a primeira e única vez que ela me implorou ajuda para fugir de Pilar.

Aquela revelação não surpreendeu apenas ao médico, mas também ao homem. Tudo o que consegui dizer a ela foi que, enquanto eu pensava na forma de tirá-la de lá, ela não deveria esboçar qualquer movimento que desse a entender que estava plenamente consciente. Ela precisava se manter de olhos fechados por mais um dia, pelo menos, para que eu decidisse o que fazer. Antes de encerrarmos a conversa, eu perguntei se ela gostaria de voltar para sua família no Brasil. Ela respondeu que não tinha mais família, já que a tia que a criara, o pai e a irmã haviam morrido anos antes, em um acidente aéreo, quando vinham encontrá-la. Sem pôr dúvida em suas palavras, senti-me consternado com seu triste destino. E assim que a enfermeira veio avisar que estava tudo pronto para a cirurgia, sem mais detalhes, comuniquei que o procedimento cirúrgico seria suspenso por enquanto.

Diante do Dr. Lamartine, não consegui me conter e fui às lágrimas, tamanha a atrocidade de tia Pilar. Não lhe bastava tirar Rosa de seu berço, era preciso ceifar toda a esperança que ela poderia ter de, um dia, retornar à sua família... Pedi licença e fui ao banheiro. Precisava lavar meu rosto e pegar um fôlego para escutar o desfecho de uma biografia tão infeliz.

Depois de uns minutos, voltei à mesa e pedi que prosseguisse.

— O tal médico e as duas enfermeiras bem que mostraram desconfiança ante a minha postura, mas, àquela altura, isso era o que menos importava. Diante da confissão de Rosa e dos resultados dos exames, estava claro que a infecção foi ocasionada pela não ingestão dos medicamentos que evitavam a rejeição da válvula, uma vez que ela colocava os remédios para fora assim que os tomava. Situação agravada pela imunidade baixa, pela falta de alimentação mínima, pela anemia alta e, claro, pelo quadro emocional estressante. Para mim, era um milagre ela ter sobrevivido nessas condições! Mas testemunhando sua vontade de viver — agora com uma motivação real — eu apostava também que a melhora dela seria questão de tempo, já que os novos medicamentos intravenosos começariam a trabalhar rápido em seu organismo, do qual esperávamos uma resposta positiva.

Já era tarde da noite quando deixei o hospital, depois de quase quarenta horas junto da paciente mais guerreira que tive. Na recepção, Pilar me esperava. Queria saber como estava o coração da sobrinha e por que não seria necessária a cirurgia. Investigou se eu havia avaliado mesmo todos os exames e se o coração de Rosa correria risco, caso necessitasse fazer algum procedimento cirúrgico de emergência. Eu sabia bem a que tipo de cirurgia Pilar se referia, mas não podia deixar que ela percebesse isso. Então, ponderei que a válvula não era responsável pelo coração fraco de Rosa e sim a infecção que tomava seu corpo. Por esse motivo, qualquer intervenção cirúrgica, naquele momento, por menor que fosse, constituía risco de morte iminente.

No hotel, não dormi nada naquela noite, pensando em como faria para tirar Rosa do hospital e, sobretudo, para onde a levaria em segurança e sem levantar suspeições. A única pessoa que me veio à mente para pedir ajuda foi o Juan Nobre, empregado de confiança de D. Angelina e de Joseph Franco.

Já passava de meia noite quando liguei para minha secretária. Pedi que fosse ao meu consultório com urgência e conseguisse localizar Juan. Uma hora depois, ela me passou o telefone do empregado fiel, que já previamente contatado por ela, aguardava a minha chamada. Liguei no mesmo instante. Depois dos cordiais cumprimentos, disse-lhe que precisava vê-lo com urgência, em San Diego. Sem delongar-me no assunto, adiantei que se tratava da filha de Moreninha e que o caso era de vida ou morte.

Pelo horário da chamada e pelo tom de minha voz nas poucas palavras que proferi, Juan pareceu intuir que o assunto era sério e confidencial, pois pegou o primeiro voo da Espanha para a Califórnia.

Retornei ao hospital na primeira hora da manhã. Pilar e as enfermeiras não se encontravam, mas o médico acuado mantinha-se de plantão, apesar de não junto de Rosa naquele momento, o que me dava uns poucos minutos a sós com ela. Disse-lhe que a ajuda para tirá-la de lá já estava a caminho e que era preciso que continuasse escondendo a lucidez, até que o plano se concluísse. Também coloquei-a a par do quão frágil estava a sua saúde e dos riscos que correríamos juntos por ela deixar o hospital naquela situação, motivo pelo qual ela precisaria ser mais forte do que nunca. Mas tranquilizei-a quando afirmei que eu daria todo o suporte a ela e à criança que carregava, a partir daquele instante. Comuniquei também que eu precisava retornar à França naquele dia para que o plano se efetivasse. Rosa apertou minha mão e sorriu.

Já na presença do médico contratado por Pilar, avaliei os novos resultados dos exames que apresentaram um pequeno índice de melhora, mas ainda longe de tirar Rosa do risco de morte. Antes de deixar a ala, lembrei ao médico que eu tinha em minhas mãos a prova de sua má conduta, fato que deveria levá-lo a pensar bem nos passos que daria dali pra frente, uma vez que seria responsável por qualquer piora do estado daquela jovem.

Na minha saída, cruzei com Pilar chegando para ver Rosa. Percebi um quê de alívio em seu rosto ao tomar conhecimento de que eu estava retornando à França, já que, se o fazia, era porque, do coração, pressupunha-se que Rosa Branca não padeceria. Quanto a mim, eu bem sabia que havia outros motivos para Pilar não me querer ali por muito tempo...

Assim que Juan chegou ao hotel, encontramo-nos em meu quarto e fui direto ao assunto. Narrei toda a história, desde o primeiro contato de Pilar. Indignado, Juan assumiu a causa como sua, agradeceu a confiança depositada nele e se comprometeu a ajudar no que fosse preciso para que Rosa Branca tivesse uma vida em paz junto da criança que esperava.

Os mais de cinquenta anos dedicados à família Franco, em especial à D. Angelina Hèrmes, da qual era amigo e confidente, conferiram a Juan muitas habilidades, certas regalias e consideráveis amizades de peso. Bastante diplomático e com inegável jogo de cintura, Juan desenvolveu a arte de agir como sombra em terreno inimigo. Tinha informantes em todos os setores do governo franquista e também em outros países. Sua lealdade à D. Angelina e sua dedicação ao Coronel Josef Franco, durante os anos no hospital, renderam-lhe a confiança e blindagem do próprio ditador Francisco Franco. Com seus quase 70 anos, Juan já não tinha a mesma agilidade de antes e nem a mesma saúde, mas portava ainda uma inteligência rara para arquitetar ações das mais difíceis.

Passamos quase todo o dia no hotel. Convoquei um médico americano de minha confiança, que havia sido meu aluno e a quem, por sua competência, muitos pacientes eu indicava. Sabedor de que eu precisaria dele por uns dias, juntou-se a nós ao final da tarde e se inteirou da situação. Foi contratado por mim para acompanhar Rosa Branca do momento em que ela deixasse o portão do hospital até quando ela não mais corresse risco de morte, o que provavelmente levaria um tempo considerável. Como eu não poderia cuidá-la pessoalmente, uma vez que — não duvido — meus passos seriam seguidos, ele seria os meus olhos, ouvidos, mente e mãos para com ela.

Juan, por sua vez, deu dois telefonemas que trouxeram até nós quatro pessoas. Dois oficiais espanhóis e duas mulheres do serviço secreto, uma delas, americana. Ele se atentava muito à saúde de Rosa e à perseguição que eu sofreria dali pra frente. Por isso, a escolha do local para abrigá-la em segurança passava pela necessária proximidade de um bom hospital. Quanto a mim, para resguardar a minha família, manteria em segredo o local para onde Rosa seria conduzida depois que não mais corresse risco de morte e deixasse o novo hospital, ou seja, para onde a levariam, com nova identidade, para que começasse vida nova. Assegurou-me que Rosa Branca e a criança teriam vida digna, que daria notícias e que somente me procuraria se precisasse dos meus serviços como médico.

Deixamos o quarto de hotel e nos despedimos na calçada. Juan seguiu em dois carros com suas pessoas de confiança e o médico que acompanharia Rosa enquanto eu segui, de táxi, para o aeroporto. Foi a última vez que vi Juan.

Com a consciência pesada por ter julgado tão duramente o Dr. Lamartine antes mesmo de escutar o desfecho da história, tomei uma de suas mãos e o agradeci por tudo o que fez por Rosa.

Ele disse que eu não fazia ideia do quanto se sentia grato em poder se redimir com a minha família, uma vez que já havia se redimido com minha irmã, e finalizou:

— Dois dias depois, em Paris, eu deixava o bloco cirúrgico quando recebi o recado de que uma mulher havia ligado várias vezes à minha procura. Era Pilar Franco que, completamente alterada, gritava ao telefone que Rosa havia sido sequestrada dentro da ala de terapia intensiva. Ninguém viu, ninguém soube dizer nada. A polícia foi acionada e cercou o hospital mais renomado da cidade para procurá-la, em vão.

Mesmo com todas as limitações que sua situação lhe impunha, Rosa Branca, inacreditavelmente, desapareceu feito sombra, libertando-se do calvário de anos que lhe era imposto por Pilar Franco.

Poucos dias após o ocorrido, recebi um bilhete, deixado por um entregador junto a um periódico parisiense, com os dizeres: "*Em segurança*".

Pilar Franco passou a vir a Paris com constância. Nas primeiras vezes, para descobrir se eu estava envolvido no desaparecimento de Rosa. Chegou a colocar detetives e mover sua rede de contatos, em vão, já que o plano arquitetado por Juan não havia deixado pista alguma que me ligasse ao fato. Nas últimas vezes, ainda que sem provas, mas amparada pela sua desconfiança, para me ameaçar. Durante anos fui vigiado e cheguei a dar parte na polícia. Contei tudo: suas chantagens, perseguições e ameaças de morte ao meu filho, que morava nos Estados Unidos. Isso fez com que a ira dela aumentasse, mas suas atitudes se arrefecessem. Ainda hoje, vez por outra, pego alguém acompanhando os meus passos. Mas se esse é o preço a pagar por eu ter feito o que devia, pago-o feliz!

Perguntei ao Dr. Lamartine se ele não havia tido mais notícias de Rosa. Ele disse que apenas uma vez mais, quase um ano depois, por um bilhete que veio pela mesma via: "*Mulher e criança em segurança*".

Sorri emocionada.

Terminamos o café e, antes de nos despedirmos, perguntei se ele poderia me satisfazer uma última curiosidade:

— O que trazia o bilhete do Dr. Lillehei para fazê-lo mudar de ideia?

Estampando um sorriso leve, o Dr. Lamartine disse que trazia apenas a prescrição certa para libertar a sua alma...

Antes de se retirar, desejou-me boa sorte.

Capítulo XII

Arrebatada por uma felicidade que há muito não sentia, voltei à lembrança da infância ao lado de Rosa. A possibilidade real de encontrá-la nutriu de tal forma o meu coração que me trouxe novamente a alegria e o frescor da vida. Mais que depressa, rumei à cabine privada e liguei para nossa casa em Curvelo. Meu pai atendeu:

— A sua bênção, papai!

— Deus lhe abençoe e lhe guarde, minha filha! Está tudo bem por aí? Muito frio?

— Tudo bem, papai. Aqui na França o frio ainda não deu as caras...

— Onde?

— Na França, papai. Vim ter com o Dr. Lamartine, o médico que cuidou de Rosa no Brasil.

Ele emudeceu do outro lado da linha, de certo por medo de escutar o que não queria sobre a sua outra flor.

— Papai? Está aí?

— Estou — respondeu num tom miúdo, quase sumido.

— Há seis anos que nossa Rosa Branca se libertou de tia Pilar... Não sei onde está, só sei que está viva e que iremos encontrá-la!

Do outro lado da linha, um choro rouco de desabafo. Papai não conseguiu mais falar e, pelo barulho, intuí que o aparelho caiu de suas mãos. Tia Manena chegou esbaforida e logo perguntou o que havia acontecido.

— Estamos perto de encontrar Rosa, tia — respondi. — Cuide do papai aí que quando eu retornar aos Estados Unidos, escreverei contando os pormenores.

Talvez por igual arrebatamento, ela desligou o telefone sem se despedir. Percebi o quanto — ainda que a um oceano de distância — estávamos unidos no mesmo regozijo fecundo.

Ao parar na recepção do hotel para pegar a chave do quarto, a recepcionista entregou-me um pequeno envelope lacrado que um entregador de periódicos havia deixado para mim. Abri ali mesmo. Para minha surpresa, nada de assinatura ou palavra qualquer, apenas duas sequências de números no pequeno bilhete. Mostrei-os a ela e perguntei se eram números de telefones.

— Certamente que sim, senhorita. E, pelo código, suponho que sejam da Espanha. Gostaria que eu confirmasse?

— Por favor!

Os poucos segundos que discorreram até que a ligação se completasse e o interlocutor viesse à linha causaram-me um nó na garganta.

— Residência da família Franco — atendeu uma voz feminina.

Num gesto automático, desliguei o telefone, muda de estupor. Apesar de desconfiar que fosse o contato de Juan, não estava preparada para tamanho presente do destino. Subi ao quarto. Meu coração estava a mil... O pensamento de seguir para a Espanha antes de retornar aos Estados Unidos passou a reverberar em minha mente. Mas será que conseguiria voltar à França, dentro de dois dias, a tempo de não perder minha passagem para Minneapolis? Esse desejo não me daria trégua a partir dali.

Tomei um banho e desci em busca de um restaurante para almoçar. A duas ruas do hotel, parei em frente a um charmoso bistrô que propagandeava seu menu do dia com um jovem oferecendo flores às damas que passavam na calçada. Não resisti às flores e sentei-me a uma mesa na varanda. Fiz o pedido. Enquanto esperava, folheava o jornal parisiense que estava à disposição quando vi a escala das viagens de trem, diurnas e noturnas, de Paris a Barcelona, com seus respectivos horários e valores. Perguntei ao garçom se a estação ficava distante dali. Ele me respondeu que não muito, mas preveniu-me que se eu estivesse interessada em pegar algum trem que não fosse regional, teria que comprar o bilhete com antecedência ou contar com a sorte, uma vez que os lugares eram bastante disputados.

A refeição não demorou. A entrada saborosa prenunciou o prato principal que veio em seguida. Leve e aromático, o repasto fez jus à fama da gastronomia francesa que, àquela época, já ganhava fama no mundo.

Com o jornal de presente em mãos, retornei ao hotel, disposta a arriscar conseguir uma passagem. Em poucos minutos, arrumei a mala e fechei a conta. Antes de deixar o recinto, incumbi à recepcionista de entregar um envelope à Anne Marc. Deixei-lhe a minha gratidão e uma pequena quantia em reconhecimento à sua ajuda. No táxi pelas ruas de Paris, fui pensando no encontro com Juan e na melhor forma de abordá-lo.

Na estação, a minha ansiedade estava tão grande quanto a fila para comprar o bilhete. Na corrida contra o tempo, contabilizava cada pessoa atendida, sem me descuidar dos ponteiros, afinal, de acordo com o horário descrito pelo jornal, o próximo trem partiria para a Espanha às 18 horas.

À medida que me aproximava do guichê, escutava a voz do atendente confirmando os dias e horários das passagens vendidas para datas futuras. À minha frente, uma senhora francesa pediu dois lugares para a Espanha. Só encontrou para horário diurno dali a uma semana. Congelei. Já se aproximava das 16 horas quando, enfim, alcancei o balcão. Ao abrir a boca para pedir a passagem, fui interrompida por um senhor, um tanto açodado, que vinha correndo em minha direção, no compasso em que suas pernas conseguiam.

— Senhorita, senhorita, com licença! Permita-me que eu passe à sua frente, por favor! — pediu em inglês, buscando fôlego entre as palavras e averiguando o relógio de bolso que carregava.

Não sei se por compaixão ou respeito, assenti com a cabeça, torcendo para que ele fosse breve em sua compra. Eu estava com pressa, não havia dúvida, mas aquele senhor deveria estar com "o pai na forca" pela aflição que apresentava. E qual foi minha surpresa ao escutar que ele não queria comprar, mas sim vender sua passagem. O destino? Barcelona, no próximo trem. Por isso o afobamento!

— Senhor, sinto muito! De acordo com as normas da companhia, só podemos fazer a troca de passagens ou até mesmo a devolução do dinheiro com o mínimo de 5 horas de antecedência do horário de partida e restam menos de duas horas — informou o atendente.

— Por favor, meu caro! — insistiu o senhor em tom de súplica. — Se eu for de trem, talvez não encontre minha esposa viva. Vou de avião, mas não posso perder esse dinheiro!

Indiferente aos argumentos do homem, o atendente retornou:

— Regras da companhia, senhor! É muito difícil vender uma passagem em cima da hora...

— Fico com o bilhete! Quanto é? — ingressei-me na conversa sem ser chamada.

O atendente precipitou-se em passar o valor sem esconder seu desconcerto. Salientou que eu e o senhor contamos com a sorte, pois o próximo horário disponível para Barcelona seria dali a uma semana e a companhia não poderia trocar nem reembolsar qualquer passagem em cima da hora... Sem considerar as suas palavras, tirei a quantia da bolsa e paguei ao senhor afoito, que agradeceu e se retirou na mesma pisada. Quanto a mim, segurei o bilhete com as duas mãos e o trouxe ao peito, sorri para o atendente e me retirei. Gratidão era o que me definia naquele momento.

Assim que o trem deu partida, a promessa que fiz a Rosa de que a buscaria onde quer que estivesse veio-me à mente e pude senti-la ali, me envolvendo com seus bracinhos de criança e me olhando com ar de cumplicidade eterna... "Estou indo te buscar, minha irmã!", afirmei em pensamento.

Desci na estação de Barcelona ainda de madrugada e tomei um táxi que me deixou em um simpático hotel na Las Ramblas. Subi ao quarto, mas não consegui dormir. Da pequena varanda, passei as horas observando a noite na capital da Catalunha, onde a ditadura franquista se fazia presente naquela madrugada fria com seus oficiais na rua em pleno milagre espanhol. Fiquei imaginando como teria sido a vida de minha mãe naquela cidade. Como minha avó, imigrante brasileira, teria chegado àquele solo europeu com minha mãe nos braços, sem falar uma só palavra do novo idioma e arriscando tudo por uma condição de vida digna para ela e a filha, abandonadas à própria sorte. Pensava também em como teria sido a vida de meu pai naquele país basco. Quais sentimentos e lembranças ele guardaria...

A manhã chegou devagar. No restaurante do hotel, puxei conversa com o garçom. Perguntei se ele conhecia a família de Joseph Franco. Com feição de quem não acreditava na seriedade da pergunta, respondeu-me que não havia quem não soubesse quem era o Coronel ditador, Joseph Franco, primo do General Francisco Franco, e sua santa esposa, Angelina Hèrmes. Afinal, eram os dois primos que dominavam o país Espanhol.

Ponderei que eu não era espanhola, apesar da fluidez no idioma, e que a minha avó havia trabalhado, por anos, como dama de companhia de D. Angelina, motivo pelo qual eu gostaria de conhecer a residência onde moraram. Então ele orientou que eu procurasse o gerente do hotel, funcionário da casa há mais de 40 anos e que bem conhecia os ilustres moradores da cidade.

Da conversa com o referido gerente, que sabia não só dos moradores, mas dos pormenores de muitas de suas histórias, consegui o endereço onde o falecido casal Franco morava com suas filhas, uma delas indomável, diga-se de passagem, e o séquito de empregados.

Disposta a conhecer o terreno antes de ligar para o Juan, tomei um táxi e parei na porta da suntuosa residência. De dentro do veículo, do outro lado da rua, fiquei uns minutos observando o local onde minha mãe provavelmente havia crescido. A casa trazia as janelas abertas e um jardim muitíssimo bem cuidado, atestando que não estava abandonada, embora seus portões permanecessem fechados sob a vigilância de oficiais armados. Ninguém entrou ou saiu nestes poucos minutos, mas o fato de um oficial atravessar a rua e vir em nossa direção era sinal de que não deveríamos esquentar lugar ali.

Apesar da curiosidade em descortinar as histórias que compunham o manuscrito dos meus antepassados, aquela casa soturna causou-me arrepios. Havia uma vibração triste que emanava de seus portões, como se as dores das almas injustiçadas fizessem mais coro do que o poderio de seus pilares.

De volta ao hotel, sentia tanta melancolia quanto ansiedade e, pelo que escutei a respeito do Coronel Joseph Franco, pude compreender porque ele e sua primogênita, Pilar Franco, não se davam: tão parecidos que eram, devia ser muito difícil colocar dois umbigos do mundo exatamente no mesmo ponto. Fiquei imaginando quantos desafetos ambos teriam colecionado, quantas sombras os seguiriam e de quanta clemência suas almas necessitariam para que, um dia, alcançassem a paz. Por outro lado, tentei vislumbrar o quão difícil devia ter sido manter-se luz naquela casa. O pouco que escutei de D. Angelina Hèrmes, minha avó de criação, credenciava-a como uma mulher de alma valorosa, pela bondade, sensatez e caridade. E, por sua vez, o mínimo que soube de Juan fazia dele um soldado impoluto, verdadeiro sobrevivente em terreno inimigo. Só a presença desses dois naquele castelo de concreto beligerante já deveria garantir cor e calor à vida de minha mãe durante os anos em que esteve entre aquelas paredes frias.

Sem mais tempo a perder, passei à telefonista o primeiro dos dois números.

— Residência da família Franco! — atendeu a voz feminina de outrora.

— Bom dia! Gostaria de falar com o Sr. Juan Nobre, por favor!

— O Sr. Juan não trabalha mais para a família Franco há dois meses, senhora.

Aquela notícia pegou-me de surpresa.

— Você saberia me dizer onde eu poderia encontrá-lo?

— Não, senhora! Sou nova aqui, como todos os que trabalham na residência. Não temos contato com os antigos empregados, nem sabemos nada a respeito. A única pessoa que poderia passar alguma informação seria a proprietária da residência. Quem deseja?

— Uma conhecida — respondi. — Quem é a proprietária?

— D. Pilar Franco, senhora.

— Obrigada! — agradeci antes de desligar.

Restava-me apenas o outro número para saber do paradeiro de Juan. Ninguém atendeu. Pedi nova ligação que chamou até desligar. Durante as três horas seguintes, liguei uma dúzia de vezes e nada.

Seria possível que quando, enfim, chegasse tão perto de encontrar minha irmã a perderia novamente? Isso não poderia estar acontecendo... Precisava fazer alguma coisa para conseguir o contato de Juan. Alguém naquela cidade haveria de saber onde ele se encontrava!

Com a justificativa de querer conhecer Juan, face a amizade que ele tinha com minha avó, recorri ao gerente do hotel novamente, que logo inquiriu:

— Você se refere ao Juan Nobre, conhecido como "o anjo" de D. Angelina Hèrmes?

— Esse mesmo. Sabe me dizer onde encontrá-lo?

— Infelizmente, não! No boca a boca que correu a cidade, após a morte do Coronel Josef Franco, Pilar Franco — a filha ingrata — retornou à Espanha, depois de anos, somente para herdar a fortuna do pai e, assim que se apossou da residência oficial, a primeira coisa que fez foi dispensar todos os empregados, inclusive aqueles que serviam à família há décadas. Pelo que sei, Juan Nobre, o reservado homem de confiança da família Franco, angariava o respeito e simpatia de muitos, mas nutria a amizade de poucos e nenhum afeto por essa herdeira.

Vendo a minha expressão de decepção, ele se aproximou e em cochicho completou:

— Se a outra filha, por um milagre, aparecesse, poderia apostar que Juan daria as caras novamente! Dizem que ele sempre foi muito ligado a ela...

— Uma irmã?

— A adotiva, não sabia? Anna Marina — a Moreninha, como era chamada —, a filha que sumiu no mundo depois que Pilar, apaixonada pelo seu noivo, mandou matá-lo por inveja. Apesar de terem rasgado suas costas e lhe machucado o quanto puderam, a emboscada deu n'água e o jovem não morreu por sorte. Os autores, pegos em flagrante, confessaram que a autoria do atentado pertencia à irmã invejosa. Após dois meses internado, o jovem deixou o hospital e desapareceu com Moreninha. Nenhum dos dois jamais retornaram às suas famílias. Nunca mais se soube deles. O fato foi abafado na imprensa pelo poder da família Franco, porém, é uma mancha que permanece até hoje.

— Tem certeza do que está falando?

— Claro! Lembro-me muito bem da época em que o caso estarreceu a cidade. A moça linda, meiga e simpaticíssima — bastante parecida fisicamente com a senhorita, por sinal — era conhecida como Moreninha. Adotada pelo casal Franco, depois que a mãe biológica — imigrante brasileira — morreu de tuberculose, a filha caçula chamava a atenção pela semelhança com a personalidade de D. Angelina, a mãe adotiva. De hábitos finos, educação de berço e beleza latina, a menina se destacava onde estivesse. Não à toa, conquistou o coração de um dos mancebos mais cobiçados da cidade, Modesto de Castro, o filho mais moço do saudoso José Castillo de Castro.

Atordoada com a revelação de fatos que eu mesma desconhecia e emocionada por saber o quanto minha mãe era especial, completei:

— O que o faz pensar que Moreninha, a filha adotiva, retornaria depois de tantos anos?

— A fortuna que lhe é de direito, evidentemente! Depois que Moreninha e Modesto desapareceram, o Coronel Josef Franco, crédulo nas difamações da filha biológica, colocou seus soldados atrás deles no anseio de descontar sua fúria incontida. Colérico e afeiçoado mais à filha biológica do que à adotiva, ele se voltava contra a esposa, que sempre defendia a adotada. Mas como a roda da vida não deixa de girar, o inquisidor passou de perseguidor a defensor da filha caçula, depois que D. Angelina morreu prematuramente, em fevereiro de 1938, acometida de um ataque fulminante do coração quando voltava de uma viagem a Portugal. Dizem que depois desse episódio, o Coronel Josef Franco passou a perceber quem era a filha ingrata. Correu na cidade, "à boca miúda", que no testamento deixado por D. Angelina Hèrmes, toda a sua fortuna pessoal pertenceria à sua filha adotiva, da qual nunca mais se teve notícia no país Basco.

Notando minha perplexidade diante do que acabava de me contar, o gerente do hotel completou:

— Se eu lhe contasse os pormenores das histórias que sei dessa família, o enredo não caberia em um livro...

— Faço ideia, mas não é preciso! — precipitei, com o intuito de terminar a conversa por ali. Não queria tirar o foco do presente. E quanto ao passado, eu já sabia muito mais do que precisava. — Gostaria mesmo era de conhecer o Juan, que trabalhou com minha avó. Quem sabe um dia? — concluí estendendo minha mão em sinal de agradecimento e despedida.

O simpático gerente de cabelos brancos correspondeu ao meu cumprimento e proferiu:

— Sinto muito não ter podido ajudá-la, senhorita Branca Rosa. Não meço esforços para atender aos pedidos dos nossos hóspedes!

— Ajudou no que pôde, senhor, ajudou sim! — afirmei enquanto me afastava.

— Senhorita, só um instante! Qual é mesmo o nome de sua avó?

A poucos passos dele, respondi:

— Eleonora.

Ele assentiu com a cabeça e sorriu meia boca, absorto em seus pensamentos, como se estivesse puxando na memória qualquer assimilação com o nome que lhe falei...

Antes que a angústia me consumisse, fui dar uma volta para pensar melhor. Pela Las Ramblas, rua movimentada de turistas e patrícios, eu caminhava a esmo e devagar, pedindo condução divina para encontrar Juan Nobre e também para não perder o prumo depois de tantas revelações.

A caminhada foi interrompida por um incidente no percurso. Alguns metros à frente, vinha uma pessoa em minha direção com um grande cesto de flores nos braços. À medida que nos avizinhávamos, observei que se tratava de um jovem que aparentemente andava com dificuldade. As flores eram lindas e chamavam tanta atenção pela quantidade que quase não se podia ver-lhe o rosto. Quiçá por isso ele tropeçou em algo na calçada, exatamente na hora em que passava por mim. Por puro reflexo, coloquei-me como suporte para que ele e sua carga não viessem ao chão. Caí de mal jeito, mas consegui evitar sua queda.

Ele se cobriu de gratidão por ter salvo a ele e as flores, e também de preocupação com meu estado, oferecendo-me apoio para o que eu precisasse, apesar de sua dificuldade de locomoção. Eu agradeci e o tranquilizei, afirmando que estava bem e feliz por ter sido útil, mas que ele precisaria de ajuda com as flores. Umas das pessoas que assistiram ao ocorrido e ofereceu-nos apoio prontificou-se a auxiliá-lo levando o volumoso cesto ao seu destino.

Antes de se despedir, porém, o jovem rapaz pegou um ramo de jasmim e o entregou a mim. Agradeci e me virei para retomar o caminho.

— Espere, moça!

Estanquei.

Puxando de uma perna, ele se aproximou. Tirou da algibeira um envelope de papel e colocou-o em minhas mãos. Fiquei parada por uns segundos, vendo-o afastar-se com ar de gratidão e braços dados à sua companhia generosa. Entretanto, bastou um passo para que eu sentisse forte dor no pé, o que me fez procurar um local para apoiar-me. Fui pulando com dificuldade e sentei-me num banco à porta de uma botica. A dor forte não abrandou. Num gesto automático, guardei o pequeno invólucro no bolso. Como a dor só aumentava, estiquei a perna em busca de uma posição que a deixasse mais confortável enquanto pensava no que fazer. Lembrei-me do pequeno presente que havia guardado em meu bolso e tirei-o. Para minha surpresa, era a foto de Nossa Senhora de Montserrat — a Nossa Senhora Negra dos Montes Serrados e padroeira da Catalunha. A mesma imagem que ganhei de papai e dei a Rosa, na infância. A mesma *Mare de Déu* que tínhamos na parede de nossa casa na São Sebastião. Porém, a de agora continha o resumo de sua história, descrita no verso. História que eu desconhecia e que despertou em mim o desejo de conhecer o Mosteiro de Santa Maria de Montserrat, localizado no Monte Serrado, em Monistrol de Montserrat, na província de Barcelona, onde abriga sua imagem original.

Com o meu pé latejante e o coração inquieto, precisei retornar ao hotel. Tentei me firmar e levantar devagar, mas a dor sobeja me fez soltar um grito repentino e recuar do meu intento. Pedi ajuda à primeira pessoa que passava por ali. No caminho até o táxi, ela não proferiu palavra alguma. Ao fechar a porta, porém, correu os olhos em minha mão e, observando a foto da Virgem Morena, sorriu.

No quarto, coloquei o pé para cima e emiti uma receita para que o contínuo fosse buscar o remédio na farmácia. Medicada, almocei por lá mesmo. Com compressas de gelo intercaladas, guardei o repouso pelo resto da tarde e noite.

Recostada na cama, tomei a imagem que havia ganhado naquela manhã e me pus a apreciá-la. Como pode? Tão parecida com a que papai havia me dado na infância... Na São Sebastião, quando eu e Rosa brigávamos com as outras crianças, nas costumeiras ranhuras puerícias, elas não tinham dó em achincalhar as diferenças entre nós duas, o que me valia choro corrente algumas vezes. Mas papai não deixava por menos quando tomava pé do ocorrido. Colocava-me em frente ao pequeno espelho que ele tirava da parede do banheiro e pedia para eu me enxergar. Foi ele quem me ensinou que "a alma não tinha cor, mas tinha reflexo. O reflexo era a minha escolha, era como eu reagia ao que a vida e as pessoas faziam comigo. E era com esse reflexo que eu devia me ocupar..."

Numa dessas vezes, ganhei dele o pequeno retrato da imagem da Virgem Negra da Espanha, cuja característica física ratificava que não era a cor da pele que diferenciava as pessoas. Não me lembro de quantas vezes meu pai me colocou diante do espelho, nem de quantas recorri à pequena imagem, mas foi o suficiente para que ninguém mais conseguisse me colocar para baixo ou me fizesse sentir-me menor pela minha cor em comparação à da minha irmã.

O sono veio em meio ao saudosismo da minha infância.

Amanheceu. Café no quarto e ajuda para arrumar a mala. A dor havia diminuído, mas o pé dava sinais de que a torção não havia sido pequena. Remédio? Só anti-inflamatório, repouso e muita paciência! Era o dia do meu retorno aos Estados Unidos. Minha passagem estava comprada da França para Minneapolis, à noite, o que me obrigava a retornar a Paris ainda naquela manhã, se não quisesse perder o voo. Com a ajuda do gerente do hotel, recorri a uma empresa de turismo nas Las Ramblas para refazer o meu trajeto de volta. Consegui trocar a passagem e partir naquela noite mesmo, de Barcelona para Minnesota, às custas de um pequeno desembolso.

No saguão do hotel, a meu pedido, os funcionários providenciaram bandagens e um par de muletas. Imobilizei meu pé, o que me deu perceptível conforto. Já se aproximava da hora do almoço e, de acordo com o horário do voo, dentro de cinco horas, eu deveria embarcar. Então era o tempo de almoçar com calma, dar uma volta pela cidade e manter o repouso se eu quisesse ter uma viagem sem dores ou imprevistos. Fechei a conta do hotel e me informei sobre os restaurantes próximos. De posse da bagagem, tomei um táxi.

— Bom dia, senhorita! Para onde iremos?

— Para o Can Culleretes, depois a um passeio e, por fim, para o aeroporto.

— Senhorita, faltam pouco mais de quarenta minutos para o restaurante abrir — retornou o motorista, conferindo o relógio.

— Que bom! Então vamos ao passeio, primeiro.

— Por onde gostaria de começar?

— Pelo Monte Serrado, Mosteiro de Santa Maria.

— Daqui até o distrito é um bom pedaço de chão. A senhorita tem certeza? — inquiriu convertendo o olhar ora para minha perna em cima do banco, ora para meu rosto.

— Claro! Se nos demorarmos, pulamos o almoço.

Ele meneou com a cabeça como quem parecia não acreditar no meu pedido, mas deu partida na chave. Paisagem belíssima pelo caminho e mais de hora para chegar ao destino. À medida que me aproximava, aquele monumento de concreto incrustado nos montes como nácar no ébano despertava em mim uma felicidade desmedida, uma alegria de infância. Pedi ao motorista que chegasse o mais próximo possível da igreja.

— Este é o nosso limite.

— Então é aqui que fico!

— A senhorita está bem para caminhar? Quer que eu lhe acompanhe? — perguntou abrindo a porta e me auxiliando na descida.

— Não se preocupe, estou bem acompanhada pelas minhas muletas! Não me demoro!

A cada passo que eu dava, a energia que eu recebia daquele lugar me revigorava. Junto a um grupo de crianças catalãs em excursão de escola, um passante de feição leve parou para me oferecer ajuda. Agradeci e segui para a Catedral, no ritmo que meu corpo permitia. Algumas paradas para descanso e, enfim, o destino: o templo sagrado e o encontro com aquela que sempre esteve presente em minha vida: a *Mare de Déu de Montserrat.*

Ela, lá no alto, com seu Filho nos braços, olhando pra mim. Eu, cá na entrada com minhas muletas, extasiada, no início do corredor central. Dois passos apenas em sua direção e a emoção de estar diante da imagem, que originou a foto que tanto me acalentou na infância, falou mais alto. Emoção tão forte que provocou a queda de pressão e a perda dos sentidos.

Acordei com a cabeça no colo de uma das freiras que me cercavam. Deitada no chão, eu tinha compressas na testa e punhos. Três crianças me olhavam tão curiosas quanto assustadas.

— A água, por favor, Naninha! O sal, Cacá! Ela acordou! — exclamou a freira jovem que tinha minha cabeça em seu colo e estampava serenidade singular.

Aproximaram-se duas crianças com idade entre 5 e 6 anos. A primeira, com uma moringa e um copo. A segunda, com uma pequena gamela com sal.

— Consegue tomar um pouco de água? — perguntou-me a freira com voz suave.

Gesticulei que sim e ela me ajudou a assentar. Serviu-me a água com umas pitadas de sal. Eu estava trêmula e mal conseguia segurar o recipiente para levá-lo à boca, o que ela o fez por mim. Aquele líquido frio e vivificante descia em pequenos goles molhando minha garganta seca e trazendo-me novo viço.

O menino, que pareava em idade com as meninas, olhava-me apreensivo à certa distância. Uma das três freiras que ali estavam notou a fisionomia do garoto e disse:

— Ela está melhorando, Júlio! Venha ver!

— Está bem mesmo? — perguntou ele desconfiado, esbugalhando os olhos e esticando o pescoço sem mover um passo.

— Claro que está, querido! — respondeu a jovem freira que me tinha no colo.

— Qual o seu nome? — ela me perguntou.

— Branca Rosa.

As freiras abriram sorriso mudo e se entreolharam.

— Sou a Irmã Waldelita. Chamam-me de Irmã Wanda. E aqui temos a Irmã Tatiana e a Irmã Karla Wanêssa — disse, gesticulando.

Cada uma me cumprimentou a seu modo.

— E estas são nossas joias: Naninha, Cacá e Júlio — completou, referindo-se às três crianças.

Como estava sentindo dor e fraqueza, evitava falar. Tudo o que fiz foi volver-lhes o olhar ameno.

Júlio, o mais desconfiado, aproximou-se de mansinho. Observando-me como quem não queria nada, abaixou-se até mim e perguntou:

— Está se sentindo bem mesmo? Não vai morrer?

Achei graça da pergunta e respondi devagar, deixando escorrer uma lágrima pelo canto de cada olho:

— Ainda não. Não posso, Júlio!

Ele suspirou, pareceu ganhar cor e se afastou sem dizer nada.

— O que sente? Mora em Barcelona? Está sozinha? — perguntou a agitada Irmã Karla.

— Vamos devagar, Irmã Karla. Uma coisa de cada vez! — ponderou a Irmã Wanda.

— Ela precisa de um médico, irmãs! — sentenciou a Irmã Tatiana com autoridade.

— Não temos médico aqui no momento! — alertou a Irmã Karla.

— Sou médica. Só preciso descansar um pouco — intervi. — Preciso de um pouco mais de água para tomar o meu remédio para dor — concluí enquanto tateava a bolsa com a mão tremente.

Naninha retornou com a água.

— Há quanto tempo não se alimenta? — arguiu a Irmã Tatiana enquanto eu sorvia a água com o medicamento que ela me ajudou a tirar da bolsa.

— Desde o café da manhã.

— Ah, esses médicos! — balbuciou ela antes de decretar o veredito: — Irmãs, levem-na para a sacristia! Crianças, busquem o pão e uma jarra de suco!

Antes que eu pudesse dizer qualquer coisa, as irmãs Karla e Wanda me levantaram com destreza do chão, demonstrando a força que escondiam sob o hábito, sem se esquecerem do cuidado com meu pé. A caminho da saleta, Júlio nos acompanhava com feição doída e olhar distante. A irmã Wanda, vendo que eu também o seguia com o olhar, comentou em tom menor:

— Desde que a mãe morreu na frente dele, não pode ver ninguém perder os sentidos...

— Como a mãe dele morreu?

— De infarto.

— Nova?

— Sim... uma jovem linda.

— Faz muito tempo?

— Há pouco mais de um ano.

— Qual o nome dela? — perguntei por instinto.

As irmãs Wanda e Karla se entreolharam, antes de a primeira responder:

— Desculpe-nos, Dra. Branca Rosa, não podemos revelar os nomes daqueles que acolhemos!

— Entendo. Perdoem-me a curiosidade!

Assim que me assentaram numa cadeira junto a uma mesa redonda, Naninha trouxe um pão que parecia ter acabado de sair do forno. Cacá logo veio com um pequeno jarro de barro e um copo. O suco forte e fresco com aquele pão artesanal tiveram sobre mim um efeito milagroso e em pouco tempo senti-me fortalecida novamente.

A Irmã Wanda afastou-se com a Irmã Tatiana e deixou a Irmã Karla comigo, junto das três crianças.

— Parece tão nova, Dra. Branca Rosa! Que área da medicina atua?

— Cardiologia. Estou terminando a residência em cirurgia cardíaca, em Minneapolis, nos Estados Unidos.

— Mas é espanhola, não é?!

— Não. Não sou!

— Pela fluência, arriscaria dizer que...

— Sou brasileira!

Ela me olhou com espanto e o silêncio que se fez entre a gente só foi quebrado pelo comentário de Júlio:

— Minha mãe também não era espanhola!

— Crianças, vão brincar no jardim interno enquanto a Dra. Branca Rosa se refaz com calma! — sentenciou a Irmã Karla Wanêssa.

Enquanto as crianças se afastavam, eu as acompanhava com um sentimento de carinho que eu não sabia explicar. O relógio sobre a porta lembrou-me do horário do voo. Havia quase duas horas que eu estava no mosteiro e o taxista me esperando lá fora, por certo se perguntando se eu havia desistido de viajar...

— Obrigada, Irmã Karla, mas tenho que ir! — exclamei preparando minhas muletas. Agradeço o carinho, o socorro e o alimento!

— Tem certeza de que não quer ficar mais um pouco? — perguntou a irmã com confessa empatia.

— Gostaria, mas não posso! Dentro de uma hora preciso estar no aeroporto. Retornarei aos Estados Unidos ainda hoje.

Tamanho acolhimento despertou-me o desejo de fazer algo por aquelas irmãs. Então pedi um papel e nele coloquei os endereços e os números dos meus telefones do Brasil e de Minnesota, caso precisassem, algum dia, de uma cirurgiã cardíaca ou qualquer outra ajuda que eu pudesse conceder.

A Irmã Karla se ofereceu para me acompanhar até o taxi. Pelo caminho, ela foi me perguntando sobre minha profissão e sondando se eu cuidava de crianças. Disse-me que chegaram a manter um orfanato no convento, próximo ao mosteiro, mas, depois que a ditadura se instalou na Espanha, foram obrigadas a encaminhar as crianças a outro abrigo.

— E os três? — perguntei.

— Eles vieram depois, em condições especiais.

— São todos órfãos?

— De certa forma sim. Somos a família deles, por enquanto — respondeu ela com um acento de tristeza na voz.

— Há algo que eu possa fazer por vocês?

Sua resposta foi um sorriso enigmático.

Na despedida, de minha parte, um agradecimento sincero e um colocar-me à disposição. Da parte dela, outro sorriso e um até breve!

Enquanto o táxi se distanciava do Mosteiro de Montserrat, virei-me para trás com o intuito de apreciar mais uma vez aquele lugar que tanto me fez bem e, para minha surpresa, da janela do andar mais alto do monastério, alguém parecia me observar. Alguém que tinha o rosto parcialmente encoberto por um capuz marrom escuro e que deixou parte da barba branca à mostra ao se virar para acompanhar o movimento do veículo se afastando. Alguém que, por algum motivo, pareceu não me perder de vista.

Capítulo XIII

Cheguei ao aeroporto de Barcelona em cima da hora. Despachei a mala e fui para a sala de embarque. Um copo de leite foi tudo o que sorvi antes de entrar no avião. Na primeira poltrona, vim com o pé bem acomodado, mas a alma angustiada por ter perdido as pistas de Rosa. No pensamento que não dava trégua, torpor e alegria se revezavam: de um lado, a melancolia por escutar as doídas histórias dos meus antepassados e a tristeza por ter perdido as pistas de Juan. De outro, o frescor de quem havia encontrado algo bom e inexplicável, algo transmitido por aquelas três crianças, especialmente o Júlio.

Só o sono mesmo para dar conta do que se passava dentro de mim...

Acordei em Minneapolis.

Ajuda para pegar a mala, para tomar o táxi, para entrar no prédio e para chegar ao apartamento. Benditos os anjos que me socorreram e benditas muletas que me ampararam! Depois do banho, a descida à padaria de sempre, o café saboroso e o retorno ao ninho.

Era hora de falar com os meus. Primeiro com o papai e depois com tia Manena. Notícias apenas do que era relevante naquele momento. Sim, porque nem tudo valia à pena ser rememorado...

Júbilo, muito júbilo do lado de lá por saberem dos pormenores da fuga de Rosa. Fuga essa que explicava, em parte, a falsa certidão de óbito na mesma época. Pelo pouco que escutei sobre a irmã de minha mãe, não seria utopia dizer que ela deveria se deliciar mais em nos ver morrer aos poucos do que em nos matar de vez. Como já havia tirado a esperança de Rosa de um dia voltar à casa paterna, ao nos ceifar a vida por meio de uma notícia forjada, tia Pilar tentou fazer o mesmo conosco, matando Rosa para nós, por meio de uma certidão falsificada, com o objetivo, evidentemente, de decepar o tronco de nossa esperança.

Fatos esclarecidos, foi a vez das notícias de Curvelo: nossas vizinhas, Felícia e Vicência, abriram uma janela na parede dos fundos que dividia as casas. Papai e tia Manena, que já as tinham como pessoas da família, selaram de vez a irmandade entre eles ao consentirem que a ventana da intimidade fosse destampada. Abertura fraterna que aliançaria uma amizade que duraria até a morte. Pela janela, haveria de passarem pedidos de ajuda, segredos desalgemados, quitandas diversas e conversas a perderem de vista.

Duas moradoras ilustres chegaram à nossa casa: Sinhá Preta e Batata. A primeira, que já nos visitava com constância, veio desta vez "de mala e cuia". Deixou a São Sebastião para morar com papai e tia Manena, na casa da Maria Amália, depois que Corsino se casou na capital federal. Ocupou o meu quarto e o encheu de vida outra vez. Trouxe com ela a Batata, uma cadela preta de raça indefinida. Uma vira-lata legítima, sobrevivente de abandono e malvadezas humanas, que encontrou na nova dona o amor que tudo curava. As duas eram como o dia e a noite — inseparáveis!, dizia papai. Só no começo, porque depois ele passou a levá-la para todo canto, como se gente fosse. Isso porque a Batata trouxe novo prumo também a ele.

Dezesseis meses se passaram desde que deixei o meu país e o meu coração ainda permanecia naquele bairro de operários, junto aos que eu tanto amava. Por isso, nada me dava mais prazer do que receber notícias cotidianas da minha família. Notícias essas que me faziam sentir-me próxima, ainda que a um oceano de distância.

Antes de nos despedirmos, tia Manena perguntou algumas vezes se eu estava realmente bem. Parecia querer atestar meu estado emocional para, ao que tudo indicava, revelar-me algo. Como eu bem a conhecia, pedi que ela fosse direto ao assunto. Eu estava muito bem e todo ouvidos para escutar o que quer que fosse. Mas sua fala, com palavras que saíam sem pressa alguma, denotava que ela precisaria de tempo para colocar para fora o que a apoquentava por dentro.

O final de semana foi de resguardo. Na segunda, ainda de muletas, segui o ritmo normal: aulas pela manhã, hospital à tarde e plantão à noite. Para coroar o retorno, um convite inusitado: compor a equipe do Dr. Lillehei que viajaria à Rússia para abrir o Congresso Internacional de Cardiologia e representar os Estados Unidos da América no Encontro da Organização Mundial de Saúde — OMS.

A viagem, que se realizaria em abril, foi motivo de comemoração por parte de minha família e, da minha parte, razão de um aumento significativo de responsabilidade. Mal podia acreditar que eu alcançava competência e merecimento para compor tal equipe, mas o Dr. Lillehei me tranquilizou dizendo que ele só se cercava dos melhores e que, por esse motivo, não aceitaria "um não" como resposta. Quanto à viagem da qual eu havia retornado, ele não me indagou nada, nem mesmo sobre a receptividade de sua carta, apenas comentou num tom muitíssimo bem-humorado que se eu voltei inteira era porque o Dr. Lamartine não havia me arrancado nenhum pedaço.

O natal de 1964 foi melhor do que no ano anterior. Já entrosada no hospital, fizemos — médicos, enfermeiros e pacientes — uma comemoração intimista e alegre. De Curvelo, todos vieram ao telefone, inclusive as vizinhas e a Batata, que já se considerava membro da família. E mesmo a quilômetros de distância, pude sentir o quanto papai e tia Manena estavam felizes com as novas moradoras, cujos fios que os ligavam não se conduziam pelo sangue, mas chegavam direto ao coração. Quanto ao Galdino, pensei nele com saudade, muita saudade...

A chegada do ano novo foi celebrada com os colegas da universidade. Alguns solteiros, outros com os cônjuges e filhos. Amizades novas e boas. Caminhos outros.

Aquele janeiro de 1965 veio com dias de descanso nos estudos e muito trabalho em três hospitais, como contratada em dois e em outro como voluntária. Foi num dia desse mês, o qual eu preferia esquecer, que, ao retornar para casa, à noite, li em carta o que tia Manena não conseguiu me falar ao telefone.

A correspondência não trouxe notícias alvissareiras e nenhuma só palavra com a letra dela ou de papai. Dentro do envelope, apenas um recorte de jornal com a foto do homem que eu amava e seu pai. Na matéria, que não se estendia muito, a notícia de que o filho do renomado médico, Dr. Carlos Augusto Ribeiro de Pompêu e Silva, o então cirurgião, Dr. Galdino Ribeiro de Pompêu Junqueira e Silva, havia assumido alto cargo nas Forças Aéreas Brasileiras, em Brasília, e se transferido para lá com a esposa e a filhinha, de apenas um mês de vida. O retrato, nítido o suficiente para não deixar dúvidas, em nada combinava com aquela notícia, lida e relida muitas vezes, que apunhalou minha alma e me sacudiu novamente.

"Como pode?! Filha de um mês?!" Foi inevitável fazer as contas... A indiferença estava agora explicada. Mas por que ele não foi claro? Por que não contou a verdade?

A noite passou devagar. Chorei o suficiente para digerir a decepção e purificar a alma. A aceitação viria com o tempo. Aquele homem da foto não era o mesmo que eu amei, de forma alguma. As pessoas mudam! A história com o Galdino de outrora foi única, foi minha, foi dele, mas virou passado, não porque eu quisesse. Agora, de fato, eu seguiria sozinha. Não que já não seguisse, mas meu coração ainda nutria saudade; e por que não dizer, esperança?

O chão que se ausentou na noite não me faltou de dia. Superação rápida? Não, longe disso. Maturidade, talvez! Estava em minhas mãos a escolha de me entregar à dor ou resistir a ela, feito soldado combatente que se mantém resiliente porque sabe que tudo, um dia, acabará. Eu não escondia que a dor era grande, mas tomei a decisão de me esforçar para não julgar Galdino, de não me permitir sentir raiva dele e nem pena de mim mesma, afinal, toda escolha é pessoal e cada um fez a sua. Contudo, havia chegado a hora de tirar a aliança do dedo!

Antes de ir para a universidade, escrevi uma carta à Perfídia, irmã de Galdino, pedindo a ela que fizesse a gentileza de entregar o objeto a ele. Sucinta, agradeci pelo último favor que lhe pedia, o qual não tinha dúvida de que o faria. Com tristura e coração despedaçado, tirei o anel de noivado do dedo, olhei-o pela última vez e beijei-o, antes de embalá-lo com o próprio recorte de jornal e depositá-lo no envelope, selado por uma lágrima que escorreu surdina pelo meu rosto. Despachei o sobrescrito e encerrei ali uma das fases mais importantes da minha vida.

Mente e mãos ocupadas pela grande graça do trabalho — foi essa atitude que não me deixou cair. Tal como o metal posto ao fogo que, ao ficar em brasa, adquire qualidades do fogo sem deixar de ser metal, assim fui eu: ganhei lume, força, ardor e calor. Ainda que o peito estivesse dormente, minha determinação e disciplina, que já não eram de pouca monta, estavam me levando a um patamar profissional jamais imaginado, e ensejariam, sem que eu soubesse naquela época, um não regresso ao Brasil no tempo aprazado, apesar de a saudade da minha família e do meu país já iniciar contagem regressiva.

O tempo passou rápido e abril chegou num sopro.

No aeroporto de Nova York, conheci o restante da equipe do Dr. Lillehei. Eu, a única brasileira, uni-me a dois europeus, um inglês, um alemão e quatro americanos, dentre eles o próprio precursor da cirurgia de peito aberto. Nas apresentações, o aperto de mão firme do Dr. Maxine, o olho no olho profundo e o comentário à queima-roupa:

— Vejo que está melhor, doutora!

As bochechas fogueadas e o sorriso acanhado foram a minha resposta.

Findados os cumprimentos e cotidianidades, o assunto que interessava: os avanços da cardiologia no mundo. No avião, no carro, no hotel, no Congresso e onde quer que fôssemos o assunto girava em torno do mesmo tema e não se esgotava. Todos queriam aproveitar a oportunidade do encontro tête-à-tête. Experiências divididas, dúvidas sanadas, partilha e mais partilha. Não havia palavras para explicar o que eu sentia junto daquela equipe, tida como referência no mundo. Todos ali não eram somente médicos, mas estudiosos contumazes e cientistas destacados. Sem ignorar, claro, as dezenas de fronteiras pelo mundo que o conhecimento e influência do meu preceptor atravessavam.

Ser a mais nova, de pele escura e a única mulher da equipe não me diminuía. Ao contrário! Desde que cheguei, passei a ser uma espécie de mascote daqueles marmanjos de branco, dentre eles, o filho único do Dr. Antoine Lamartine Blanche: o Dr. Maxine Blanche. Quem diria que, um dia, eu trabalharia com aquele que, quando jovem, havia sido ameaçado de morte pelo mesmo algoz de minha irmã...

Simpático e bastante reservado, o Dr. Maxine era um dos dois solteiros do grupo. De fala pouca, não escondia sua paixão pela medicina. No primeiro diálogo, revelou-se enigmático e sério além da conta. Ele e o restante da equipe foram escolhidos por características distintas e pontos comuns indispensáveis pelo Dr. Lillehei para compor uma equipe de altíssimo nível, para a qual eu fui convidada sem cadeira cativa ainda.

Quatro dias de Congresso em Moscou e logo no dia da abertura do Encontro da Organização Mundial de Saúde, fui parar no hospital. Uma diarreia que varou a noite e entrou manhã adentro obrigou-me a tomar um soro na veia se eu quisesse continuar inteira. O Dr. Maxine foi quem me acompanhou, juntamente com dois homens da escolta oficial russa, já que éramos médicos estrangeiros convidados pela OMS. Ao meu lado, Max, como pediu que o chamasse, manteve a fala parca e comedida, apesar do mesmo cuidado e carinho de outrora. Três horas depois, quando atravessávamos a porta do hospital para retornarmos ao Congresso, um episódio inesperado: um carro oficial russo, escoltado por outros dois, parava em frente à entrada do maior hospital de Moscou. Muito rebuliço e policiais que pareciam brotar do concreto cercavam o carro que trazia um homem desacordado, com suspeita de parada cardiorrespiratória. Nós o socorremos ali mesmo, antes de o colocamos sobre a maca, que logo se chegou às nossas costas, trazida por enfermeiros ágeis e meia dúzia de médicos agitados. Fizemos os procedimentos necessários e, graças a eles, conseguimos salvar a vida do moribundo que, sem a rápida intervenção, em fração de minutos deixaria de existir.

Logo um cordão de isolamento havia se formado ao nosso redor e pudemos levar, sem demora, o paciente de alto risco para o interior do hospital. Lá dentro, outra parada cardíaca que conseguimos estabilizar enquanto um rebuliço se formava ao nosso redor. Solicitamos a presença dos responsáveis, já que havia a necessidade de intervenção cirúrgica imediata.

Em menos de trinta minutos da ocorrência do fato, fomos chamados pela diretoria do hospital. Na sala, aguardavam uma junta de médicos, alguns oficiais da alta patente do governo e a esposa do enfartado. Motivo de tanto rebuliço? O homem que salvamos era o primeiro-ministro da Rússia, Leonid Brejnev, que se dirigia ao evento da OMS.

Por termos salvado a vida do estadista, fomos consultados quanto à conduta que sugeríamos e surpreendidos com o pedido para que acompanhássemos a junta de médicos russos que fariam o procedimento cirúrgico. Consentimos, mas solicitamos a presença do Dr. Lillehei na equipe.

Nosso preceptor não chegou a tempo e a cirurgia, que não podia esperar, foi realizada com sucesso por uma junta de cinco médicos. Longo e complicado pelo histórico do paciente, o procedimento cirúrgico durou quase 7 horas.

A inteiração com os médicos russos, fluentes no inglês, só foi possível porque eles já tinham nossa ficha em mãos — conseguida não sei de que forma — que atestava que o conhecimento e experiência que acumulávamos em cirurgias cardíacas de alto risco eram consideráveis.

Passava da meia noite quando deixamos o hospital, cercado pelo exército. A imprensa dava plantão na porta, motivo pelo qual saímos pela garagem num carro não oficial, rumo ao hotel, onde toda a equipe do Dr. Lillehei nos aguardava. Nosso preceptor disse que, por confiar nas habilidades de cada membro de sua equipe, não via necessidade de estar presente na cirurgia. Ele também nos colocou a par da tumultuada questão política entre Brejnev e os estadunidenses, alertando-nos que, naquele momento, éramos o próprio Estados Unidos da América.

Questões políticas à parte, os periódicos russos trouxeram na matéria de capa o feito da equipe americana de salvar a vida do chanceler Leonid Brejnev, após um infarto do mais alto grau. Não era difícil prever que o nosso sossego acabaria dali em diante. Orientados a nada comentarmos, deixamos Moscou um dia antes do término do Encontro e, evidentemente, com o reconhecimento diplomático não somente à nossa equipe, mas ao Lyndon B. Johnson, presidente dos Estados Unidos.

O conflito na relação diplomática com a Rússia se dava porque ela tinha sob seu comando, à época, o maior exército do mundo e um imenso arsenal nuclear. Também defendia o comunismo, condenava as políticas imperialistas dos EUA e proclamava o seu apoio ao Vietnã do Norte. Em contrapartida, a nação americana adotava uma política externa voltada para o anticomunismo e aumentava sua participação na guerra junto ao Vietnã do Sul contra o Vietnã do Norte. Só que agora, pelas tramas do destino, a altercação entre as duas nações arrefeceu-se. De certa forma, uma pré-disposição para conversa entre a Rússia e os EUA acabara de surgir. Quanto a nós, da equipe do Dr. Lillehei — de forma especial, eu e Maxine —, o ocorrido colocou-nos no rol dos cirurgiões cardíacos mais respeitados do mundo. Claro que isso não se deu só por mérito nosso, uma vez que a cirurgia cardíaca já fazia história em vários países do mundo e aquele Congresso promovido pela OMS era prova disso. A dimensão do ocorrido se deveu à mídia que se encarregou de dar vistas a um fato cotidiano para nós, mas cuja "providência divina" colocou em nossas mãos naquele momento ninguém menos do que um chefe de estado.

Aterrissamos na cidade de Washington D. C e fomos conduzidos à Av. Pensilvânia, 1600. Lá, na Casa Branca, fomos recebidos pelo então presidente, Lyndon B. Johnson, que elogiou nossa conduta e nos concedeu honrarias, não somente por representarmos os Estados Unidos num país com o qual as relações estavam estremecidas, mas também por elevar o país americano no conceito médico mundial.

Retornamos a Nova York, onde nos separamos, e segui junto do Dr. Lillehei para Minneapolis. Durante a viagem, o pensamento em Maxine.

Em casa, telefonema extenso o suficiente para relatar à tia Manena e ao papai todos os acontecimentos. Surpresa e admiração do outro lado da linha. Na universidade, condecorações, cumprimentos dos colegas de residência e a volta à rotina, que nunca mais seria a mesma.

"O que o destino com suas tramas invisíveis me reserva? O que eu farei dentro de três meses, quando finalizar a residência?" Comecei neste momento a me fazer essas perguntas.

Na semana seguinte em que retornei de Moscou, os três hospitais nos quais eu trabalhava me fizeram convite para compor, de forma permanente, seus quadros efetivos. Propostas de hospitais americanos e europeus também chegaram. Uma proposta do hospital de São Paulo, onde Rosa esteve, despertou-me interesse. Agradeci as propostas e pedi um tempo para terminar a residência e finalizar os trabalhos com o Dr. Lillehei.

O tempo passou. Finalizei a residência com pontuação destacada e currículo respeitável. Nos dois últimos anos, e de forma especial nos últimos dez meses, consegui manter a ajuda mensal que enviava à minha família e ainda fazer uma reserva financeira. Quanto ao futuro profissional, muitas perspectivas e duas certezas: faria doutorado e me dedicaria às cirurgias de troca de válvula e de transplante de coração.

As aulas terminaram no final de julho, mas eu não retornei ao Brasil no tempo aprazado, face aos trabalhos nos hospitais. Nos meses que se sucederam ao encerramento da residência, fiquei ainda mais ligada ao Dr. Lillehei com o qual realizei muitas outras cirurgias das mais desafiadoras possíveis.

Como não poderia ser diferente, a saudade da minha família já gritava dentro de mim. E aquele dezembro veio como o mês mais esperado dos últimos vinte e oito que passei em solo americano.

Era véspera da minha viagem quando o Dr. Lillehei me convidou para jantar. Muitas perguntas a respeito do meu futuro, muitos conselhos também e, para variar, assuntos em torno da cardiologia. Na despedida, os presentes: de minha parte, um cesto com doces de leite e de pequi, que tia Manena preparou com tanto apreço quanto os dias que levaram para chegar. Da parte dele, um envelope que deveria ser aberto somente quando eu estivesse na minha casa, em Curvelo, depois de rever a minha família.

No dia seguinte, entreguei as chaves do apartamento ao síndico do prédio e rumei ao aeroporto com a mudança completa. Ainda não havia me decidido por qualquer proposta. Antes, precisaria retornar ao meu ninho. Comuniquei à tia Manena o horário do meu embarque naquele 20 de dezembro de 1965. Pedi a ela e ao papai que poupassem o desgaste de me buscarem em Belo Horizonte, pois eu aterrissaria em São Paulo e, como não havia conseguido comprar passagem para a capital mineira, uma vez que estava esgotada no dia 21, eu tentaria voo no dia 22 ou seguiria para Curvelo de ônibus mesmo.

No caminho para o aeroporto, a sensação gostosa de saudade antecipada, de dever cumprido e o olhar atento para os detalhes da cidade que foi um marco em minha trajetória profissional. Enquanto o avião deixava o solo, a lembrança gostosa do dia em que cheguei àquela terra estrangeira veio-me à mente. Do alto, localizei a universidade e um sorriso se alargou em meu rosto. Tudo o que vivi em seus domínios e fora deles me fez amadurecer sobremaneira.

Viagem boa e longa, cronometrada pela vontade de chegar logo. Assim que a aeronave pousou em São Paulo, respirei fundo e abri riso fácil... Riso de felicidade por retornar ao meu país. Em estado de graça, peguei minhas malas. Fui com uma e voltei com duas. Na segunda, acessórios, maquiagem e mimos para tia Manena, papai, Sinhá Preta, Felícia, Vicência e até uma manta para a Batata. Sem me esquecer, é claro, do meu preceptor da Faculdade de Medicina, na qual me formei e a quem eu muito devia.

No balcão da companhia aérea, voo para Belo Horizonte somente na manhã do dia 23. Como teria que pernoitar em São Paulo, arrisquei pegar um táxi e tentar a sorte na rodoviária. Valeu o risco. Comprei uma das passagens disponíveis para Curvelo naquela mesma noite e, decidida a fazer surpresa, não avisei nada em casa.

Cheguei na rodoviária Tolentino de Curvelo, na manhã de quarta-feira, daquele 22 de dezembro. Acolhedora como nenhuma outra, a cidade parecia estar me esperando. A toada do sino da Matriz de Santo Antônio evocou-me as lembranças da adolescência, de quando visitava o coreto da praça antes da missa aos domingos. E a saudade de abraçar os que eu amava ganhou força com aquele som. Entrei no carro de praça e rumei para a Maria Amália.

No trajeto, o olhar de bem-querer sobre as ruas da minha cidade — que era a mesma e já não era. Haveria algo diferente nela ou seria eu com um novo olhar?! Difícil dizer...

Capítulo XIV

O carro de praça parou na porta da vivenda mais florida do bairro de casas geminadas. Com as malas na calçada, estagnei emocionada junto ao muro baixo que cheirava a tinta fresca. A casa, agora de paredes e muro creme, trazia as janelas e portas azuis. O pequeno jardim na entrada, coberto de flores variadas, exalava um perfume único. No parapeito das duas ventanas que davam para a rua, debruçavam-se vasos de beijinhos em plena florescência.

Assim que mexi no portão, duas patas e uma carinha preta sorrateira debruçaram-se sobre uma das janelas e deram o sinal. Tia Manena veio em disparada dos fundos, seguida por papai e Sinhá Preta. Na varanda, com os dedos entrelaçados na altura da boca, ar preso e choro contido, minha tia-mãe parecia não acreditar que eu estava ali. De frente para ela, não contive o pranto e abracei-a com fervor. Abraço de saudade. Abraço de amor inúmeras vezes desejado. Choro longo nos ombros, meu e dela. Lágrimas que umedeceram os cabelos e as roupas. Água santa que lavou a alma.

Depois foi a vez de papai, que me olhava com olhos transbordantes e expressão de alegria imorredoura. Meu pai abraçou-me com tanta força que quase custou-me as costelas.

— Filha querida, filha minha! — ele repetia inúmeras vezes, sem me poupar os seus beijos nem me soltar de seus braços.

E quem disse que eu queria me soltar? Ansiava ficar ali para sempre, se possível fosse. Só eu sabia o quanto necessitava daquele abraço seguro, abraço forte, abraço de pai.

Chegou a vez de Sinhá Preta, o acolhimento apertado da benzedeira sábia, da médica sem escola, da madrinha e amiga de uma vida que era muito querida por todos nós. Era uma alegria indizível tê-la, oficialmente, como membro de nossa família.

E, finalmente, a que anunciou minha chegada: a Batata, a menina da casa. Com ar de pertença, a preta charmosa, que ao abanar o rabo remexia o corpo inteiro, conquistou-me de imediato, logo que colocou o nariz na janela. Não se fez de rogada e pôs as patas em meu peito, lambendo o que estava ao seu alcance.

Depois da recepção calorosa, papai pegou as malas e levou-as ao quarto de tia Manena, que me aguardava com guarda-roupa novo e duas camas, anunciando que seria ali o meu novo canto. Antes de me assentar, a visita ao meu antigo quarto, ao quarto de papai, à cozinha e ao quintal. Papai queria me mostrar tudo, cada objeto novo, cada mudança de móvel, cada pintinho que nasceu e se fez ave grande naquele galinheiro, que, lógico, havia mudado de lugar. A horta, o pequeno pomar, a parreira de uva que tomava corpo e a ramada de chuchu que se apossava da cerca sobre o muro... Tudo lindo. Tudo limpo. Tudo simples e bem cuidado. Tudo eles. Tudo nós!

Uma passagem pelo lavabo e, finalmente, a pausa no lugar preferido da casa: a cozinha. A mesa farta de quitandas, como sempre, ostentava sofisticação pura com seus vasinhos de mini margaridas e mini antúrios. Batata se deitou aos pés de papai na cabeceira, tia Manena, à minha frente e Sinhá-Preta, ao meu lado. Todos querendo me escutar. E eu, escutá-los.

A alegria de estar de volta ao lar transbordava por cada poro de minha pele. Tudo estava cheio de cor e de vida. Tudo respirava a alegria do reencontro. Tudo atestava a riqueza de ser família.

Papai elogiou-me o penteado, a roupa cintada, a tez levemente maquiada e até as marcas das inúmeras horas dedicadas ao estudo e à graça do trabalho. Disse que a maturidade se revelava em cada traço e gesto meu.

Nas têmporas do meu pai, havia se intensificado o prata, emoldurando, todavia, com bela suavidade, o rosto de acentuadíssimas características europeias. Papai havia recuperado o corpo forte de antes e suas calças já não careciam de cinto para se manterem no lugar. Naquele momento, o azulíneo de seus olhos estava mais intenso do que nunca. Seu viço, segundo soube, retornou depois da notícia de que a sua outra Rosa tinha grande chance de estar viva.

Já tia Manena havia emagrecido um pouco e parecia até ter reduzido de tamanho, apesar de continuar com sua serenidade e bom humor. A fleuma a que se obrigou a manter por todos nós cobrou-lhe o preço nos cabelos, que nevoaram da noite para o dia, sem, contudo, comprometer sua beleza.

Sinhá Preta, bem!, essa, por incrível que pareça, não aumentou uma ruga sequer desde a última vez que a vi.

Na partilha à mesa, entre tantas quitandas, nossa conversa adentrou a tarde. Assuntos? De tudo um pouco: da residência, do trabalho nos hospitais, das notícias de Rosa, das estripulias da Batata, do trabalho de papai, dos trabalhos voluntários de tia Manena, da viagem à França, do mosteiro na Espanha, do casamento de Corsino, do ocorrido em Moscou... Prosa que começou ali e se estenderia por mais de mês. No jantar, a grata companhia de nossas vizinhas, Felícia e Vicência, a cantoria de papai e depois o descanso. O sono profundo. Sono embalado pela cama de sempre, no colchão e travesseiro de sempre... No aconchego que trazia a lembrança dos anos.

Acordei na quinta-feira com o sol já alto. Era meio da manhã quando a Batata, parecendo ter esgotado a paciência de me esperar despertar, pôs-se a lamber-me o rosto e as mãos. Aquele olhar de bom dia e o bico comprido e úmido que não se continha em me cheirar foi meu estímulo para deixar a cama gostosa. À mesa, sem esconderem a fome, todos me acompanharam no café. Café demorado. Café feliz e benfazejo. Café de renovação e vida.

Enquanto tirava da mala meus pertences e os organizava no guarda-roupa, encontrei o envelope do Dr. Lillehei. De acordo com a prescrição, era hora de abri-lo. Recostei-me na cama e o descolei com cuidado. Dentro, duas cartas e duas surpresas: a primeira, escrita de próprio punho por ele, era o convite pessoal, intransferível — e por que não dizer, irresistível? — de fazer parte permanente de sua equipe, nos Estados Unidos da América. Mal pude acreditar no que estava lendo! Na outra carta, uma mensagem de cada um da equipe do Dr. Lillehei, aos quais me afeiçoei e com os quais muito aprendi. Todos, à sua maneira, pediam que eu aceitasse o convite. Maxine, o mais sucinto, poupou palavras, mas não sentimentos com um "*vem que estou te esperando!*".

Tomada de alegria, mostrei as cartas aos meus. Suas faces estampavam um contentamento freado, um misto de alegria e tristeza, perfeitamente compreensível da parte daqueles que, depois de tanta espera, tudo o que queriam era que a distância jamais voltasse a se fazer presente novamente. Tranquilizei-os, ponderando que apenas queria dividir a minha satisfação com eles, mas que nenhuma decisão seria tomada naquele momento. E nada se comentou a respeito dali para frente.

O natal de 1965 foi maravilhoso na presença dos que eram importantes para mim e com cartas advindas do outro continente, dos amigos distantes que fiz.

No início do ano, fomos eu, papai, tia Manena e Sinhá Preta passearmos no Rio de Janeiro. Há muito queria conhecer a cidade maravilhosa e nada melhor do que conhecê-la na companhia dos que me eram caros e ser ciceroneada por quem bem conhecia a cidade e por ela guardava grande apreço: tia Manena.

Foram dias encantadores na capital carioca. Na volta, uma passagem por Tiradentes e Belo Horizonte. O Sr. Justino, nosso motorista, figura ímpar no carisma e paciência, foi nosso condutor e companhia agradabilíssima durante a viagem.

Na capital mineira, nada de hotéis ou pousadas, e sim a pensão do Sr. Deodato e D. Prazeres. A pernoite teve recepção calorosa, jantar festivo e conversa em torno da mesa que varou a madrugada.

Na manhã seguinte, pedi ao nosso motorista que me levasse à faculdade onde me formei. Queria fazer surpresa ao professor que me era referência, que acreditou em mim e me ajudou a entrar na Universidade de Minneapolis. No encontro não agendado, o abraço amigo de ambos os lados e a admiração daquele que me fora como um pai no momento em que eu mais precisei. Meu professor, com emoção visível, disse que acompanhou o meu feito em Moscou por meio da Sociedade Brasileira de Medicina e dos periódicos que trouxeram minha foto em destaque.

Contou-me empolgado que aqueles na faculdade que desdenhavam meu esforço e minha capacidade — por puro preconceito inconteste, diga-se — foram os que mais se surpreenderam e comemoraram o fato da aluna da casa ter alcançado tamanho respeito internacional. Para ele, nada mais lhe rendeu tão grande prazer!

No retorno à pensão, passamos em frente à casa amarela, próxima ao hospital. A mesma que o Dr. Carlos Augusto presenteou a mim e ao Galdino, no dia do noivado. Muito bem cuidada, a residência estava de encher os olhos. Senti certa melancolia, não pela vivenda, mas talvez porque Galdino, mesmo fixando morada em Brasília, habitasse em cada canto daquela cidade — e de maneira especial naquela casa amarela — ou talvez porque meu coração pedisse a vez, outra vez...

Almoçamos com os anfitriões da pensão antes de pegarmos a estrada. Chegamos a Curvelo no final da tarde e fomos recepcionados pela festa da Batata.

Sobre a mesinha do telefone, várias correspondências, dentre elas, o convite de honra do então governador de Minas Gerais, José de Magalhães Pinto, para um baile de condecorações e despedida de seu governo, no final daquele mês. No sábado, 22 de janeiro de 1966, o evento, eminentemente político, reuniria as maiores autoridades e representantes de todos os segmentos do estado para galardoar os mineiros ilustres que foram motivo de orgulho para o estado e o país.

Prestes a completar 28 anos e acompanhada de tia Manena, papai e Sinhá Preta, eu era a mulher mais nova a ser homenageada nos salões do Palácio do Governador. Saudada por muitos, um cumprimento em especial causou-me enorme alegria: o do Dr. Carlos Augusto, que não só veio me congratular como também sentou-se à nossa mesa e embalou uma conversa com os meus, como se carne e unha ainda fossem. Quem os via tinha a impressão de serem amigos inseparáveis, tamanha a afinidade entre os quatro. Mesmo com o hotel por conta do governo, preferimos a pensão de sempre, onde chegamos já ao raiar do novo dia, levados pelo motorista do Dr. Carlos Augusto.

No retorno para Curvelo, o Sr. Justino fez as vezes novamente. Na estrada, a conversa não podia ser outra que não o assunto da prosa à mesa. Entusiasmos à parte, tia Manena e papai se preocuparam com meus sentimentos, com razão. Apesar de não se negarem a responder minhas poucas perguntas, percebi que procuravam medir as respostas. Foi por eles que soube que a filha de Galdino chamava-se Ana Rosa. Nome escolhido pelo próprio em homenagem a mim — que as paredes não escutassem tal revelação! Que a sua esposa, Afonsa, uma jovem de hábitos libertinos e ciúmes desmedidos, nasceu no Brasil, mas foi criada no mundo, uma vez que o pai fora embaixador durante anos seguidos. Sua mãe era amiga de infância de D. Isaura, mãe de Galdino, a qual, aliás, foi quem apresentou os dois na festa de aniversário que organizou para o filho, no mesmo ano em que se casaram. Galdino e família moravam em Brasília e vinham pouco a Belo Horizonte, pois, além de atuar como cirurgião geral em hospital renomado, exercia, com competência, alto cargo nas Forças Aéreas Brasileiras — FAB. E o motivo do funcionário da alta patente do governo se ausentar em evento de tamanha envergadura era — atestado pelo próprio Dr. Carlos Augusto — a minha presença. O que isso queria dizer não sei, mas para mim e os meus, depois daquele baile, a decisão de permanecer no Brasil estava ameaçada não pelas propostas de trabalho irrecusáveis, mas, pela saudade cortante do amor ausente — e impossível — que passou a açoitar meu coração.

Era final de janeiro quando chamei os três para uma conversa. O assunto, já intuído por eles, apenas aguardava o momento propício. Era o comunicado da minha decisão? Ainda não, pois essa dependeria da resposta dos três.

— Vocês sabem o quanto são importantes para mim e o que minha carreira significa. Sabem também que minha busca por Rosa está apenas começando, que preciso retomar os estudos e que um mundo de possibilidades me espera longe daqui. No entanto, não quero seguir sem vocês! Não posso mais! Somos família aqui e quero que sejamos família onde quer que eu esteja! Então, se me acompanharem, pelo menos por um tempo, aceitarei o convite do Dr. Lillehei para atuar em Ohio, onde provavelmente fixarei residência.

A proposta pegou a todos de surpresa. Até Batata parecia ter sido surpreendida, pois essa que há pouco brincava com um caroço de manga ao nosso lado, manteve-se estátua debaixo da mesa. Da parte dos meus, nenhuma palavra, nenhuma pergunta naquele momento. Por certo, teriam que assimilar a situação primeiro.

No início de fevereiro, retomamos a conversa. Papai tomou a dianteira em nome de todos. Sinhá Preta nos visitaria, mas permaneceria em Curvelo, junto da Batata. Ele e tia Manena passariam uns tempos comigo ou se revezariam na função, pelo período necessário, até que eu me acostumasse à nova vida, na nova cidade; mas conservaríamos o compromisso de jamais deixarmos de passar o natal juntos em Curvelo, de preferência.

Abri sorriso emocionado. Feliz por sermos família e estarmos família fosse onde fosse.

Era final de fevereiro quando eu, papai e tia Manena descemos no aeroporto de Cleveland, Ohio. Fomos para o hotel, onde permanecemos por uma semana até conseguirmos um apartamento amplo, com varanda gostosa, vista privilegiada e ótima localização. Três dias depois, eu assinava meu primeiro contrato com o Cleveland Clinic e me reencontrava com o Dr. Lillehei. Na agenda, estudo, congressos, encontros com a equipe e, principalmente, cirurgias a perder de vista.

A cidadania americana veio quase que imediatamente para mim. A retomada dos trabalhos não impediram que eu desse atenção às minhas bases. Nos divertimos muito nos dois primeiros meses, antes de eu começar a viajar. Passei a ser requisitada para fazer cirurgias não somente nos Estados Unidos, mas em outros países também, além de proferir inúmeras palestras. Se por um lado esse ritmo me agregava, por outro, asfixiava tia Manena e papai, que, na maior parte do tempo sozinhos, disseram estar na hora de voltarem para casa, para a vida que deixaram lá. Compreendi que seria egoísmo de minha parte querê-los por perto se eu mesma, quase sempre, já estava longe.

Depois de três meses em solo americano, eles retornaram a Curvelo. Para eles, a casa única, o pouso certo, o tempo que passava devagar... Para mim, minha casa também, mas somente por três vezes ao ano ou mais, se a saudade apertasse muito ou se eles requisitassem minha presença, afinal, condição para voar para junto deles já não me faltava.

Nos Estados Unidos, os encontros frequentes com a equipe da qual eu fazia parte aproximaram-me mais ainda de Maxine. Encontros esses que ensejaram outros não profissionais, que passaram a acontecer aos finais de semana e fizeram com que nos tornássemos nada menos do que melhores amigos. Pouco a pouco, íamos conhecendo as alegrias e as dores um do outro.

Max não era solteiro como eu pensava, e sim, viúvo. Depois da perda da esposa e da filha em um acidente, havia fechado seu coração e mergulhado — por fuga ou alento — na única paixão que lhe restara: a medicina. Ele conhecia bem o significado da perda — para a vida e para a morte — e por isso, talvez, compreendia perfeitamente as minhas dores e esperanças. Foi Maxine, inclusive, quem me ajudou a contratar um detetive para procurar Juan Nobre, na Espanha. O mesmo Juan que ele conheceu, numa das vezes em que foi com o pai, o Dr. Antoine Lamartine Blanche, na residência dos Franco.

Meses se passaram e, por incrível que pudesse parecer, nenhuma pista de Juan foi encontrada. Ele havia desaparecido feito fumaça no ar.

Era dezembro, próximo ao natal de 1966, quando Maxine abriu mão de sua cadeira no New York-Presbyterian University Hospital of Columbia and Cornell, em Nova York, e transferiu-se "de mala e cuia" para Ohio. Motivo? Vida que redescobriu a vida; luz que surgiu e deu sentido! Continuávamos só amigos? Sim, claro, mas amigos que não se desgrudavam. Se era carência acumulada, descoberta benfazeja ou excesso de admiração mútua não sei, mas não havia dúvida de que não podíamos viver longe um do outro, ainda que como amigos, por assim dizer.

No dia do meu voo para o Brasil, uma surpresa: a confissão do sentimento que Max nutria por mim, o beijo demorado na mão, abraço de corpo e o olhar apaixonado, santificado. Fiquei sem chão, sem ar... Não só correspondi, como tive vontade de permanecer entre aqueles braços, naquela praça, naquele pôr do sol de quinta-feira. Eu queria viajar e já não mais queria. Ele queria me acompanhar e não podia. Por que não?

Capítulo XV

Cheguei à Curvelo e a mesma festa de sempre: a família, a Batata, as vizinhas, as flores, a casa, os pintinhos que nasceram ali e se fizeram aves grandes... A alegria de nos unirmos novamente saltava aos olhos. Desta vez, ficaria menos tempo, mas o suficiente para conhecermos o Sul do Brasil. Papai, tia Manena e Sinhá Preta já esperavam o passeio anual, que se repetiria ano após ano, até a morte.

No dia do Natal, recebi o telegrama de Maxine: "*Volte logo!*".

Com o coração saltitante, fui à agência dos Correios e respondi no mesmo tom: "*Vem que estou te esperando!*".

E não é que ele veio?! Dois dias antes do ano novo, a Batata deu o sinal. Papai abriu a porta e Maxine se apresentou:

— Sr. Modesto?

— Sim. Pois não?!

— Sou Maxine Blanche e vim pedir a mão de sua filha em namoro, noivado e casamento! — exclamou em português, com o discurso ensaiado, sotaque carregado e uma coragem que ele tirou não sei de onde.

Papai se surpreendeu com a ousadia daquele homem feito, que não era tão velho nem tão moço. Mas, desta vez, não escondeu sua empatia imediata. Quando cheguei da rua com tia Manena e Sinhá Preta, Maxine já estava com papai em nossa cozinha e Batata aos seus pés. Celebração em família. Graça em família. Amor no ar.

Viajamos os cinco pelas cidades do Sul. Papai e Maxine ficaram no mesmo quarto. Pai e filho? Por que não?! Já o eram sem se saberem quando se conheceram na porta de nossa casa, em Curvelo.

Para Maxine e eu, Gramado foi palco de confissões trocadas, olhares apaixonados, desejos à flor da pele, de dores curadas e corações libertos. Vidas que seguiriam leve e livre para dois pássaros que nunca foram de gaiola.

De volta à Curvelo, ficamos o tempo suficiente para ajeitarmos os papéis e prepararmos a cerimônia. Nos casarmos na presença de papai, tia Manena e Sinhá Preta, numa cerimônia íntima, realizada às 10 horas da manhã, na Matriz de Santo Antônio, pelo Padre Luciano Guimarães, amigo e confessor de minha família. Verdadeiro pastor de almas, este sacerdote foi muito importante em nossa história desde que deixamos a São Sebastião e o seria por toda a vida.

No mesmo dia em que nos casamos, retornarmos aos Estados Unidos. Descemos em Nova York com intenção de pegarmos outro voo para Cleveland, mas a Capital Cultural do Mundo estava debaixo de chuva torrencial. Então, com o aeroporto fechado para embarque, fomos para o hotel. Quartos separados? Sim, por enquanto, a meu pedido. Precisava de um tempo para me preparar... Mas, antes de nos despedirmos, o convite para o jantar à luz de velas.

Vestida à caráter, desci para o salão. Maquiagem discreta e perfume na medida certa. Colo de fora, coque emoldurado e salto. Discrição? Sempre. Ousadia? Muita, na alma.

Maxine me esperava à mesa e, ao me ver, levantou-se com uma rosa vermelha na mão. Estava bonito que só ele: terno, cabelos penteados, barba escanhoada e perfume de homem. Puxou a cadeira para eu me assentar. Chamou o garçom e pediu um recipiente com água para a flor. Olhos nos olhos, as palavras faltaram. Mas para que palavras se o corpo inteiro se dizia e o olhar fazia as vezes? Para nós, depois do acender da primeira vela sobre a mesa, o restaurante cheio logo se esvaziou e não ficou ninguém, além de Maxine e eu.

Entrada saborosa e vinho para acompanhar. Música sob medida. Mãos que se encontravam sobre a mesa e se enlaçavam, apertavam-se e acalmavam-se, acendendo o corpo em conta-gotas. Retinas que se fotografavam. Bocas que se desejavam. Gestos que se completavam. O prato principal e a sobremesa "de se comer de joelhos" estavam longe de serem a pedida do dia. Lá fora, a água que caía do céu não conseguia apagar o fogo que incendiava aqui dentro...

Na noite que parecia eterna, o beijo tão esperado na porta do meu quarto foi a rendição e o convite sem palavras. Entre paredes nuas, a descoberta de novos caminhos. O coque desfeito, as roupas que se soltaram sem pressa e os sapatos que não deram notícia. O sentir o cheiro, o experimentar o tato. Corpos que ardiam e se entregavam devagar e por inteiro, num consentimento tácito ao ápice de um amor curativo e apaixonado... No tempo sem fim, a primeira tão sonhada entrega das muitas que viriam. O braseiro que só a morte apagaria. A noite em que me tornei mulher nos braços do homem que voltou à vida foi um divisor de águas em nossas histórias.

Deixamos o hotel dois dias depois rumo a Ohio.

Em julho de 1967, nos mudamos para uma casa. Papai, tia Manena, Sinhá Preta e o Dr. Lamartine vieram nos visitar. Aproveitamos os 20 dias em que estiveram conosco para viajarmos juntos; sem sequer imaginarmos que a alegria daquele encontro entre as duas famílias seria a última na companhia de Sinhá Preta.

Oito decênios de vida regrada e metódica proporcionaram à nossa amiga de uma vida aspecto de maturidade louçã e, por isso mesmo, davam-lhe a impressão de infinitude. Só impressão mesmo, porque a verdade é que ninguém se dá conta de que o bilhete de volta já está comprado desde o dia em que se nasce... E conosco não foi diferente! Não percebemos que o tempo corria para ela mais do que para nós e, a poucos dias do natal daquele mesmo ano, nossa Sinhá deu entrada no hospital pela primeira e última vez, com forte dor no ouvido. Dor essa que seus chás e rezas não deram conta de aplacar. Minutos depois, um pus virulento escorria pelo seu ouvido comunicando o fim da viagem. Sinhá Preta dormia o sono eterno!

Tia Manena contou-me que, antes de deixar a nossa casa em Curvelo, mesmo sob dor intensa, Sinhá Preta afagou a Batata e beijou-a com carinho, numa despedida calada e serena, própria de quem era avessa a alardes. Depois correu as vistas sobre o lar com gratidão pela derradeira vez, como se soubesse que ainda naquela noite habitaria em outra morada. Ressenti-me de não ter estado lá quando ela precisou, de não ter cuidado dela como ela cuidou de mim e de Rosa. Senti de não ter podido comparecer ao enterro, de não ter conseguido antecipar as passagens... Mesmo sabendo que talvez tenha sido melhor assim, senti, como senti!

O natal de 1967 foi triste, apesar de nossa união. Mantivemos a viagem em família e, desta vez, fomos de carro para uma praia do Espírito Santo, levando a Batata junto.

No retorno à Curvelo, outra prova de que o mundo girava e de que não havia nada como um dia após o outro. Desta vez, com as mãos do destino batendo à nossa porta para um importante acerto de contas. Três telegramas emitidos em dias diferentes traziam os telefones de contato, o grito de desespero e o pedido de ajuda urgente.

Depois do contato telefônico, o conhecimento do fato inesperado: a mãe de Galdino, aquela que me humilhou um dia por ser eu pobre e de pele escura, estava entre a vida e morte, "com um pé lá e outro cá", como se dizia, no ponto onde a cor e a condição social não faziam a menor diferença. Com um problema no coração que desafiava a medicina da época, seu caso pedia urgência.

Em pouco mais de quatro horas, eu e Maxine chegávamos à Santa Casa de Misericórdia de Belo Horizonte. Eu já era esperada, quando me apresentei na recepção. Na Unidade de Tratamento Intensivo, estava a D. Isaura desacordada, com seu corpo inchado e inerte. Ao seu lado, seus dois homens, seus dois amores.

O abraço entregue do Dr. Carlos Augusto, que veio ao meu encontro, era o desabafo e o alívio pela minha presença.

— Que bom que chegou, Branca! — proferiu ele ao meu ouvido, sem esconder que não era o médico quem estava ali.

Assim que ele se soltou, apresentei-lhe o Max:

— Dr. Carlos Augusto, este é Maxine Blanche, meu marido! É também cientista e cirurgião cardíaco, da equipe do Dr. Lillehei.

— Quanta honra, Dr. Maxine, obrigado por vir!

— A honra é toda minha, Dr. Carlos Augusto. Estou à sua disposição!

Galdino veio em seguida. Veio sem querer vir, sem conseguir vir por inteiro. Diante de mim, ele estancou. Os olhos umedeceram e ele suspirou sem nada falar. Seu olhar correu parcialmente o meu corpo, estagnando em minhas mãos, fazendo esquentar minhas entranhas. "Que súbita centelha essa agora?", pensei comigo. Estendi a mão para cumprimentá-lo e ele correspondeu sem querer soltá-la. Toque de mão que não se desfez e surtiu efeito inesperado. Senti o que não queria — confesso, mas não consenti e tentei, sem êxito, recuá-la.

Como um leão que reconhece o oponente e sente o território ameaçado, Maxine estendeu a mão para Galdino, obrigando-o a soltar a minha.

— Muito prazer, Dr. Galdino! Sou o Dr. Maxine Blanche, marido da Dra. Branca Rosa, à sua disposição!

Em meio a um silêncio constrangedor, Galdino levantou as sobrancelhas e franziu o cenho. Sem graça e com feição de não poder ser, apertou a mão de Maxine.

— Podemos ver a sua mãe, Galdino? — interrompi aquele duelo mudo entre machos.

Ele assentiu e com um gesto de braço, deu condução a nós dois.

Por ser grande estudioso do coração, era rara a patologia que Maxine não conhecia. Tomou a frente, pediu todos os exames realizados nas últimas 48 horas. Verificou a medicação ministrada e o tratamento proferido. Averiguou todos os remédios que ela consumia diariamente. Inteirou-se dos detalhes de seu ritmo cotidiano e das doenças que assolavam a família nas duas últimas gerações. Juntos, avaliamos a evolução do quadro desde que ela começou a apresentar as dores e os sintomas de que a situação era séria. Conversamos a respeito. Trocamos opiniões. Chegamos a um consenso e logo começamos a nos movimentar. Solicitamos novos exames e alteramos duas das medicações proferidas. Chamamos marido e filho e expusemos a situação. Se os resultados dos novos exames atestassem o que supúnhamos, ela deveria ser operada de imediato, numa cirurgia de peito aberto com alto risco.

Mesmo cientes de tudo o que poderia dar errado, eles autorizaram. Exames avaliados, quatro horas depois, eu e Maxine entrávamos no bloco cirúrgico, acompanhados dos dois médicos.

Risco alto de morte. Risco alto de sequelas. Cirurgia grande e delicada, conduzida pela destreza e serenidade de uma dupla acostumada a trabalhar todo o tempo sob pressão com procedimentos dessa envergadura. Os dois doutores nos auxiliavam sem intromissão. Tinham consciência de que, mais do que cirurgiões, eram marido e filho que estavam ali. Quase cinco horas de cirurgia quando finalizamos. Deixamos o bloco mais exaustos do que eles. Eles, mais apreensivos do que nós. Agora era aguardar o pós-cirúrgico, a reação do organismo, a resposta do corpo à grande intervenção. Tínhamos a expectativa de um despertar razoável a despeito da recuperação lenta e delicada que se seguiria.

Deixamos o hospital de madrugada e fomos para o hotel. O Dr. Carlos Augusto, com gratidão inaudita, fazia questão de que ficássemos em sua casa como convidados de honra. Sem ver cabimento no convite, agradecemos. Mas por insistência em arcar com as despesas de estadia, ele fez questão de que seu motorista nos levasse ao melhor hotel da cidade. Aceitamos para finalizar o assunto.

No dia seguinte, eu e Maxine retornamos ao hospital. Estivemos com a D. Isaura, fizemos novos exames e acompanhamos sua evolução. Fraca e indefesa, seu olhar surpreso ao me ver demonstrou sua não ciência quanto aos médicos que a tiraram do coma induzido e a operaram. Fui profissional. Fui atenciosa. Fui só carinho com ela e, antes de me despedir, disse baixinho que eu tinha certeza de que ela viveria muito bem dali em diante, mas que ajudaria muito se ela acreditasse nisso. Ela me olhou sem nada dizer.

Retornamos ao hospital uma vez mais e prescrevemos o tratamento, o qual acompanharíamos à distância. Marido e filho não a deixavam sozinha e eram puro reconhecimento.

Em Curvelo, ficamos uma semana mais.

De volta à capital mineira, antes de embarcarmos para os Estados Unidos, mesmo sabendo que tudo estava dentro dos conformes, Maxine achou por bem passarmos no hospital. Ele era assim com seus pacientes e não seria agora que agiria diferente. De minha parte, endossava em baixo, mas por saber as mãos profissionais que a cuidavam e por não querer acender braseiro adormecido, preferia manter-me distante. Algo dentro de mim pedia isso!

O táxi parou quase em frente ao hospital. Maxine entrou e eu preferi permanecer na espera. Mas como os termômetros da capital disparavam, desci e escorei-me no carro.

— Branca?!

Ao virar-me para aquela voz conhecida, deparei com seu autor já bem próximo a mim.

— Galdino?!

— Sozinha?

— Por enquanto. Meu marido entrou para ver sua mãe!

— Obrigado por salvá-la!

— Não tem do que me agradecer. Deus é quem salva. Sou só instrumento. Fiz o meu papel!

— Muito bem feito, por sinal! Aliás, presenciando seu trabalho, compreendi porque se tornou a médica que é.

— Amo o que faço!

— Eu sei. Sempre soube disso! Me perdoa? — perguntou ele mudando de assunto.

— Não tenho do que lhe perdoar. Escolha é um direito de cada um, Galdino!

— Tem sim, Branca! Tem que me perdoar pela minha infidelidade como seu noivo, pela deslealdade como seu amigo e pela covardia como homem.

— Devotamento não se pede, Galdino!

Ele abaixou a cabeça e embargou a voz.

— Eu sei. Eu não devia...

— Por favor! — interrompi com o toque em seus lábios. Toque esse que se desfez de imediato. — Não vamos revolver o passado que já vai longe!

Olhando-me com doses que temperava afeto e admiração, ele deixou escapar:

— Você está linda, Branca!

Reagi com sorriso encabulado e pensei em como que ali, tão próximos, eu e Galdino estávamos anos luz de distância. Nele, nada da beleza de antes que saltava aos olhos, nenhum resquício de frescor ou viço de outrora. Olhar sem luz. Tez sem brilho. Galdino tornara-se senhor antes do tempo. Diante do homem que ainda me olhava com paixão e que, um dia, jurou-me amor eterno, só conseguia pensar no diálogo interrompido, nas cartas não respondidas, nos telefonemas não atendidos e no noivado que terminou de um jeito torto. Entretanto, naquela calçada, aquele encontro fortuito mostrou-se benéfico, porque provou que eu não guardava mágoa e que lhe queria muito bem, apesar de tudo.

Conduzida pela voz da razão — enquanto ela ainda estava no comando —, decidi pôr fim à conversa:

— Galdino, Maxine não tardará a retornar, já que estamos a caminho do aeroporto. Penso não ser de bom tom que ele nos veja aqui! E sua mãe também deve estar à sua espera...

Ele abaixou a cabeça com resiliência, tentando esconder os olhos marejados. Num gesto automático, tomou a minha mão. Tirei-a de imediato, mas o toque breve fez estrondo em meu peito. Com raiva de mim mesma, dei-lhe as costas antes que eu dissesse o que não queria ou fizesse o que não deveria.

— Por favor, se tem alguma consideração por mim, vá embora, Galdino! — ordenei sem me virar.

Após uns segundos, ele se afastou.

Maxine retornou um tempo depois.

— Tudo bem, Branca?

— Sim, tudo bem — repliquei limpando o rosto.

— O que aconteceu?

— Nada importante, Max. Nada que mereça atenção agora! — Busquei sua mão. — Nossa paciente está bem? — inquiri ainda emotiva.

— Diria que a recuperação está acima do esperado — respondeu fixando em meus olhos, na tentativa de interpretar os meus sinais. — E ela pediu encarecidamente que você subisse um instante.

— Mas não temos muito tempo!

— Será rápido se você quiser, Branca.

— Não sei se devo... Não sei se quero.

— Deixar os fantasmas para trás pode fazer bem! — ponderou ele.

— Só se for comigo! — retornei com feição de quem se deixa vencer pelo argumento certo.

Ele me trouxe para o seu peito e me enlaçou forte. Parecia saber que algumas situações — como a que motivou minha emoção antes de ele chegar — não careciam de serem reveladas, mas curadas pelo toque, pelo abraço que transmitia segurança e força, e pela compreensão silenciosa que trazia de volta a paz roubada. Era por essas e outras que Maxine dominava a cena e se fazia único.

Enquanto íamos ao encontro da mãe de Galdino, eu pensava no que poderia querer comigo a mulher que já me humilhou além da conta e destilou tanto ódio por mim...

Do lado de fora do quarto, Maxine estancou junto do Dr. Carlos Augusto, como se houvesse combina antecipada. Enquanto me aproximava da cama de D. Isaura, afirmava mentalmente a mim mesma que ali não estava a jovem de antes, mas a mulher de agora. No entanto, apesar de eu ter mudado muito, nada mudava o passado e sabíamos bem disso. Só que o mundo girou e, naquele momento, a vida pedia conta.

— Como vai, D. Isaura?

— Acreditando que cada dia estarei melhor, doutora.

— Que bom, creio realmente nisso e seus exames não discordam!

Ela não tirava os olhos de mim e mostrava-se emotiva.

— Obrigada por ter me salvado, apesar do que lhe fiz!

— Sou médica e esse é o meu trabalho — desconversei.

— Mas é humana! Não precisaria, se não quisesse! Por que veio me salvar? Justamente a mim, depois de tudo que lhe tirei?

— Boas ações não exigem antecedentes, D. Isaura! E a senhora não me tirou nada...

— Tirei sim e preciso te confessar. Tirei mais do que possa imaginar... Tirei a chance de felicidade sua e do meu filho.

— Do que está falando?

— Não mereço o bem que você me fez, Branca!

— Não diga isso! Tenho certeza de que é uma mulher valorosa, caso contrário não seria tão amada.

Ela parou por um tempo e volveu o olhar para a janela enquanto lágrimas lhe escorriam pelos cantos dos olhos. Depois voltou-se para mim e continuou:

— Eles não me amariam se soubessem das perversidades que cometi.

— Não é hora de falar sobre isso. Não existe quem não tenha cometido erros. Vamos poupar seu coração...

Mas ela insistiu:

— Se a vida me concedeu a oportunidade de nascer de novo é porque meu coração precisa de remissão, antes de findar a minha história. Por favor, preciso que me escute! Julgue se quiser! Compreenderei se não me perdoar, afinal, minhas misérias não são poucas... Pode puxar a cadeira e sentar-se ao meu lado, por favor?

Mesmo preocupada com o tempo, fiz o que me pediu. E ela continuou:

— Fui eu quem tirou a felicidade sua e de Galdino, Branca. Quando soube do noivado de vocês, saí de mim e passei a não escutar ninguém. Estava disposta a separar vocês dois, custasse o que custasse, sem me importar com os meios. Quando você se mudou do país, senti alívio e ódio ao mesmo tempo. Alívio por sabê-la longe e ódio por reconhecer que havia levado junto o coração do meu filho. Foi aí que arquitetei um plano: Afonsa, filha de Osvaldina, minha amiga de infância, estava prestes a chegar ao Brasil. Eu sabia que ela era moça de plástica admirável, apesar do comportamento duvidoso, sempre relatado por sua mãe. Ainda assim, tratei de mexer os ponteiros para colocá-la junto de Galdino.

Na festa surpresa que preparei para o aniversário de meu filho, visando a essa finalidade, não foi difícil para Afonsa, com sua sedução francesa, arrastá-lo entre seus braços pelo salão. Galdino ficou admirado com a beleza dela, bem como quase todos os homens da festa, mas não a ponto de ceder aos seus encantos e, talvez por isso mesmo, Afonsa, que não conhecia recusa nem frustração, apaixonou-se pelo jovem garboso. Ela não dava sossego a ele um dia sequer. Até que, dias depois, em um jantar em nossa casa, Afonsa disse que não se sentia bem. Sabendo que tudo não passava de cena, fui cúmplice dela e pedi a Galdino que a levasse na residência onde se hospedava. Ele foi, mas não retornou para casa naquela noite. Passaram a ser companhia constante um do outro por não mais do que duas semanas, até que, um mês depois, num almoço que preparei para reunir as duas famílias, ela anunciou, sem meias palavras, que estava grávida, pegando toda a minha família de surpresa, menos a mim e aos pais dela.

D. Isaura pareceu perceber em minha face a decepção e logo se adiantou:

— A questão, Branca, é que, na véspera do almoço fatídico, Galdino chegou para mim e confessou que ele e Afonsa não passaram da primeira noite juntos e que ele vinha tentando se afastar, mas ela não dava chance. Mesmo ciente de sua própria carência, meu filho afirmava que não era nos braços dela que ele queria estar e que havia se arrependido profundamente do erro que cometeu. Mas como sabia do meu apreço por ela e de minha afinidade com sua mãe, o que ele queria com essa confissão era pedir-me para não continuar jogando-o nos braços dela, porque seu coração já pertencia a outra e eu sabia bem disso.

Constrangida, intervi:

— D. Isaura, a sua culpa não é para tanto, afinal, ainda que por uma noite apenas, ele me traiu e a engravidou.

— Concordo que, ainda que por uma única vez, meu filho — por tristeza, carência, ilusão, canalhice ou seja o que for — errou por ceder aos encantos dela. Mas quem nunca errou? Quem é tão forte que já não tenha fraquejado? Quem é tão perfeito que não tenha uma mancha em seu currículo? — inquiriu em tom de súplica, antes de confessar o pior: — E Galdino não a engravidou, Branca!

— O que diz? Como não?

— Afonsa trazia segredos que somente seus pais e eu sabíamos. Ela veio de Paris, grávida! Apesar da pouca idade, ela não era a moça casta que se apresentava. Era mulher vivida, experimentada por muitos e abandonada à própria sorte. Filha única e cercada de mimos, Afonsa sempre teve tudo o que queria. Inteligente e com uma beleza escultural, ela não sabia o que era não ter os homens aos seus pés. Foi aí que seus pais, preocupados com o futuro da filha e com o que a sociedade parisiense diria quando a soubesse mãe solteira, trouxeram-na ao Brasil com a desculpa das férias, para que tivesse a criança.

Para Afonsa, que gostava do "bem bom", conseguir fisgar Galdino era como alcançar o troféu. Para seus pais, o casamento com o jovem médico, cuja carreira estava em ascensão, era a saída mais que sonhada para a filha que não conhecia a labuta. Para mim, amarga e cega pelos meus preconceitos inúteis, era o "xeque-mate" que a sorte me concedia. Com o compromisso de guardar segredo, alcancei o que queria. Afinal, se esse era o preço para separar Galdino de você, para mim, seria bem pago.

Estarrecida com a revelação, levei um tempo para me pronunciar:

— Ele sabe que a filha não é dele?

— Ainda não, mas saberá.

— Ele nunca desconfiou de nada?

— Claro, muitas vezes! Do tempo de nascimento prematuro da filha, da aparência dela, das mentiras pregadas pela esposa e de outras desconfianças sobre as quais eu sempre colocava panos quentes e tirava-o de cabeça.

— Ele, pelo menos, é feliz, D. Isaura?

— Não. Nunca foi. Só se casou por causa da gravidez. Galdino puxou ao pai e sempre assumiu as consequências de suas atitudes. Para ele, a família sempre esteve em primeiro lugar.

Sem reação diante de tão séria confissão, percebi que tudo passava a fazer sentido. O término repentino do noivado só foi possível — agora compreendo — com o distanciamento definitivo de mim. Era amor demais entre eu e Galdino. Amor que o colocaria na iminência de desistir da responsabilidade que julgava ser sua.

— A senhora me contou essa história para pedir o meu perdão?

— Não, Branca, não acho que eu o mereça.

— Então por que a confissão agora, se a senhora conseguiu o que quis? Por que isso, se os nossos caminhos tomaram rumos diferentes e nossas vidas estão unidas a outras?

— Porque a infelicidade que há anos vejo em meu filho mostrou-me o quanto eu estava enganada. Há tempos descobri que a mentira adoece, mas a verdade, por mais difícil que seja, cura. E ainda que o tempo não volte e nada possa ser feito para mudar o passado, eu não poderia faltar com a verdade para você que deve estar me achando um monstro, com razão. Não deixo de me envergonhar e de ser monstro por causa de minha confissão, mas um monstro livre agora, porque a verdade também liberta.

— A senhora tem razão! — proferi levantando-me ávida por colocar fim àquela conversa e sair dali. — Já está na minha hora, desculpe-me não poder permanecer aqui. Fique bem! — finalizei com o ímpeto de caminhar para a porta.

— Branca! Só mais uma coisa...

— Sim...

— Agora que sabe de tudo isso, se pudesse voltar, você me operaria?

— O que a senhora acha?

Calada, ela me penetrava fundo com os seus olhos marejados.

— Nada vale mais do que uma vida, D. Isaura! Nem mesmo nossas maiores decepções. Eu a operaria da mesma forma, porque jamais permitiria que minhas dores me impedissem de fazer o bem.

— Você é a mulher mais linda que eu já conheci, Branca!

— Fique em paz! — concluí com sorriso raso e um toque leve em sua mão, antes de me retirar.

Maxine estava no corredor conversando com o Dr. Carlos Augusto e Galdino quando cheguei.

— Está na nossa hora, Max!

Na despedida, o Dr. Carlos Augusto agradeceu-nos de forma incansável, não somente pela cirurgia, mas também por não aceitarmos receber por ela. Para mim, Galdino esboçou um sorriso que não se completou. Reconheci o seu esforço de agradecimento com um aperto de mão que se desfez em silêncio.

No aeroporto, depois de despacharmos as malas, eu e Maxine sentamo-nos para um café com a verdade — a única que cura e liberta, a verdade que mantém a cumplicidade e alimenta a lealdade entre as pessoas. Contei-lhe tudo que escutei de D. Isaura e do sentimento que brotava em mim enquanto a escutava.

Depois de ouvir com atenção toda a história e de parecer reconhecer que Galdino havia sido mais vítima do que qualquer outro, Maxine, sem esconder sua impotência diante da situação, perguntou:

— E então, Branca?

— E então que a vida segue, Max! E então que o tempo não volta! E então que a gente muda e os amores mudam!

Ele sorriu e me puxou num abraço. Depois me beijou, como sempre.

Aos 30 anos, iniciava meu doutorado. Com artigos publicados em várias revistas científicas, passei a palestrar em congressos em diversos países e a conhecer hospitais de todo o tipo, o que me colocou diante de uma realidade para a qual eu não podia fechar os olhos. Por esse motivo, apresentei um projeto de trabalho voluntário à nossa equipe, que o próprio Dr. Lillehei tomou a dianteira e que todos abraçaram. Nos organizaríamos para cuidarmos de casos complexos de pessoas das periferias que, em condições normais, não teriam acesso ao tratamento adequado. Começaríamos pelos estados americanos mais carentes, depois viríamos para o centro. Nas cidades em que os congressos fossem realizados, independentemente do país, buscaríamos ajuda dos hospitais e dos profissionais locais para realizar esse trabalho, atendendo a quem precisasse. Ou seja, não nos limitaríamos apenas em transmitir conhecimento — para o que já éramos muito bem pagos. Em parceria com os hospitais, treinaríamos outros médicos, ao mesmo tempo em que realizaríamos, pelo menos, três cirurgias em cada cidade... O que eu não imaginava, todavia, era que, num futuro não muito distante, este projeto faria surgir a Fundação Rosa Branca, que beneficiaria inúmeras pessoas em muitos países pelos quais passaríamos.

Capítulo XVI

Os três anos que se seguiram foram marcados por idas e vindas da Espanha e de outros países da Europa à procura de Juan e Rosa. Dois outros detetives foram contratados. Um, em substituição ao primeiro, que não mostrou resultado; o outro, para seguir os passos de tia Pilar e eliminar qualquer dúvida de que ela poderia ter encontrado Rosa antes da gente.

Em 1972, eu já havia concluído o doutorado. Tornei-me uma profissional reconhecida nas trocas de válvula, fosse por mecânica ou biológica, e em transplantes de coração. Meus estudos contribuíram sobremaneira para os produtos desenvolvidos pelos grandes laboratórios, fazendo reduzir consideravelmente os custos e os riscos das cirurgias em todo o mundo. Compunha a equipe de médicos oficiais da Casa Branca que tinha cadeira cativa na OMS.

Ainda nova, já havia conquistado o respeito dos veteranos e chegado aonde jamais imaginei que chegaria. Com falhas? Claro, sou humana! Mas com superação, sempre! Porém, de que adiantava tudo isso se o sonho de encontrar Rosa parecia cada vez mais distante? E para completar, meu relógio biológico fazia estardalhaço dentro de mim por eu não conseguir engravidar, apesar das tentativas de anos.

Frustrações à parte, a notícia que quase me levou à bancarrota chegou em abril daquele ano: a morte de Juan Nobre. Aquele a quem procurávamos incansavelmente morrera de insuficiência renal causada pelo diabetes, na cidade de Oviedo, na Espanha, em janeiro último. O fato chegou-nos pelo segundo detetive contratado e quase pôs fim às nossas esperanças de encontrar Rosa. Eu disse "quase" porque, naquela mesma semana, tia Manena recebeu um telefonema do Mosteiro de Santa Maria de Montserrat. A irmã Karla Wanêssa gostaria de falar comigo e deixou o número de contato. Retornei assim que recebi o recado.

— Mosteiro Santa Maria de Montserrat, bom dia!

— Bom dia! Sou a Dra. Branca Rosa e gostaria de falar com a Irmã Karla, por favor!

— Só um instante que irei localizá-la.

Minutos depois, ela chegou ao telefone. A voz ofegante não escondia que viera a passos largos.

— Doutora, que bom lhe falar! Quantos anos, não?!

— De fato, alguns, Irmã! Mas é muito bom conversar com a senhora a qualquer tempo.

— Onde a senhora está, doutora?

— Em Cleveland, Ohio. Por quê?

— Porque nossa Naninha foi diagnosticada com um grave sopro no coração e está hospitalizada. Não queremos acreditar que não haja nada que possamos fazer por ela, então resolvi ligar para a senhora para, quem sabe, ver se poderia avaliá-la e, por graça divina, nos dar nova esperança...

— Sim, claro. Fez bem em me ligar! Há quanto tempo ela está no hospital?

— Há três dias.

— Tem previsão de alta?

— Não, doutora.

— Em qual hospital ela está?

— No De La Santa Creu i Sant Pau.

— Fique tranquila que irei vê-la o mais depressa possível, Irmã!

— Que Deus a recompense, doutora!

— Ele já me dá mais do que mereço! Mas diga-me, como vão as outras crianças? E o pequeno Júlio?

— A Cacá, que se chama Teresinha, foi adotada. Deixou-nos há mais de três anos, mas sempre vem nos ver e brincar com os dois que ficaram. Quanto ao Júlio, ele não quer deixar o mosteiro. Não quer sair de perto da Naninha com a qual convive desde que nasceu.

— Eles são irmãos?

— Não de sangue. Suas mães chegaram grávidas ao convento, perto do mosteiro. A mãe de Júlio morreu quando ele completou cinco anos. Mas mudemos de assunto, se não se importa, doutora!

— Compreendo, Irmã! — exclamei tentando esconder o incômodo que suas palavras me causaram.

Despedi-me com a sensação de que havia algo sério que, por algum motivo, a Irmã Karla não queria abrir. Algo além da situação da Naninha, cujo estado merecia minha total atenção. Mas, suspeições à parte, era o Júlio quem balançava meu coração. Aquele menino que encontrei há anos despertava em mim um sentimento maternal que eu não sabia explicar... E a vontade de abraçá-lo levou-me à Espanha mais rápido do que eu imaginava, já na noite do dia seguinte.

Contei com a ajuda de Maxine para me substituir nas cirurgias. Remanejei meus pacientes e fechei minha agenda por uma semana. Na noite seguinte, voei para Barcelona.

Do aeroporto, fui direto para o hospital. Depois de identificar-me, procurei por Naninha, mas não havia nenhuma criança com esse nome internada lá. Lembrei-me de que as crianças, exceto o Júlio, eram chamadas pelo apelido. Então mencionei a Irmã Karla, a Irmã Tatiana e a Irmã Wanda. Uma delas haveria de estar lá. Impossível localizá-las dessa forma, já que no hospital havia dezenas de pessoas internadas e acompanhadas de cuidadoras que eram freiras, inclusive. Então perguntei onde ficava a ala da internação infantil e, disposta, pus-me a visitar quarto por quarto, não como visitante, mas como médica.

No terceiro quarto, junto a outras duas crianças, encontrei a Naninha, que já havia alcançado a adolescência, cercada pelas irmãs Wanda e

Karla. Minha chegada foi causa de temperado regozijo e agradecimentos repetidos enquanto as cumprimentava com afetuoso abraço.

Aquele olhar terno da criança que conheci ainda era o mesmo, apesar do rosto pálido de novos contornos.

— Vim ver como está, Naninha! — exclamei, já retirando da maleta o estetoscópio.

As batidas mais lentas do que o esperado, a pele azulada especialmente nas pontas dos dedos e lábios, a falta de ar, a tosse crônica, a dor no peito e os relatos de tontura e desmaio não deixavam dúvidas quanto ao sopro. Restava ver se era um sopro normal ou anormal. Conversei com os médicos que a cuidavam e avaliei os exames feitos no hospital. De fato, ela tinha um sopro anormal e grave, originário, provavelmente, de uma doença cardíaca congênita. A cirurgia delicada era uma chance de cura frente à medicação excessiva, que não resolveria a questão e a limitaria com o tempo. Sabedora dos riscos, Naninha pediu para ser operada. Preferia arriscar a viver inteira e com dignidade do que viver pela metade, como vinha fazendo. Deixei o hospital já era noite.

No dia seguinte, véspera da cirurgia, Júlio fez-nos uma surpresa. Acompanhado da Irmã Wanda, ele disse que veio para dar sorte e rezar por Naninha na capela. Cumprimentou-me com abraço afetuoso e forte. Abraço do qual parecia não querer se soltar. Abraço de medo e de confiança junto. Abraço que, por um motivo que eu desconhecia, ansiava receber dele.

— Dra. Branca, cure a Naninha, por favor!

— Quem cura é Deus, Júlio, mas prometo que farei o meu melhor!

— A mãe dela pediu para eu te agradecer! — disse ele "à boca miúda" em meu ouvido, sem que as irmãs escutassem.

— Mas a mãe dela não morreu?

— Só o pai.

— E por que a mãe não veio?

— Porque está de cama.

Aquela informação segredada intrigou-me sobremaneira. Mas aquela não era hora de pensar a respeito.

No bloco cirúrgico, antes de ser anestesiada, Naninha me chamou e fez um pedido:

— Dra. Branca, seria possível a senhora cuidar também de minha mãe?

— O que ela tem, querida? — perguntei acariciando as costas de suas mãos que se mantinham unidas uma à outra sobre a barriga.

— Não sei. Ela não diz, mas está sempre doente. Agora está muito fraca.

— Onde ela está?

— No mosteiro.

— Prometo que irei vê-la!

Ela estampou um sorriso de confiança e esperança.

— Agora vamos soltar as mãos e virar de lado, Naninha, porque temos que aplicar a anestesia para iniciarmos a cirurgia.

— Doutora, só mais uma coisa: se eu não voltar, digo, se a minha cirurgia não der certo, não se esqueça da minha mãe, está bem?!

— Você voltará e eu não me esquecerei da sua mãe! — afirmei com convicção enquanto ela soltava as mãos deixando cair um papel.

— Oh, não!, não posso ficar longe dele! — exclamou fazendo menção de descer da mesa para pegá-lo.

— Fique onde está. Eu pego para você!

Aquele não era um papel qualquer. Era uma imagem. E não uma imagem qualquer, mas uma que me remeteu à infância. Aquela imagem surrada pelo tempo trazia o retrato da mãe de Cristo e era idêntica à que o meu pai me deu quando criança e a qual eu dei à minha irmã.

— Onde conseguiu isso? — perguntei com saudosismo.

— É de minha mãe. Ela pediu para eu não me separar de Nossa Senhora durante a cirurgia.

— Então nós duas estaremos com ela! Ficará comigo, conduzindo o meu trabalho em seu coração, posso?!

Naninha consentiu com um sorriso.

A cirurgia que levou horas e contou com o acompanhamento de um médico e dois enfermeiros foi um sucesso. Restava agora torcer para a sua boa recuperação.

Na sala de espera, Júlio e as três irmãs rezavam o terço incansavelmente até receberem a notícia do término do procedimento. E nenhum deles arredou pé do hospital até se certificarem de que Naninha havia voltado da anestesia e passava bem.

Já era noite quando fui para o hotel com a imagem da *Mare de Déu de Montserrat* e a sensação boa de infância que aquela imagem me despertava. Contudo, não consegui pregar os olhos naquela noite. Não sei se era por causa da promessa que fiz à Naninha, se pela ansiedade em conhecer a mãe dela, se era pelo reencontro com o Júlio ou a lembrança forte que aquela foto me remetia do dia em que presenteei Rosa com uma igual. Fato é que, assim que amanheceu, antes de me dirigir ao hospital, rumei para o Mosteiro de Montserrat.

Recebida com alegria pela Irmã Karla, que havia deixado o hospital naquela manhã e não sabia o que fazer para me agradar, expliquei o motivo que me trazia ali. A irmã me deixou por uns instantes e logo voltou com a voz última dentre elas, a Irmã Tatiana.

Ciente do mistério que envolvia os seus protegidos, fui direto ao assunto:

— Irmã, entendo o desafio de preservarem as pessoas aqui acolhidas. Não é segredo que a ditadura franquista abalroou todas as instituições, incluindo as congregações religiosas, e que poucas coisas hoje são permitidas nos conventos e mosteiros. Tenho ciência de que os salvaguardados neste berço não deveriam estar aqui, apesar de crer que médicos fidedignos não faltariam para atender quem deles precisassem. Contudo, a confiança em minha habilidade médica e em meu sigilo fizeram com que me chamassem de tão longe. Então, se estou aqui é porque sou digna de crédito. E é como médica que quero ver a mãe de Naninha e tentar ajudá-la. Prometi isso a ela antes da cirurgia!

Elas se entreolharam num gesto de cúmplice consentimento e me conduziram em silêncio pelo interior do monastério até uma pequena sala. Pediram que eu me assentasse e esperasse uns minutos. Voltaram acompanhadas de um monge de barba branca e cabelos grisalhos. Aquele mesmo ancião — só que agora sem capuz — que acompanhou os meus movimentos da janela, na primeira vez em que estive no mosteiro.

Diante da surpresa, levantei-me sem saber se estendia a mão para cumprimentá-lo, se o cumprimentava com um movimento de cabeça ou se sorria, simplesmente. Porém, esperando que ele desse o comando, nada fiz.

Com olhar sibilino, o monge se aproximou e me fitou por longo tempo sem nada dizer, transmitindo-me a sensação de que sentia a bondade, a beleza e a verdade em minha ação. Nenhum gesto, nenhuma palavra, nada. Mas para que manifestação expressa, se sua presença tudo dizia? Depois virou-se e caminhou em direção à porta, acompanhado pela Irmã Tatiana. Antes de atravessá-la, parou, fitou-me uma vez mais e sorriu com o olhar, expressando aquiescência. E pediu em tom baixo que a Irmã Tatiana desse um jeito para que ninguém mais soubesse da minha presença ali, ao que ela consentiu e agradeceu.

Acompanhada pelas irmãs naquele corredor a perder de vista, fui tomada por uma sensação diferente: a inquietude foi dando lugar a uma paz inexplicável dentro de mim, à medida que eu passava por aquelas paredes austeras, ansiosas por entregarem segredos há muito guardados. Paramos em frente a um quarto que dava para um jardim interno muito bem cuidado da ala leste. A Irmã Tatiana parou enquanto a Irmã Karla abriu a porta com cuidado.

Sob o marco, uma cena de encher os olhos e a alma: o sol começando a penetrar seus raios pela janela, no esforço manifesto de aquecer o corpo visivelmente miúdo que ali dormia entre intermitências de sombras.

Com um gesto de cabeça, a Irmã Karla liberou minha entrada.

O recinto amplo e arejado era de uma simplicidade ímpar. Uma cama, um criado mudo, uma cadeira que ficava junto da cama, do lado oposto ao que eu me avizinhava e, no canto, uma mesinha redonda que trazia um jarro de vidro com duas flores: uma rosa branca e outra cor de rosa.

Fui caminhando devagar e meu coração se agitando a cada passo, na proporção da minha expectativa. Aquela alma à minha frente, que ainda dormia o sono dos anjos, transmitia-me tanta alegria à medida que me aproximava dela que meu corpo começou a tremer. Assim que alcancei os pés da cama e fitei a face tenra que sobre o travesseiro descansava, levei as mãos ao rosto para conter as lágrimas que desciam sem comando. A jovem de traços delicados dormia o sono dos justos e estampava enorme semelhança com a irmã que eu procurava. Seria possível? Seria ela a Rosa Branca nos tirada na infância? Como poderia? Tão parecida, mas também tão diferente do que eu imaginava...

Pé ante pé, com o coração na mão e esforço sobre-humano para não acordá-la, corri os olhos em seu corpo deitado de lado. O tronco delgado, descoberto pela manta adamascada, deixava à mostra as mãos delicadas que fizeram disparar de vez meu coração. É que a Rosa que eu procurava trazia em seu indicador direito a marca da nossa irmandade: a pinta marrom clara em formato de submarino — a mesma que eu trazia em meu indicador esquerdo.

Aproximei-me mais um pouco e a surpresa: o sinal que eu procurava estava ali, diante de mim, na mão lívida que apoiava a ponta do travesseiro e parte do rosto.

Não consegui segurar o choro alto nem conter a água santa que, represada por 21 anos em meu peito, verteu-se em celebração de felicidade. As irmãs que me observavam à distância e intencionavam permanecerem na porta, vieram em meu socorro. Sem controle da emoção, busquei o ombro de uma delas e pranteei. Pranto que veio em soluços e ganhou corpo. Pranto que eu queria calar, mas não conseguia. Pranto bento que precisava fluir.

Enquanto colocava para fora o que explodia por dentro, não percebi que aquela por quem eu chorava havia despertado e me olhava com espanto.

— O que está acontecendo? Por que esta moça chora assim? — perguntou a jovem com o timbre de voz há muito conhecido enquanto se esforçava para recostar na cama.

Levantei o rosto e fui me virando devagar... Expectativa à flor da pele, coração na mão e uma eternidade em milésimos de segundos.

Assim que os meus olhos pousaram nos dela, a antecipação prazenteira: minha irmã, com as mãos entrelaçadas na altura da boca, externou um grito mudo que ganhou fôlego com as contrações trêmulas de seu diafragma e explodiu num choro forte e ininterrupto enquanto fazia menção de vir ao meu encontro.

Adiantei-me para que não se levantasse. Ajoelhei-me junto dela e dessedentei-me a abraçá-la. Gesto recíproco que se alternava entre beijos, cheiros e no reconhecimento de cada traço esculpido pelo tempo. Gestos únicos de amor fraterno. Cena que perdurou por bom tempo. Tempo necessário para expulsar os medos e manifestar sensações de regozijo e de dor, de tristeza pelo tempo perdido e de alegria pela vida que surpreendia, de revolta e de perdão, de sofrimento e gratidão...

Fui me recompondo devagar. Toquei seu rosto e sussurrei para que se acalmasse porque seu coração poderia não aguentar... E eu não poderia perdê-la novamente!

Ela consentiu. Com sorriso pueril e semblante de quem havia reencontrado a paz, foi se recostando na cama devagar, sem se desgrudar de mim. Queria se certificar de que ninguém jamais conseguiria arrancar-lhe a alegria daquele reencontro.

Depois de uns goles de água e de normalizada a respiração, Rosa ainda mal conseguia falar, tamanho era o seu cansaço, mas não se conteve:

— Pensei que você tivesse morrido! Que todos...

— Sei disso. Tudo invenção de tia Pilar, mas não importa agora! Estamos todos vivos! Estou aqui e estamos juntas!

— Como me encontrou?

— A Santa de Montserrat me trouxe! — respondi, tirando da bolsa a imagem que Naninha me confiou. — É essa a imagem que foi de nossa mãe e que eu dei a você de presente para que nunca se esquecesse de mim, não é?

Sorrindo e querendo chorar, ela gesticulou que sim.

— Não me diga que foi você... a médica que... operou... minha... filha?!

— Sim, e a cirurgia foi um sucesso!

Rosa Branca retornou o choro e me abraçou com a força que seus frágeis braços permitiam enquanto as irmãs nos assistiam sem intromissão. De braços dados e com os olhos inchados, as irmãs passavam as contas do terço numa reza cochichada.

A respiração de Rosa ficou difícil outra vez.

— Fique calma, minha irmã! Cuidarei de você para sempre, como te prometi um dia! — afirmei enquanto a acomodava melhor e tomava seu pulso. Busquei o estetoscópio na maleta que havia deixado sobre a mesinha e auscultei as batidas descompassadas do seu coração cansado. Toquei sua testa fria e pedi que procurasse respirar com calma e nada dissesse por um tempo. Fui massageando o seu punho e agradecendo à Nossa Senhora por ter cuidado dela para nós.

Rosa queria falar, mas não conseguia fazer qualquer esforço naquele momento. Olhamo-nos em silêncio por um tempo e, pressentindo sua ansiedade em me escutar, comecei:

— Formei-me médica por sua causa, Rosa. Especializei-me em cirurgia cardíaca por sua causa. E hoje sou a pessoa mais feliz do mundo por sua causa, minha irmã! — proferi sorrindo.

Ela buscou minhas mãos e as pressionou de leve junto ao seu coração. Retribuí com o mesmo gesto. Carinho interminável dela por mim e de mim por ela. Grude fraterno que não mais se soltaria...

Percebendo sua melhora, ignorei a cadeira e, sem pedir licença, sentei-me à beira de sua cama como fazíamos quando crianças. Aquela atitude foi suficiente para cairmos na risada. Risos soltos que se misturavam a rios de alegria.

Rosa Branca havia se tornado uma mulher de beleza fina e delicada, que conseguia ser ainda mais magra do que eu, que vivia ganhando leveza quando a pressão da responsabilidade pesava sobre os meus ombros. Seus olhos eram os de papai, sem tirar nem pôr. Seus cabelos lisos em tom de mel alcançavam a metade das costas, apesar de menos volumosos do que antes, e o nariz, ah!, esse, pelo menos esse, tirando a cor da cútis, era igualzinho ao meu.

Em tom de gozação, ela disse que as mãos do tempo haviam feito milagre em mim, porque eu estava muito bonita. Eu, por minha vez, não perdi a piada e rebati na mesma toada. E entre uma brincadeira e outra, conversamos sobre o seu coração. Quis saber de tudo: dos exames recentes, dos sintomas, das dores, do seu ritmo de vida... Cada resposta dela acompanhava uma pergunta sobre os que amávamos: papai e tia Manena. A cada réplica minha, uma emoção que se evidenciava.

Contei de Maxine, do encontro com o Dr. Lamartine e da minha busca por Juan. Da minha primeira vinda ao mosteiro anos atrás e do contato com as irmãs e as crianças. Ela contou-me da saudade que sentia da gente e da São Sebastião.

As irmãs do mosteiro, com os narizes tão vermelhos quanto túmidos, deixaram-nos a sós. Sabiam que a prosa renderia uma vida... Passamos a manhã juntas e, próximo à hora do almoço, disse à Rosa que iria ao hospital ver Naninha e depois voltaria.

— Lia é o nome dela, Branca! O nome de todas as nossas bonecas, lembra-se?

Sorri feliz enquanto deixava o quarto.

No hospital, minha paciente já aguardava ansiosa a minha visita e foi ela quem deu sinal à Irmã Wanda, que era enfermeira de formação, assim que me viu.

Cumprimentei a freira com abraço e sorriso fartos. Em estado de graça, fui ao encontro de minha sobrinha e olhei-a com um amor que saltava aos olhos. Afaguei sua testa e abaixei-me para oscular o seu rosto:

— Como se sente, Lia? — perguntei sem alarde.

Surpresa por ouvir-me chamá-la pelo nome, ela sorriu e pareceu compreender.

— Sinto-me muito bem, doutora! Como está minha mãe?

— Bem, querida! Cuidarei dela para que fique melhor ainda.

Ela sorriu comovida.

Tive muita vontade de revelar à Lia que a mãe dela era minha irmã gêmea e que ela era, portanto, minha sobrinha, minha família, galho da mesma árvore de onde vim, mas seu estado de convalescência não permitia emoções tão fortes, por isso deixei para mais tarde. Sua recuperação dava mostras de que seria a melhor possível. E a Irmã Wanda, sempre com a carinha boa, parecia não se preocupar em inferir como descobri a identidade de sua pupila, no entanto, concentrava-se em observar os movimentos do hospital e de todos que se aproximavam de Lia.

Depois daquele dia, não era preciso dizer que eu somente deixaria a Espanha na companhia de minha irmã e minha sobrinha e, ainda assim, quando ambas estivessem em segurança. Claro que sem me esquecer do Júlio, o menino que me conquistou desde a primeira vez em que o vi.

Fechei a conta no hotel e, a convite das irmãs, hospedei-me no mosteiro no dia seguinte, distante da ala onde ficavam os monges. Passei os dias entre o hospital com Lia e os cuidados com minha irmã. Depois de 3 dias, Maxine aterrissava em Barcelona e Rosa Branca se internava — com outro nome — para fazer os exames necessários, junto à presença maciça das irmãs, que queriam se certificar de que nada aconteceria àquela pela qual haviam se afeiçoado. As dez irmãs que se internaram com ela, por assim dizer, dividiam-se entre o quarto, os corredores e onde quer que Rosa estivesse e que a presença delas fosse permitida. Afinal, não havia exagero em se tratando de proteção contra Pilar Franco.

Os exames necessários e urgentes atestariam o real estado de minha irmã que estava com batimento cardíaco baixíssimo, comprometendo, inclusive, a oxigenação dos outros órgãos. A intervenção cirúrgica iminente era certa, restava saber, entretanto, se Rosa teria condição física para suportá-la. Havia que se considerar também que, por segurança, a cirurgia não deveria ser realizada em território espanhol, uma vez que a algoz de minha irmã tinha informantes em todos os hospitais da Espanha.

Maxine chegou para dividir comigo a alegria do momento mais importante da minha vida. Veio ajudar a cuidar de Rosa e a trazer a médica de volta, quando a emoção em mim predominava. O diagnóstico do experiente doutor veio de encontro ao meu e atestava que Rosa trazia o coração muito mais comprometido do que pensávamos, o qual carecia não somente da troca da válvula mecânica que ela carregava, como também de um "provável" transplante, se a cirurgia e o tratamento aos quais ela se submeteria não fossem suficientes. Por esses motivos, Rosa deveria deixar Barcelona o quanto antes para se tratar com urgência no hospital de Cleveland, Ohio. Aliás, minha irmã, ao nosso ver, era um fato não explicado pela ciência e que fugia a qualquer razão ou base científica. Era, de fato, o que se podia chamar de "milagre".

Assim que Lia retornou ao mosteiro, soube da verdade. Sem se caber de felicidade, ela não colocou impeditivo em deixar o lugar onde cresceu e do qual nunca havia saído. Apesar de guardar grande afeto por cada uma das irmãs que a cuidavam e pelos monges que ali residiam, para ela, ter tia e avós era motivo de alegria desmedida. Entretanto, uma coisa a angustiava: não queria deixar o Júlio para trás. Nasceram praticamente juntos e cresceram como irmãos. Um era a família do outro desde sempre.

Quando eu soube o motivo de sua angústia, tranquilizei-a:

— Lia, quem te disse que o Júlio ficará para trás?

Ela me fitou com olhar surpreso.

— Vou lhe confidenciar um segredo, minha sobrinha: desde a vez em que vi o Júlio, senti que ficaria ligada a ele por toda a vida.

Ela sorriu e disse que eu era a melhor tia do mundo.

Corações serenados, era hora de preparar os documentos. Rosa Branca possuía passaporte com nome falso, providenciados por Juan, na época em que fugiu de tia Pilar e entrou em território espanhol. Quanto a Lia e Júlio, tinham somente a certidão de nascimento. Nada de passaportes nem tempo para providenciar. Eu e Maxine dividiríamos a responsabilidade de deixar o país em plena ditadura com duas crianças — uma delas órfã de pai e mãe — para entrarmos em outra nação sem a documentação necessária. Risco alto para todos. Mas havia como não arriscar?!

Sem medir esforços, Maxine conseguiu um avião equipado para transportar pacientes de alto risco, entretanto, ainda assim, a fuga só seria possível com a ajuda imprescindível do monge ancião de poucas palavras. Isso porque ele, que raramente deixava o mosteiro, gozava de autoridade e respeito por parte da alta patente do governo franquista e de muitos espanhóis de todas as classes sociais. O monge septuagenário, conhecido como Monge Francisco, angariou a confiança, o respeito e o afeto de muitos daqueles que haviam alcançado o poder, ainda na infância deles. Tantos méritos garantiam que um pedido seu não fosse menos do que uma ordem.

Sábio, de poucas palavras e coração generoso, foi o Monge Francisco quem impediu que os oficiais do General Franco encontrassem refugiados no convento onde Juan Nobre deixou Branca Rosa, poucos meses depois em que a tirou das mãos de tia Pilar. Arriscando a própria vida e a inviolabilidade do Mosteiro Mariano, trouxe os refugiados, durante a madrugada, para residirem na ala leste do mesmo. E o que pouquíssimas pessoas sabiam era que o Monastério de Montserrat, acima de qualquer suspeita e desde sempre ocupado somente por monges, abrigou muitas mulheres e crianças que perderam seus maridos e pais na guerra civil espanhola e durante a ditadura franquista. Elas encontraram refúgio e proteção na ala cuidada pelas irmãs, face ao gesto imperativo do Monge Francisco. Ala que posteriormente se transformaria em local de hospedagem para peregrinos do mundo inteiro.

Na quarta-feira daquele maio de 1971, três dias depois da chegada de Maxine, duas ambulâncias cruzavam a pista de pouso e decolagem do aeroporto de Barcelona, cujo saguão foi invadido pelas irmãs, no intuito de fazer barulho e atraírem o foco para si mesmas.

No primeiro carro, uma paciente e o médico responsável. No segundo, outra paciente, com a médica e um acompanhante. O que o Monge Francisco falou com as pessoas certas não sabemos, mas a sua presença no aeroporto foi suficiente para que a decolagem fosse liberada sem contratempos e sem questionamentos quanto aos documentos.

Às 23 horas, nossa aeronave levantou voo.

Após 21 anos, minha irmã, Rosa Branca de Castro, junto de sua Lia, fazia o primeiro trecho do seu retorno para casa. Júlio, abraçado à Maxine, ainda não sabia que havia encontrado o pai que sempre sonhou. E eu, além da irmã e sobrinha, não sabia que voltava para casa com o filho que tanto queria.

Capítulo XVII

Suspirei de alívio quando o avião aterrissou no Aeroporto de Cleveland Hopkins, em Cleveland. Maxine já havia providenciado uma ambulância para Rosa e deixado o hospital de sobreaviso. A equipe do Dr. Lillehei estava a postos, inclusive o próprio. Todos queriam conhecer a Rosa Branca da qual eu tanto falava. Todos queriam acompanhar a cirurgia tão esperada, que eu pensava — antes de encontrar Rosa — ser a solução e cura para sua enfermidade. No entanto, o que eu viria a saber, num futuro não distante, era que a cirurgia que poderia tirá-la do limiar da morte seria outra bem mais complexa: a de transplante de coração.

Max seguiu para o hospital com Rosa e eu fui com Júlio e Lia para casa. Apresentei-lhes o novo lar e os deixei aos cuidados de Fátima — nossa empregada e amiga. Uma boa ducha, um lanche com os novos adolescentes da casa e uma oração na capela improvisada antes de rumar para o hospital.

Quando cheguei à Cleveland Clinic, todos me aguardavam para iniciarem a cirurgia de Rosa. Pela primeira vez, depois de muito tempo, minhas pernas e mãos tremeram. O coração disparado atestava que ali estava a irmã, não a médica. Maxine, que bem me conhecia, levou-me para fora do bloco e me abraçou. O choro de desabafo em seu ombro era o que eu precisava para descansar a irmã e trazer a médica de volta.

— Não precisa operar se não quiser, meu amor! Estamos todos aqui para realizar a cirurgia de sua irmã, se desejar.

Tomada de uma gratidão sem fim, olhei para aqueles olhos companheiros que detinham a arte de lerem meus pensamentos e decifrarem a minha alma como ninguém, e confessei que eu não sabia se seria capaz, mas queria e precisava tentar. Depois de seu beijo terno em minha testa e de uma nova assepsia, retornamos ao bloco.

Rosa já aguardava sob anestesia geral. Tudo sob controle, iniciamos a cirurgia de peito aberto. A mais delicada de todas para a equipe que, pela primeira vez, estava diante de um milagre: a única mulher na história da medicina, até aquele ano de 1971, a viver por tanto tempo com uma válvula mecânica vencida há anos.

Não sabíamos o que iríamos encontrar e, para nossa surpresa, a válvula estava em bom estado, apesar de realizar o seu trabalho de forma precária, mas o suficiente para manter o coração de Rosa batendo. A intervenção de alto risco, conduzida por mim, Maxine e o Dr. Lillehei, e acompanhada pelos outros colegas de equipe, durou muito além do tempo previsto, já que a pressão oscilante e o organismo frágil da paciente foram dificultadores exponenciais.

Era madrugada quando deixamos o bloco cirúrgico. Mesmo esgotada, não arredei pé do lado de Rosa e não me afastaria do hospital pelos próximos cinco dias. Atitude compreensível de quem se preparou uma vida para cuidar da irmã. Maxine fez as vezes de pai e tio em casa.

Quando Rosa foi para o quarto é que eu retornei à minha casa, na condição, claro, de que Maxine assumisse o meu posto. Precisava descansar um pouco, alimentar-me direito e desligar-me da preocupação com ela, ainda que fosse por pouco tempo. Em casa, sobreveio-me febre alta e choro intermitente. A temperatura catabolizava o medo. O choro era de alívio.

Tia Manena e papai não haviam sido comunicados de nada. Não ainda. Mas, sem notícias há dias, ligaram para saber de nós. Fátima tranquilizou-os dizendo que havíamos viajado nas duas últimas semanas e que eu, já em casa, estava dormindo naquele momento.

Três dias de convalescência aos cuidados de nossa Fátima e dos novos moradores foram suficientes para que eu me refizesse e percebesse que Júlio e Lia eram os filhos que pedimos a Deus.

Passada a fase crítica, Maxine deixou Rosa aos cuidados dos enfermeiros que a acompanhavam e veio para o jantar em família. Família que se multiplicou. Família tão sonhada quanto amada. Nesta altura, já havíamos decidido adotar oficialmente o Júlio como nosso filho. Decisão essa que dependeria, claro, da aceitação dele.

À mesa, estávamos de frente para o Júlio e Lia numa celebração alegre, quando a conversa tomou novo rumo:

— Júlio, eu e Maxine queremos lhe fazer uma pergunta.

— Sim, tia Branca...

— É que queremos... — as palavras se estancaram entre meus dentes e a voz embargou.

Ele me olhava com ansiedade adolescente, que misturava a expectativa do porvir e o medo que se fazia presente por um passado de perdas...

— Hã! É... — a minha voz não saiu de novo.

— É que queremos saber se você gostaria de ser oficialmente nosso filho, Júlio! — interviu Maxine em meu socorro. — O que Branca quer dizer é que mais do que seus tios, queremos ser seus pais! — finalizou ele com um acento de emoção.

Júlio não conseguiu responder. As lágrimas que desceram de chofre vieram torrenciais demais para que qualquer palavra não se afogasse. Então ele se levantou e nos abarcou forte, num abraço que se encaixava. De sua parte, abraço de gratidão e felicidade de quem sonhava com uma família. Da nossa, a gratidão e alegria de um casal que sonhava com o filho amado. Abraço que se uniu ao de Lia, num testemunho de amor eterno e paz sem fim.

Naquela noite, ser chamada de mãe pela primeira vez causou-me uma sensação única e inexplicável, consequência de um amor que começou lá atrás, quando ele tinha apenas seis anos e me sorriu com sorriso de filho, no instante em que eu lhe respondi que não iria morrer naquele momento. Amor que se acendeu quando o reencontrei, sete anos depois, no hospital da Espanha. Amor que tomou força quando meu coração confessou que jamais o deixaria para trás. Amor incondicional que se revelou agora quando o escutei me chamar de mãe.

A noite passou feito criança e, sem que percebêssemos, jogou um encanto sobre nós: eu e Maxine passaríamos a diminuir as viagens e a chegar mais cedo em casa. O amor do filho que habitava nosso lar nos alimentava e nos revigorava. Filho que precisava de nós não mais do que nós dele.

Na manhã seguinte, chamamos o advogado e o incumbimos de iniciar o processo de adoção, o que nos levaria algumas vezes à Espanha e fortaleceria nossos laços com as irmãs e o Monge Francisco, do Mosteiro de Montserrat.

Vinte dias após cirurgia, Rosa Branca veio para casa. E a casa de Cleveland passou a ser dela também.

Corações pacificados, era a hora de participar papai e tia Manena da grande alegria trazendo-os aqui, já que minha irmã deveria permanecer em Ohio por, pelo menos, uns seis meses ainda, antes de voar o último trecho de volta para o tão sonhado lar: a casa de Curvelo que ela não conhecia.

Chamados por Maxine, papai e tia Manena questionaram o motivo não revelado da viagem inesperada, mas não se opuseram a ela. Tia Manena tentou perscrutar o real motivo, intuindo que fosse algo relativo à nossa saúde, contudo, nem de longe ela seria capaz de imaginar que aquela viagem mudaria suas vidas.

Era início de julho de 1971, manhã de sábado, quando a aeronave que os trazia pousou no aeroporto de Ohio. Do lado de cá, corações à boca. Eu, feliz além da conta, estava apreensiva na mesma medida pela possível reação de papai, tia Manena e Rosa. Essa, por sua vez, estava com a emoção à flor da pele havia três dias, tamanha a ansiedade em revê-los, tamanha a saudade acumulada, tamanho o amor que nunca deixou de existir. Lia e Júlio, ansiosos por conhecerem os avós, partilhavam do mesmo sentimento, da mesma energia. Maxine, ah!, esse não tinha a opção de não se fazer forte, uma vez que era o porto seguro de todos nós.

Assim que o portão do desembarque abriu, tia Manena e papai apontaram com olhar atento à nossa procura. Eu e Maxine deixamos o grupo e nos aproximamos. Com semblantes de preocupação, papai e tia Manena vieram em nossa direção. Abraçaram-nos conferindo se estávamos inteiros, antes de qualquer pergunta.

Diante deles, não consegui segurar as lágrimas, o que os deixou aflitos.

— O que aconteceu, minha filha? — inquiriu papai.

— O que foi, Branca? — juntou tia Manena, olhando amiúde para mim e para Maxine, procurando decifrar-me o comportamento.

— Papai... tia Manena! — exclamei limpando o rosto e engolindo a saliva presa à garganta enquanto tomava fôlego para falar. Fôlego esse que não veio e me obrigou a acenar, chamando com gestos os meus que ali estavam.

Os adolescentes vieram com agilidade juvenil enquanto Rosa, tomada de emoção, vinha a passos contados.

— Quero lhes apresentar Lia e Júlio, seus netos!

— O que diz, filha? — arguiu papai com alegria brotada de pronto e, visivelmente pego de surpresa, puxando-os para si num abraço de estampada veneração.

Enquanto aguardava o momento de acolher os netos adolescentes, Tia Manena, com sorriso farto, abraçou-nos e agradeceu-nos pela grata surpresa de os ter feito avós.

— São lindos! Os traços dela são os seus, Branca... — disse tia Manena com observação perspicaz e notório encantamento.

Pedi a atenção dela e de papai, que não se soltavam dos novos netos.

— Papai... Tia Manena... Lia é filha de Rosa Branca!

Bastou essa revelação para que eles cristalizassem e se voltassem para mim numa dedução rápida e silenciosa. Sem nada dizer, eu e Maxine abrimos espaço para que Rosa Branca — que já panteava às nossas costas — se juntasse a eles.

Tia Manena entrelaçou as mãos e estancou num choro alto. Papai, tampando a boca, caminhou ao encontro de sua Rosa Branca, reconhecendo-lhe a criança tirada dos braços. A cada passo, soluços prefaciavam a torrente de água que estava por transbordar de seus olhos. Olhos esses, azulíneos, que se reconheciam em outros de idêntica cor. Tomando-a nos braços, ele soltou o choro contido. Choro que se misturava a gritos. Gritos de saudade. Saudade que se misturava ao amor. Amor de pai que nunca se acabou.

A cena do reencontro de pai e filha, depois de 21 anos, não deixava indiferente quem passava pelo saguão do aeroporto. Entre os dois, olhares que não se acreditavam juntos novamente, abraços que não se cansavam, lágrimas que não paravam de descer, cabelos e cheiros que se misturavam...

Tia Manena se juntou a eles no enlaço comovente e no choro aluído. Choro de desabafo. Choro de saudade. Choro de gratidão. Prelúdio da felicidade que só terminaria com a morte. Morte que não venceu a vida!

Não era preciso dizer que o aeroporto parou para ver aquela cena de filme. Gritos roucos, choros incontidos, corpos unidos em abraços dessedentados e muito, muito amor externado. Ohio presenciava uma cena explícita de caloroso amor verdadeiro. Abraço sétuplo e longo de afeto desmedido. Cena que, fotografada pelas lentes de um jovem jornalista que por ali passava, estamparia a capa de um dos principais jornais americanos no dia seguinte e, num futuro não distante, abriria ao mundo a história do sequestro de Rosa Branca de Castro. Cena que levaria americanos, brasileiros e europeus a clamarem por justiça. Que cruzaria as fronteiras, alcançaria repercussão política e sentenciaria o destino daquela que se julgava acima de Deus e dos homens: Pilar Franco. Cena que, anos mais tarde, inspiraria roteiro de livro e viraria filme da vida de nós duas.

Em casa, a alegria una foi celebrada a contento. Papai e tia Manena não davam chance a ninguém de sentar-se ao lado da flor querida. Queriam extrair de cada segundo o tempo que lhes foi tirado. E o assunto entre os três não se esgotava, afinal, haveria de se ter um prazo razoável para se colocar 21 anos em dia. Os netos, por sua vez, os cercavam de mimos, aos que eles respondiam com carinho desmesurado. Papai, a todo momento, olhava-me com fisionomia que dispensava palavras, numa expressão de gratidão sem fim. Tia Manena, com a alegria benta estampada nos olhos e paz que lhe saltava à alma, fitava-me com admirada cumplicidade. E os dois não cogitavam retornar ao Brasil sem Rosa. Aliás, para os três, separarem-se novamente era possibilidade inexistente, que nem mesmo a saudade da Batata, aos cuidados de Vicência e Felícia, seria capaz de fazê-los mudar de opinião.

Findos os meses necessários, era véspera do natal de 1971 quando voamos todos para o Brasil.

O Sr. Justino foi com seu amigo de lida, o Sr. Onofre, buscar-nos em Belo Horizonte. Dois carros e nenhum espaço de sobra. Família grande, bagagem extensa. Por pouco não necessitamos de outro automóvel para Rosa e Lia, que vieram de mudança completa. No retorno à casa paterna, ao lar que desde sempre foi dela, Rosa veio introvertida com o nariz colado ao vidro, irmanada aos seus pensamentos que há mais de duas décadas lhe eram a única voz possível, o único terreno onde qualquer desabafo lhe era permitido. Lia e Júlio não paravam de falar pelo caminho. Estavam agitados demais para observarem o valoroso silêncio que todos nós, adultos, cada um à sua maneira, carecíamos.

Na chegada à Curvelo, vi na face de minha irmã o semblante da menina arrancada ao carinho de suas raízes. Seus olhos úmidos e o rosto intumescido atestavam as emoções presentes, as quais eu arriscava apostar serem pelo tempo de felicidade usurpado. Tempo que lhe foi tirado e que jamais voltaria.

Assim que os carros estacionaram na porta da nossa casa, que já se encontrava com as janelas abertas à nossa espera, a Batata pôs as patas e o nariz sobre o parapeito e logo deu sinal: o latido de boas-vindas aos moradores que ao lar retornavam.

Mal papai abriu a porta, ela já pulou no colo dele. Colo que era seu por direito. Dono que era seu por escolha. Amor que era seu por conquista, na casa que era sua por pertença. Papai se deteve em afagos por um tempo, antes de apresentá-la aos novos habitantes.

A casa simples da Maria Amália era, dentre todas, a mais bela. Tudo lá respirava vida, do pequeno jardim ao quintal. As paredes pintadas de creme traziam nos peitoris de suas janelas azuis os registros das nossas histórias em vasinhos floridos que existiam desde nossa de infância na São Sebastião. Mas não era a nossa casa de outrora, apesar da sensação de *déjà-vu* provocada pela mistura dos móveis novos com os poucos daquela época. O quarto de Rosa que foi meu e ficou com Sinhá Preta a esperava com a mesma cama em que dormíamos quando crianças, a mesma mesinha de canto, o tapete de croché tecido por tia Manena e o armário de duas portas em madeira de lei, comprado em prestações a perderem de vista, logo que nos mudamos para Curvelo. Tudo isso encheu os olhos de minha irmã, que apreciava a simplicidade.

Depois da festa da Batata, da visita a cada cômodo, do passeio pela horta e da conferência de cada pintinho que nasceu e se fez ave grande nos últimos meses, fomos para o melhor canto da casa: a cozinha. Lia e Júlio arrumaram distração com a Batata no quintal antes de se juntarem a nós. Maxine e papai agarraram na prosa de sempre. Eu e Rosa nos unimos à tia Manena no preparo das quitandas: o pão de queijo, o bolo de fubá, o leite esturrado, o café fresco e o suco de frutas. Tudo que alimentava o corpo e aquecia a alma. Tudo com sabor de infância.

A celebração em torno da mesa avançou noite adentro. Felícia e Vicência vieram conhecer a outra Rosa da família e junto a nós permaneceram.

O bairro ficou pequeno para os netos de papai que, desde o primeiro dia, juntaram-se aos adolescentes da vizinhança nas intermináveis brincadeiras de rua.

A nossa casa tinha o tamanho certo. Dormíamos misturados e felizes. Papai dividia o quarto com o Júlio. Tia Manena, com a Lia. Rosa, com a Batata, que grudou nela feito cola, inclusive para dormir. Eu e Maxine nos aconchegamos no chão da sala. E, assim, a casa que parecia pequena, provava ser bem maior do que se poderia conceber.

Natal e ano novo felizes! Férias de janeiro num passeio pelas Minas Gerais. Desta vez, fomos em três carros levando Vicência, Felícia e a Batata junto. Numa farra só. Numa alegria que dava gosto.

Maxine e Júlio eram inseparáveis. Júlio e Lia aparentavam irmãos desde sempre. Papai e tia Manena davam a impressão de jamais terem passado pelo que passaram, pois pareciam intocáveis e exprimiam companheirismo verdadeiro e felicidade serena que abasteciam a todos. Eu e Rosa parecíamos jamais termos nos separado um dia, tamanho o viço que trazíamos na companhia uma da outra, tamanha plenitude que trazíamos na alma... Irmandade inquebrantável desde a concepção!

Mulheres feitas, eu e Rosa continuávamos duas faces opostas de traços análogos, tal como o dia e a noite, o claro e o escuro, o frio e o calor.

O tempo voou. Chegou a hora de eu, Maxine e Júlio retornarmos para a nossa outra casa, em Cleveland. Embarcamos sem querer embarcar e os nossos que ficaram não queriam da gente se separar. Enquanto o avião levantava voo, meu coração se reduzia a uma azeitona. Júlio não disfarçava o pesar de separar-se da família que ficava. Maxine, exímio médico de coração e de almas, não escondia pressentir que a saudade adoeceria os corações que ele mais amava, se não fizesse algo. Mas fazer o quê? Como alterar, de repente, tantas sendas? Como mudar o rumo de carreiras construídas com tanto esforço?

O que e como fazer eu não sabia, mas de uma coisa eu tinha certeza: não queria me separar de minha irmã outra vez. Não podia, não mais! E Maxine sabia bem disso.

Aquele fevereiro de 1972 já iniciava com novas etapas para todos nós: ciclo de contas que se acertariam, mãos que se lavariam, nós que se desfariam... Sentença da vida que cumpriria sua própria lei.

Ganhamos a guarda definitiva do nosso filho amado, que passou a adotar o nome de Júlio César de Castro Blanche. Oportunidades novas para o Dr. Maxine no Great Ormond Street Hospital, no Reino Unido. Para mim, o convite para trabalhar no Asklepios Klinik Barmbek, na Alemanha, por quatro semanas, além de representar os Estados Unidos da América no Fórum de Medicina Avançada, no mesmo país, em julho.

Em casa, eu e Maxine vínhamos conversando sobre o futuro de nossa família, que incluía a proximidade de Rosa, por sabermos que seu coração, a qualquer hora, acenderia o sinal de alerta.

Procurados diversas vezes para contarmos a história do reencontro de nossa família no aeroporto de Ohio, que ganhou destaque na mídia no ano anterior, sempre nos esquivávamos em nome da segurança e privacidade de minha irmã. Entretanto, para pôr fim à via sacra do jovem jornalista que, montando guarda onde quer que estivéssemos, não se cansava de insistir, resolvermos contar a história do sequestro de Rosa. Contudo, o que não sabíamos era que, depois da concessão da entrevista, teríamos nossa privacidade violada por um tempo, mas garantiríamos a segurança de Rosa por todo o sempre.

E no primeiro domingo de abril de 1972, a história do reencontro de duas irmãs gêmeas, 21 anos depois de separadas por um sequestro realizado pela descendente direta de um dos líderes ditadores do governo espanhol, estampou a primeira página do New York Times. Bastou isso para que jornais de diversos países divulgassem, em cadeia, a história e a foto que se eternizaria. Se por um lado perdemos o nosso sagrado sossego, por outro, os apoios nacional e internacional declarados a nós garantiriam que Pilar Franco jamais nos perseguiria novamente, isto porque a história cruzou as fronteiras, subiu patamares e tornou-se assunto de estado.

Sob a proteção da Casa Branca e o apoio incondicional do governo brasileiro, eu e Maxine, convocados a prestar esclarecimentos, aterrissamos em Barcelona junto do nosso advogado brasileiro, o Dr. Rodrigo. Em meio ao forte aparato policial e presença maciça da imprensa, fomos conduzidos à sede do governo espanhol, de onde saímos algumas horas depois, não somente com o apoio popular do país, mas também com a simpatia do ditador Francisco Franco, especialmente depois de provarmos sermos filhas de Anna Marina Ribeiro — a Moreninha, a filha desaparecida de D. Angelina Hèrmes e do Coronel Josef Franco, seu falecido primo-irmão que, anos antes, era o segundo na linha de poder na Espanha.

Elucidações prestadas, deixamos a pátria de meu pai para onde retornaríamos somente no julgamento de tia Pilar, a qual, no tempo aprazado, seria levada à corte. No caminho para o aeroporto, a constatação de que eu já não trazia o medo que me encarcerou na infância e juventude, não me envergonhava de expor as dores que roubaram os anos de cada um de minha família e não alimentava qualquer tipo de vingança, apesar das feridas que os 21 anos de angústia provocaram... Tudo o que eu ansiava naquele momento era a garantia de que tia Pilar não nos pudesse fazer mal novamente, apesar de saber que os meus sentimentos e o meu querer não impediriam que a lei do retorno atuasse sobre nós e sobre ela.

De volta a Ohio, minha preocupação não estava no julgamento de tia Pilar e sim no que a vida reservava para nós: por quanto tempo teríamos nossa Rosa Branca conosco?

Capítulo XVIII

O meio do ano chegou. Maxine levou nosso Júlio — de quem não se desgrudava — para passar as férias no Brasil e acompanhar Rosa. Eu voava para a Alemanha a convite do governo germânico, com três membros de nossa equipe, representando o país americano no Fórum de Medicina Avançada, sem imaginar que o destino atuaria novamente.

Nossa palestra seria proferida no primeiro dia do evento e estávamos com tempo de sobra, porém, um atraso no voo estreitou consideravelmente esse tempo. Recebidos no aeroporto de Hamburgo por representantes do governo, fomos conduzidos ao carro oficial tão logo retiramos nossa bagagem. As duas horas que antecediam ao início do fórum não nos permitiriam passar no hotel antes do evento. Mas para que mesmo a pressa se a vida tinha contagem própria e se a ampulheta de quem a criou era diferente da nossa? Quem duvidava de que o fado, com seus fios invisíveis já não havia elaborado sua trama antes mesmo que eu tocasse aquele solo?

No saguão, de posse da minha bagagem de mão e da maleta de lanche oferecida pela companhia aérea, parei para uma rápida ida ao banheiro. Com os meus objetos sobre a bancada da pia, ajeitava os cabelos quando reparei no comportamento de uma criança, de aparentemente três anos de idade, que chorava baixinho no colo da avó enquanto esta limpava-lhe os pezinhos. A avó oferecia à pequena um copinho de água, que ela empurrava com a mãozinha, sob choro intermitente. Notei que além da aparência distinta, falavam outra língua. Com o intuito de conter-lhe o choro, ofereci a minha maletinha de lanche. Em meio a soluços, ela olhou para a avó buscando sua aprovação e abriu sorriso pueril quando recebeu o sim. Entretanto, duas coisas me surpreenderam: a ânsia com a qual ela comia ali mesmo e o olhar embargado e impotente da avó ao ver aquela cena.

Por meio de gestos, perguntei à criança se estava gostoso. A avó respondeu, em inglês fluente, que não duvidava de que estivesse uma delícia e agradeceu pela generosidade. Mas, até ali, a cena passaria despercebida se a criança não insistisse para que a avó comesse um pedacinho do sanduíche e essa, ao comê-lo devagar, ficasse bastante emotiva.

Pedi que não saíssem dali até que eu voltasse. Fui lá fora e recrutei a maletinha de lanche dos meus colegas e as entreguei à senhora que, sem conseguir se segurar, foi às lágrimas. Agradeceu novamente e disse que levaria para a outra neta e a filha, que estavam com fome. Deixou o banheiro apressadamente, levando pela mão a criança já calma, abraçada às maletas de lanche.

Deixei o banheiro em seguida e as acompanhei à distância. Seguindo o meu gesto, os que me aguardavam olharam na mesma direção. Percebendo minha curiosidade, os dois alemães que nos ciceroneavam disseram que aquelas pessoas não eram responsabilidade alemã. Sem compreender suas palavras frias, voltei-me para os meus companheiros que logo decifraram o meu olhar e corresponderam com o aceno de cabeça. Era verdade que as feições asiáticas daquele quarteto de mulheres em nada se assemelhavam aos traços europeus da pátria germânica, mas não significava que merecessem descaso por isso.

Fiz menção de ir até elas, porém, os alemães, com ligeiro ar de superioridade, colocaram-se à minha frente dizendo que não tínhamos tempo a perder. Para não comprometer o evento, achei por bem seguir o protocolo. Caminhei observando-as o quanto pude e deixei o aeroporto com a sensação de que havia algo a fazer pelas quatro.

Fórum lotado. Diversos países ali representados. As inovações da cardiologia eram o assunto do dia naquela noite e, como não poderia deixar de ser, o transplante de coração liderou a pauta. A palestra que proferimos, e para a qual chegamos poucos minutos antes de começar, não deixou por menos e fez jus ao país americano que tanto investia em pesquisa e centros de ponta.

Já era tarde da noite quando deixei o evento e retornei ao aeroporto. Ao me ver, a senhora que se chamava Badra e estava sentada no chão com as duas crianças, recostadas em seu colo, levantou-se. Apresentei-me como Dra. Branca Rosa e perguntei se poderia ajudá-la. As quatro vietnamitas — avó, filha e netas — vieram para a Alemanha, fugindo da guerra do Vietnã, depois de perderem o avô, alemão, e o pai das meninas, que era nativo. Por não possuírem cidadania alemã, apesar de direito, e face ao fato de as Alemanhas Oriental e Ocidental estarem divididas no apoio à guerra do Vietnã do Norte contra o Vietnã do Sul, a permissão de entrada para refugiados estava suspensa. Situação essa que colocava as quatro mulheres na condição de exiladas em aeroporto alemão, sem poderem deixá-lo fazia uma semana, uma vez que o que não perderam na guerra não lhes dava condição de seguir para qualquer outra nação. Levei-as para jantar por lá mesmo e disse que retornaria no dia seguinte.

Mais tarde, no hotel, abri aos colegas a situação das quatro mulheres e dividi com Maxine, por telefone, a minha apreensão, afinal, não poderia permitir que elas continuassem nas condições desumanas em que se encontravam. Disposta a fazer o que fosse preciso, na manhã seguinte, entrei em contato com a Casa Branca e utilizei da prerrogativa de médica oficial do governo e representante dos Estados Unidos junto à OMS para conseguir o que precisava: uma audiência de urgência com o diplomata americano na Alemanha ao final daquela tarde. Ele escutou toda a história, sensibilizou com a situação das quatro refugiadas e prometeu intervir em favor delas junto ao governo alemão para atender ao meu pedido.

Dois dias depois, fui chamada na embaixada americana. Humano e político, o diplomata estadunidense comunicou que havia conseguido junto ao governo germânico que a família de refugiadas deixasse legalmente o aeroporto alemão sob a minha responsabilidade, com a condição de que partissem rumo a outro país, no prazo máximo de 15 dias.

Não sei como explicar, mas aquela sentença mexeu com os meus brios! Se por um lado, conseguir que as quatro mulheres passassem a serem vistas com decência traduzia-se em ganho, por outro, o não-acolhimento a elas mostrava a rígida indiferença de um país de primeiro mundo para com as causas externas. E foi nesse momento que, por escolha — uma vez que eu tinha a opção de me omitir —, a família que eu não conhecia, de repente, tornou-se minha de certa forma.

No meio da tarde, acompanhada de um oficial alemão, destacado pela embaixada americana, fui pessoalmente buscá-las. Trouxe-as para o hotel em que me encontrava hospedada. A Sra. Badra pediu que eu dispensasse o "senhora" e a chamasse apenas pelo nome, pois apesar de ter idade para ser minha mãe, éramos colegas de trabalho e lembrar-se disso trazia-lhe um pouco da sua dignidade de volta. Acatei, sem esconder a surpresa com aquela revelação, e pedi que dispensasse também o "doutora" a mim. Ela sorriu.

— Obrigada pela coragem de enfrentar as autoridades para nos prestar auxílio e pela compaixão com a minha família! Mas, como sabe, não tenho condição financeira para arcar com despesas de hotel no momento...

— Tranquilize seu coração, Badra! Quando as tirei do aeroporto, não disse que teriam que pagar qualquer conta. Sendo assim, esse não é assunto que deva estar em pauta.

Foi então que ela, que também falava francês e espanhol fluentes, contou-me que deixar o Vietnã e arriscar fugir para a Alemanha para salvar os que lhe restaram foi a decisão mais acertada, apesar dos pesares. Tão logo pousou em território alemão, soube que o último bombardeio em sua cidade não havia deixado pedra sobre pedra.

Ela arriscou tudo, via-se. Mas como não fazê-lo? Como ansiar segurança se tudo o que vida lhe pedia naquele momento era coragem e confiança? E de mais a mais, Badra e suas meninas não eram caso isolado, pois faziam parte dos mais de três milhões de vietnamitas e cambojanos que escaparam do genocídio do mais violento e mais longo conflito depois da Segunda Guerra Mundial.

Emotiva e com feição de quem buscava sentido para as coisas, ela questionou-me por que eu havia me arriscado para ajudar uma família que eu mal conhecia, até porque ela supunha que eu, como médica, já devia ter me deparado com situações bem mais angustiantes. Em parte, ela tinha razão. Mas aquela pergunta não encontrava resposta dentro de mim, pelo menos não naquele momento. E eu também não sabia porque queria tanto ajudá-las. O que me movia tomar sua causa como minha, de fato, eu não sabia, mas não tinha dúvida de que a vida não havia me colocado ali por acaso. Sempre tive para mim que uma oportunidade para o bem que malbaratamos era ensejo perdido, dádiva que se desperdiçava, ouro que se esvaía.

Depois de limpar as lágrimas que lhe escorriam pela face, ela desabafou que, como refugiada, desde que chegou à Alemanha, viu demonstrações incontáveis de egoísmo indignante, mas, agora, não podia dizer que também não havia presenciado solidariedade emocionante. Pediu-me o contato para que, um dia, ela pudesse fazer por mim ou pelos meus algo tão significativo quanto eu estava fazendo por ela. E desconsiderando minha negativa, ela insistiu.

Ao revirar minha bolsa na busca por um cartão pessoal que não encontrei, acabei por deixar cair sobre a mesinha o que não queria: pertences pessoais, dentre eles meu saquinho com o lenço que me envolveu quando nasci e que eu carregava como lembrança de minha mãe, tal como amuleto, desde o dia em que tia Manena deu-o a mim. Seus olhos reluziram ao vê-lo. Num gesto súbito, fez menção de pegá-lo.

— Posso?

Apesar de nunca tê-lo dividido com ninguém, consenti. Retirei do receptáculo de tule e coloquei o meu velho e precioso pedaço de pano em suas mãos. Mãos que, por fado, reencontravam as minhas sem se saberem... Encontro orquestrado pelo destino? Lei do retorno ou simplesmente acaso? Seja como for, unidas por aquele pequeno tecido, eu descobriria, em breve, que estava tendo a oportunidade de lavar as minhas mãos ao retribuir a outras o salvo, num perfeito acerto de contas.

Comovida, Badra parecia mergulhada num tempo venturoso. Aperto da relíquia ao peito. Cheiro. Abraço com ternura extrema. Gestos que, a princípio, causaram-me desconforto ao ver o objeto que contava a minha história, e que era meu por direito, nas mãos de outra que o retinha como se seu fosse. Meneamentos que despertaram em mim algo muito mais forte do que o meu confesso apego: a possibilidade de pertencer a outrem o que eu julgava ser meu. Mas será que era meu mesmo?!

A história que tia Manena narrou logo me veio à mente. Desta vez, em cores. Da moça que me segurava no colo, no único retrato que documentava a nossa chegada ao Brasil. A foto singular, tirada no dia em que aportamos no Rio de Janeiro, despistou as autoridades locais, com a jovem se passando por nossa mãe, para que meus pais, refugiados políticos, aportassem na Terra de Santa Cruz, à guisa de esperança com duas crianças nascidas em alto mar.

Mas seria Badra a moça que a câmara à época registrou? Aquela que junto ao pai conseguiu fazer o parto meu e de Rosa? Resistindo a acreditar na remota possibilidade, tirei da bolsa meu caderninho de anotações, onde a foto, avelhantada pelo tempo, repousava inerte. Num desafio ao destino, de frente para Badra, comparei a imagem de antes com a mulher de agora: traços levemente asiáticos e semelhança europeia que as rugas se encarregaram de reforçar. Contornos que o tempo não conseguiu apagar. Tez intocada pelos reveses. Lineamentos de outrora, cabelos tingidos pelo tempo e o mesmo olhar destemido e profundo.

Antes de passar-lhe às mãos a relíquia vetusta, abracei Badra numa certeza inaudita, numa gratidão desmesurada. Ela, por sua vez, retribuiu-me sem medida. De certo, já deduzira a traquinagem do destino.

No encontro com o passado, por meio daquele retrato, ela chorou muito. Não só pelo fato de voltar no tempo e rever o pai e o namorado que se tornaria marido anos mais tarde, mas por reconhecer em mim o primeiro bebê que ela trouxe ao mundo, cuja ação de coragem excelsa determinou a sua escolha como médica obstetra. Badra ficou um tempo em silêncio, volvendo os olhos para mim, para a foto e para o lenço, antes de se manifestar, num tom baixo e feição de quem temia pela resposta:

— Sua irmã conseguiu sobreviver?

— Sim e se chama Rosa Branca.

Ela suspirou com alívio antes de me dizer que Rosa havia nascido bastante fraca e que eles temiam que ela não conseguisse seguir adiante. Ao perguntar por meus pais, respondi que papai estava bem e bastante forte, mas que minha mãe morreu no dia seguinte ao que aportamos no Rio de Janeiro. Emudecida, ela abaixou a cabeça num gesto consternado.

— E essas letras, o que significam? — perguntei mudando de assunto e apontando para o lenço com o indicador.

Com a mão sobre o bordado que trazia as letras ZAB, ela respondeu que sua mãe, vietnamita e de quem herdara os traços asiáticos, havia bordado, pouco antes de morrer, um lenço para cada membro da família, com as iniciais de cada um: Z de Zayn, o pai, que era médico francês. A de Ahn, a mãe, e o seu B de Badra. Este lenço era o seu à época, o mesmo que tirou do pescoço para me envolver, com o intuito de me proteger do vento, quando desceu do navio comigo nos braços. O mesmo lenço abençoado que me protegeu e que nos uniria um dia. Lenço que selaria a ajuda mútua de refugiadas em tempos distintos.

Badra contou-me a mesma história que eu havia escutado, porém com maior riqueza de detalhes e acrescentando a parte que eu desconhecia: a de que seu pai, médico francês, depois de longo luto pela perda da esposa, viajava com a filha e o futuro genro, jovem alemão, por vários países, antes de finalizar a viagem no país da falecida esposa: o Vietnã, para onde ela e o namorado se mudariam um dia.

Enquanto eu escutava a história da boca daquela que, junto do pai, socorreu a minha mãe e salvou a minha vida e a de Rosa, eu me dava conta de que a atitude dela exigiu bem mais coragem do que a minha de tirá-la do aeroporto. Afinal, ela teve a ousadia de fazer um parto difícil e supostamente proibido de uma fugitiva espanhola em um paquete gaulês. A dupla fez ainda muito mais do que se esperaria de um médico e sua filha ao se passarem por avô e mãe biológica que não eram, para que meus pais descessem do navio como tripulantes, sem serem abordados. E como se não bastasse, acompanharam minha mãe ao hospital e arcaram com as despesas sem se preocuparem com quem ela era.

Afinidade? Altruísmo? Que importa? Só não se pode negar que a vida tem suas leis e é perfeita no acerto de contas.

Era agosto quando nossa equipe, acompanhada de Badra, filha e netas, retornava para casa. Cada família esperava o seu membro no aeroporto. Maxine e Júlio buscaram a mim e as quatro mulheres, já fazendo, lá mesmo, as honras da casa.

Nos braços de Maxine, o prazer e o porto seguro do companheiro de caminhada. No abraço do meu filho, o amor incondicional e a certeza de que as viagens longas, sem ele, não mais se repetiriam.

Como visitas ilustres, as quatro permaneceriam conosco por um tempo. Com a nossa ajuda, Badra conseguiu rapidamente emprego em dois hospitais. Vidas novas em um país novo. Vidas que seguiriam no melhor dos horizontes. Vidas ligadas lá atrás por um especial propósito cá na frente.

Outubro de 1972. Na casa em Cleveland, a comunicação da importante decisão: nada de Reino Unido para Maxine. Nada de Estados Unidos para nós. Era hora de voltarmos para a casa primeira, para o Brasil, para o que mais importava: a família. Decisão essa que levou nosso Júlio ao delírio e me encheu de contentamento. Maxine, a quem parecia ser mais difícil abrir mão das conquistas naquele continente, juntava-se a nós numa resignação feliz. Afinal, éramos família de coração uno, grande e caloroso.

Levamos quase três meses para nos organizarmos e nos desligarmos de nossas funções, até porque deixar um país significava quase que mudar de vida. Contudo, tão logo a notícia de nossa mudança chegou ao Brasil — bem antes da gente — oportunidades começaram a surgir, tanto para mim quanto para Maxine. São Paulo, Belo Horizonte, Rio de Janeiro e Brasília. Propostas irrecusáveis de todas elas. Escolhemos a melhor? Depende do ponto de vista. Para nós, sem dúvida.

A casa de Cleveland passou a ter novas donas: duas crianças felizes, uma jovem que retomava os sonhos e uma senhora admirável que, corajosamente, recomeçava a vida.

Capítulo XIX

No dia 22 de dezembro daquele ano de 1972, depois de anos morando fora, eu retornava ao Brasil com o que de maior valor havia conquistado: meu marido e meu filho, um conhecimento razoável e uma bagagem de impagáveis experiências.

Nossa chegada a Curvelo foi uma festa. Celebração contagiante. Alegria de quem não mais teria que partir. Oceano de distância que não mais existiria.

Natal feliz. Janeiro das férias, como sempre. Desta vez, para o nordeste, com a Batata na sua primeira viagem de avião. A primeira e única, diga-se de passagem! Nossa preta deu tanto trabalho para embarcar que, por pouco, não ficamos todos. Foi durante esta viagem que eu e Rosa planejamos celebrar nosso aniversário de 35 anos. E, claro, o nosso reencontro com todos os que nos eram caros.

No retorno a Minas, apesar dos preparativos para a festa, eu e Maxine fomos para a capital acertar os detalhes básicos da nossa nova vida: a casa, a escola do nosso Júlio, a compra de um carro, o consultório e as reuniões com os hospitais onde iniciaríamos em breve.

Para a nossa surpresa, a casa amarela, a mesma presenteada a mim e ao Galdino em tempos idos, estava à venda. Próxima ao nosso local de trabalho e não distante do colégio do nosso filho, a vivenda, colocada para aluguel desde que fora comprada pelo Dr. Carlos Augusto estava, agora, à procura de novo dono. Partiu de Maxine a iniciativa de ver o imóvel. Com localização privilegiada, ampla e arejada, a construção de excelente bom gosto não parecia alcançar os anos que tinha. Apesar dos jardins que careciam de mãos habilidosas, havia pouca reforma a ser feita, o que tornava a casa amarela, dentre todas as outras que visitamos, a menina dos nossos olhos.

Maxine tomou a frente da negociação diretamente com o Dr. Carlos Augusto, que se regozijou com a nossa volta mais do que com a venda da casa. Foi da boca do meu ex-sogro que soubemos que D. Isaura, desde a bendita operação, tornou-se outra pessoa. Galdino permanecia em Brasília, com carreira em ascensão após separar-se de Afonsa, que retornou para a França com os pais, não sem antes virar a vida dele de cabeça para baixo e, por pouco, não levá-lo à falência. E a pequena Ana Rosa, que não era sua filha de sangue, mas era de coração, permaneceu com Galdino que se afeiçoara a ela como pai, desde sempre.

A casa, depois que passou às nossas mãos, deixou de ser amarela. Assumiu a cor da morada de Curvelo: paredes e muro cremes com janelas e portas azuis. Com direito a horto — que ganhou vida pelas mãos do Toninho, nosso jardineiro — e fogão à lenha, o novo lar passou a ser pretexto para junção da casta nos finais de semana, da família que passou a vir do interior para a capital mais do que o contrário.

Como nem tudo eram flores, durante os preparativos para o nosso aniversário, Rosa começou a sentir um cansaço anormal, para nossa preocupação e para tristeza de papai, que não saía de perto de sua cria. Sintoma que mais cedo ou mais tarde se manifestaria, como eu e Maxine prevíamos, diante de seu histórico. Antes mesmo de trocarmos a válvula do coração de minha irmã, percebemos que não era somente essa que estava comprometida. Por isso, iniciamos o tratamento não-invasivo na expectativa de reverter o quadro. Contudo, o que temíamos parecia estar se tornando necessário: o transplante.

Apesar de não termos comentado com ninguém o diagnóstico, Rosa parecia intuir-se da gravidade de sua situação porque me chamou à parte e pediu reserva quanto à sua saúde para quem quer que fosse, inclusive para o papai. Não queria que ele tivesse outro desgosto e também não queria que nada estragasse a festa do nosso aniversário.

Os dias e noites dedicados aos preparativos para a celebração dos nossos 35 anos fizeram com que todos voltássemos ao tempo saudoso e alegre da São Sebastião, tamanho o entusiasmo com que trabalhávamos. E a festa tão sonhada, que não caberia na casa por não comportar os convidados que viriam de todos os quadrantes, logo chegou.

Na festa à fantasia realizada no Clube da Maria Amália, todos os amigos estavam presentes e foram recebidos pela família inteira que não se cabia de felicidade: Corsino, sua esposa e filhos, vieram de Brasília. Sr. Honorato e D. Faustina, acompanhados de enfermeiro e outro motorista, chegaram da São Sebastião. O Sr. Deodato com a D. Prazeres e os dois pares de filhos, inclusive a mais velha que se tornara artista plástica talentosa, vieram com os netos. Dr. Lamartine e o Dr. Lillehei cruzaram o oceano e foram os primeiros a chegar. Da nossa antiga equipe, não faltou ninguém. O Dr. Mário José com a sua Carmem, que haviam se transferido para Itaúna, surpreenderam-nos com a presença. O Sr. Olinto veio sozinho. Teobaldo e D. Quininha trouxeram a prole de dois. Vicência e Felícia, todo prosas, ajudavam em tudo como se da família fossem — e quem ousaria dizer o contrário? O Dr. Carlos Augusto e suas filhas trouxeram a D. Isaura, de fato, irreconhecível na simpatia e gentileza. Meu preceptor da faculdade de Medicina veio da capital com a esposa e a neta. Badra veio sozinha, pela primeira vez, ao Brasil. O Padre Luciano deu-nos o privilégio de sua presença. Vestidas com os seus hábitos, as irmãs Karla, Tatiana e Wanda já chegaram a rigor, num entusiasmo só. Alguns amigos de infância da São Sebastião, como Pacífico, Zé Mulato e Jacinta compareceram, para nosso delírio. A rua inteira estava no clube. Só faltou Galdino, que não veio por motivos óbvios. Justamente ele, que foi tão importante em minha vida, bem sabia que não poderia vir, que não deveria.

A festa — um grande baile naquele fevereiro de 1973 — virou a noite, amanheceu com quase cem por cento dos convivas presentes, tornando-se um marco nas nossas vidas.

Papai e tia Manena dançaram a noite toda um com o outro e eles com todos, numa alegria santa de se ver. Pela primeira vez, nós os vimos feito crianças. Pela primeira vez, presenciamos os pés de valsa que eram. Pela primeira vez, assistimos papai tomar tia Manena nos braços, não como amiga que a considerava, mas como mulher. Testemunhamos eles se olharem com admiração luzente e rodopiarem pelo salão, depois de um longo beijo na testa. Naquele corajoso gesto, presenciamos a declaração silenciosa de papai à tia que nos era como mãe, sem nunca ter tido a pretensão de ocupar esse lugar. Assistimos ali a aceitação tácita dessa tia aos galanteios de quem sempre a cuidou e respeitou como amiga e como mulher. Nenhum dos dois jamais havia ousado antes, mas talvez agora percebessem que a vida era muito curta para não viverem um amor construído pelo tempo.

Deixamos a festa todos juntos e fomos para casa sob o sol já alto. Eles, à frente, de mãos dadas, nada se diziam além de se olharem. Lia e Júlio, abraçados, amparavam-se os cansaços. Maxine, com uma mão, levava as minhas sandálias e com a outra, sustentava a minha cintura. Eu, com um braço, me dependurava em seu pescoço e com o outro, me apoiava em Rosa, que parecia a mais inteira de todos nós. Em casa, a fila para o banho antes do merecido descanso: primeiro os mais velhos, depois Rosa, eu, Maxine, Lia e Júlio.

Papai rejuvenesceu anos naquele baile e fez graça para ir para a cama. Tentou resistir. Queria ficar de conversa com tia Manena, mas não conseguiu. Cansaço ancião que doía. Tia Manena, por sua vez, estava com feição de mocinha e brilho estelar nos olhos. Tentou resistir. Queria ficar de conversa com papai, mas não conseguiu. Cansaço ancião que feria. Presenciamos ele, com desprendimento corajoso, dizer algo no ouvido dela. Vimos ela corar as bochechas e abrir sorriso traquino. Ele, feliz. Ela, menina. Ele osculou-lhe a testa e se recolheu rapazote ao seu quarto. Ela fechou a porta sorrindo. Sorriso puro que se eternizou em minha memória. Sorriso santo que, por preceito do destino, eu jamais voltaria a ver...

Como nossa noite começou no início da tarde do dia anterior, não era de se estranhar que o nosso dia começasse ainda noite. Com exceção de Lia e Júlio, para os quais todo sono era pouco, todos nós despertamos de madrugada, a começar por tia Manena e papai. O café à mesa da cozinha iniciou antes das quatro da manhã, com delícias mineiras acompanhadas de café forte, leite esturrado e assunto para mais de metro. Sobre o quê? Sobre a festa, evidentemente.

Tia Manena e papai, lado a lado, olhavam-se encantados, como se houvessem se conhecido naquele instante. Eu e Rosa captávamos a energia da casa e nos falávamos por mímicas que, como na infância, só a gente decifrava. Maxine resistia firme ao meu lado, apesar de sua fadiga física ser visível. Nossa conversa à mesa parecia uma extensão da festa. Papai revelou-nos que o dia anterior foi um dos mais felizes de sua vida. E que a vida valia por momentos assim!

Já passava das 9 horas quando papai disse que iria se deitar novamente. Precisava de mais tempo para se manter inteiro. Tia Manena achou estranho e eu e Rosa, mais ainda. Fomos ao quarto dele e perscrutamos se havia algo além de cansaço. Com os olhos voltados para tia Manena, ele respondeu que estava melhor do que nunca. Toquei sua testa fria e segurei sua mão para tomar-lhe o pulso, com cuidado para que não percebesse. Batimento normal e gesto meu que não passou desapercebido.

— Fique tranquila, minha filha! Só preciso descansar um pouco. É felicidade demais para um velho como eu!

— Posso lhe trazer uma água ou um chá, Modesto? — interpelou tia Manena.

Ele sorriu sereno e disse que só queria mesmo tirar um cochilo.

— Obrigado a vocês três por me fazerem tão feliz! — exclamou enquanto se acomodava ao travesseiro.

Dei-lhe um afago antes de deixá-lo. Rosa beijou sua mão e tia Manena, a testa. Gestos esses que ele agradeceu com sorriso maroto e olhar de louva-a-deus, o qual, sem que nos déssemos conta, já alcançava outro tom, outra instância.

Mal fechamos a porta, escutamos o suspiro longo. Mal abrimos, presenciamos o colar de pálpebras. Pálpebras que se encerravam mansamente felizes para esta vida. Vida que ele honrou como ninguém. Vida cuja ausência deixaria em nós um vazio indizível. Vida, para sempre, insubstituível.

O enterro de papai foi como ele gostaria: junto de nossa mãe, com muita oração e presença apenas da família e dos que lhe eram íntimos. Porém, um fato nos chamou a atenção: quando chegamos ao túmulo de mamãe para sepultar papai, no Campo Santo da São Sebastião, a segunda rosa branco-azulada já estava lá. Duas rosas nascentes sobre uma grama macia e orvalhada, que cresceram sobre o sepulcro que papai por anos cuidou. Rosas únicas que nenhuma mão terrena plantou.

Eu e Rosa permanecemos todo o tempo abraçadas na despedida daquele que era a nossa força e o nosso exemplo, numa dor intraduzível que era só nossa. Tia Manena chorou mais do que nós. Choro baixo e contido. Choro de amor que nasceu na dor e cresceu no silêncio. Choro leal. Choro sentido de vida que se esvai antes do tempo. Choro de quem partilhou a existência como um casamento, sem se dar conta disso.

A estada na São Sebastião foi breve, apenas o tempo do enterro e nem de longe se assemelhou ao retorno que eu e Rosa sonhávamos. Em casa, o luto, inclusive da Batata, que silenciou por dias antes de silenciar para sempre.

Quem diria que no dia anterior estávamos tão felizes? Por que a morte nos desolava tanto se sabíamos que fazia parte da vida?

Na casa da Maria Amália, vidas que precisavam seguir em frente por mais difícil que fosse. Eu, Maxine e Júlio ficamos em Curvelo uma semana mais. Tempo apenas para dividirmos os pesares, já que as aulas e os trabalhos se iniciariam.

Um dia depois de partirmos, a menina da casa dormiu seu sono profundo aos pés da cama de papai. A preta que tanto nos alegrava e que ao abanar o rabo sacudia o corpo todo não aguentou a saudade. Partiu antes do tempo? Eu tinha certeza que sim. Foi enterrada com carinho em uma cova preparada para ela, próximo ao galinheiro, para onde acompanhava papai todos os dias.

Capítulo XX

O tempo passou. A vida seguiu. No lar da Maria Amália, um ano depois, não havia mais pintinhos que se tornariam aves grandes. Não havia nem mesmo as galinhas e o galinheiro. No lugar, apenas um jardim com flores de vários tons.

Raríssimos eram os finais de semana em que não estávamos com tia Manena, Rosa e Lia. Em Belo Horizonte ou em Curvelo, éramos família que não se largava. Compensação do tempo perdido? Acho que não. A vida havia nos ensinado que só tínhamos o presente e que o tempo não era moeda que se compensava. De mais a mais, o presente nos mostrava que o coração de Rosa dava sinais de que estava chegando ao limite.

Tia Manena e Rosa vinham a Belo Horizonte com constância e permaneciam dias conosco. A primeira, para fugir da solidão. A segunda, para tratar da saúde e ficar perto da filha, que passou a morar conosco na capital por causa dos estudos.

Rosa sentia falta de ar e estava cada vez mais cansada. Era acometida de muita tosse e dificuldade com as tarefas básicas, como tomar banho, por exemplo. Eu queria acreditar que seu quadro mudaria, mas seus exames não eram animadores. Como irmã, eu não suportava pensar na possibilidade de perdê-la novamente. E como médica, eu sabia que apesar dos transplantes de coração virem sendo realizados no mundo há mais de cinco anos com relativa expectativa de sucesso, a lista de espera era longa e a escassez de doadores era alta. Além do fato de que as drogas imunossupressoras, por um lado, inibiriam a rejeição, mas por outro, poderiam representar potencial risco para a saúde frágil de Rosa, podendo causar um aumento significativo das infecções, úlceras, perda óssea e até cancros. Ou seja, mesmo com a habilidade para realizar a cirurgia que Rosa precisava, eu não sabia se conseguiria salvá-la, o que me desgastava além da conta cada vez que me lembrava da promessa que fiz a ela na infância.

Na medida do possível, Rosa Branca tentou seguir seu ritmo normal. Formada em letras pela Universidade de Barcelona e poliglota fluente, ela traduzia textos para universitários e escrevia muito, especialmente as histórias que vivemos na infância e tudo o que lhe contei sobre o que ocorreu durante os 21 anos em que ficamos separadas. Sobre ela, quase nada. Sobre mim, papai e tia Manena, tudo estava registrado em seus cadernos: os dramas que nós vivemos pela ausência dela, Sinhá Preta, a minha mudança da fazenda para Curvelo e de Curvelo para Belo Horizonte, as alegrias e decepções do meu primeiro amor, a minha entrada na faculdade de Medicina, os preconceitos que sofri, a minha ânsia por conhecimento, a busca por ela, as situações inusitadas que a vida me reservou, o destino que sempre me colocou à prova, a paixão por Maxine, o encontro com ela e a "providência divina" em tudo. Contada e recontada por mim, tia Manena e papai, toda a nossa vida estava lá, nos cadernos de Rosa, como se ela sempre estivesse conosco. E penso que a ideia era essa. Por meio de seus escritos, ela queria provar que, de alguma forma, ela sempre esteve.

Rosa Branca era a melhor irmã que alguém poderia ter e o ser humano mais nobre que se poderia conhecer. Nunca ouvi de sua boca palavra alguma de lamentação ou acusação. O pouco que sabíamos de sua vida pregressa, revelada nos autos do processo em andamento na Espanha contra a tia Pilar, era de dar dó: fome, humilhação, cárcere, injúria, tortura física e psicológica, intoxicação por medicamentos... Tudo parte de sua triste biografia. Tudo revelado não por ela, mas pelas investigações levantadas pelo judiciário espanhol. A nós, ela só dizia que o passado deveria ficar no passado para não ofuscar o presente e que não gostaria de ver tia Pilar novamente, apesar de já tê-la perdoado e não guardar por ela nada, além de pena. Por essas e outras, Rosa era uma mulher linda e digna, uma pessoa pela qual valia a pena qualquer sacrifício. Se antes, ela já era especial, depois que a reencontrei, já adulta, minha admiração por ela alcançou patamar imensurável.

Quanto ao processo que corria na Espanha, o governo ditador reconhecia sua legitimidade, porém, não o via com bons olhos — o que era de se esperar por ser a ré descendente do alto poder. Entretanto, a cobrança popular e a mídia nacional e internacional sempre faziam com que a ação caminhasse. Cauteloso, o Dr. Rodrigo, que acompanhava os trâmites de perto, apostava que o processo só seria julgado anos mais tarde e que, quando o fosse, poderia não acarretar à indiciada penalidade à altura.

Presságio? Vai saber... A questão era que, pelo menos em parte, nosso advogado estava certo.

Era julho de 1974 quando a casa de Curvelo, aos cuidados de Vicência e Felícia que, vez por outra, juntavam-se a nós na capital, passou a ser, definitivamente, refúgio de fim de semana. Motivo? Rosa entrou oficialmente para a fila de espera por um coração. Cercada de cuidados, ela passou a ficar mais no hospital do que em casa. Eu passei a trabalhar bem menos para poder dedicar-me a ela. Tia Manena acostumou-se na capital e se ocupou de trabalhos voluntários e do cuidado com Rosa, que passou a estar a maior parte do tempo na cama.

Em outubro daquele ano, o Dr. Rodrigo avisou-nos que o julgamento de tia Pilar, enfim, havia sido marcado, fato que careceria de nossa presença no tribunal espanhol em janeiro próximo.

Arrolados como testemunhas, do nosso lado estavam o Dr. Lamartine, as irmãs do Mosteiro de Montserrat e duas funcionárias que trabalharam com tia Pilar durante o período em que Rosa esteve em cárcere privado.

Antes da nossa viagem à Espanha, Maxine quis passar quatro dias na França com o pai, em janeiro. Sob o pretexto de tranquilizar o Dr. Lamartine para a missão que o esperava, já que a responsabilidade de ser testemunha chave do processo que se aproximava poderia pesar-lhe os ombros, meu marido queria mesmo era estar perto do pai porque havia tempos que andava sentindo sua falta e cogitava convencê-lo a se mudar para perto de nós.

O pai de Maxine, viúvo há muito, trabalhava em escala reduzida e se dava o direito de operar cada vez menos. Nos últimos anos, apegara-se muito a nós, especialmente ao neto, motivo que o levava ao Brasil com constância. Então, na impossibilidade de a montanha cruzar o oceano para nos ver, resolvemos nós mesmos irmos até a montanha para acalmar o seu velho coração que andava mais agitado do que de costume. Agitação justificada? Prenúncio de tempestade? Cisma de um velho e de seu filho ou intuição que se revelava? Quem poderia saber? Fato era que o destino, por vezes tão complacente comigo, desta vez, me tiraria o chão novamente.

No final da manhã daquela quinta-feira em que chegamos a Paris, eu e Maxine fomos ao consultório do Dr. Lamartine para almoçarmos juntos. Meu sogro, que era homem de não dar trabalho, fazia questão de dirigir o próprio carro, especialmente quando havia alguém em sua companhia. Com ele ao volante, estacionamos próximo ao restaurante de costume, onde ficamos por horas, num almoço demorado e prazeroso. Almoço em família como sempre gostávamos.

Maxine comeu muito pouco e fez questão de não beber o vinho francês que tanto apreciava. Dizia querer ficar sóbrio para que o pai, que quase não se dava ao desfrute, pudesse beber em seu lugar.

Quase quatro horas mais tarde, deixávamos o estabelecimento. Por insistência de Maxine, eu e o seu pai permanecemos esperando na porta do restaurante enquanto ele buscaria o carro que, àquela altura, parecia estar duas vezes mais distante para nós.

Minutos depois, uma explosão. Gritos. Correria. Uma bomba havia acabado de mandar pelos ares um carro a poucos metros dali. Com o coração apertado, fomos nos avizinhando para ver a tragédia que não imaginávamos ser nossa.

"*A vida dá sinais aos mais atentos. Agir ou não se torna escolha.*" Não era à toa que o coração de Maxine andava apertado pelo pai já fazia algum tempo, motivo pelo qual passávamos aqueles dias em Paris. Mas estar no lugar do pai, afinal, era escolha ou destino? Quem poderia saber?

Naquela quinta-feira de janeiro de 1975, meu sogro perdeu o filho único. Meu filho perdeu o único pai que conheceu. E eu perdi o meu marido, meu companheiro, meu amor e meu grande amigo.

Atentado? Evidentemente que sim. A bomba destinada a matar o pai, acabou por matar o filho e destroçar a minha vida, mais uma vez. O autor e o motivo? Não era preciso muita imaginação para se supor a resposta. Suposição que, um ano mais tarde, seria confirmada pela polícia francesa, mas que não traria meu marido de volta nem faria diferença na vida da autora do crime.

Júlio e Lia vieram para o enterro de Maxine. Perda irreparável e encerramento de vida triste para quem sempre foi tão bom...

Fiquei sem chão por meses. Fiquei sem dormir por noites. Perdi o ar várias vezes. Permaneceria sem lugar dentro de mim mesma por anos. Fiquei sem o amor que me trouxe de volta à vida.

Na segunda-feira, deixei Júlio e Lia cuidando do avô na França e voei para Barcelona. Na companhia do Dr. Rodrigo, passei devastada pelo cerco de repórteres e entrei no tribunal para o julgamento da década.

Foi a primeira vez, desde a minha infância, que reencontrei tia Pilar. Acompanhada de uma junta de advogados, ela nos dirigia o seu olhar de empáfia e desdém. Olhar confiante demais para quem cujos atos o poder não conseguiu blindar. Fisionomia de quem não punha dúvidas de que sairia ilesa, mais uma vez.

À minha frente, ela estampava sua face emurchecida, esculpida pelo orgulho inútil e repuxada por bisturis que não conseguiram alisar as fendas da solidão nem atenuar as marcas de sua alma ressequida. Voltava-se para mim com inveja desmedida e fúria inexplicável. Porém, de minha parte, tudo o que eu conseguia sentir era pena. Como pode? Já tive tanta raiva, revolta e ódio até. Naquele momento, porém, tudo o que eu via era um coração atrofiado e a decrepitude de sua alma. Pobre alma!

O julgamento começou. As testemunhas de cá expuseram os fatos tais como eram. As de lá fizeram um circo. Julgamento extenuante que angustiava. Para que mesmo eu estava ali? Será que um dia conseguiria que aquela mulher à minha frente não mais nos fizesse mal? Não podia me esquecer que se não fosse por ela, Maxine talvez estivesse conosco...

Os seus advogados, tão bem pagos ao longo dos anos, quase conseguiram inverter os fatos diante da ausência de nossa principal testemunha, o meu sogro. Ausência mais do que justificada para um velho inconsolável que havia acabado de perder o seu único filho. Ausência plenamente acatada pelo meritíssimo juiz, tanto quanto a de Rosa, cujo coração já não lhe permitia sair da cama nem dos aparelhos.

Mas a vida, que sempre teve suas regras próprias, provaria que a lei da colheita era certa. Finalizadas as testemunhas do lado de lá, apresentamos a nossa última do lado de cá: a Irmã Tatiana, a mandachuva das irmãs do Mosteiro de Montserrat.

Não era de nosso conhecimento que ela tinha uma carta em mãos. Carta mesmo, no sentido literal da palavra. Documento escrito de próprio punho por Juan Nobre e entregue a ela meses depois de deixar Rosa Branca, grávida de pouco, aos seus cuidados no convento. A carta de 23 laudas, acompanhada de fotos, datas, nomes e toda espécie de provas das atrocidades que aquelas linhas revelavam, trazia, inclusive, um bilhete da ré. Escrito de próprio punho ao pai, Pilar Franco, pedindo para não ser presa, assumia a autoria do atentado contra o cunhado, por quem guardava paixão reprimida, e contra a própria irmã, por quem alimentava inveja confessa e ódio despropositado. Falsificação de documentos, inclusive certidão de óbito de todos os herdeiros da irmã adotiva, com a finalidade de herdar uma das maiores fortunas da Espanha, deixada, integralmente, em testamento, para essa irmã. Homicídios de muitos que se colocaram em seu caminho. Chantagens. Ameaças. Todas as evidências possíveis que Juan levantou ao longo do tempo em que trabalhou para a família e as que amealhou depois que se inteirou do sequestro. Provas das torturas diárias. Exames hospitalares que provavam a contratação de médico e enfermeiros para doparem Rosa, com a finalidade de lhe fazerem o aborto, sem o seu consentimento. Tudo ali. Tudo comprovado pelo homem que viu a acusada crescer e prestou serviços à sua família por mais de 50 anos. Tudo para resguardar a segurança de Rosa Branca, filha de Moreninha, a quem D. Angelina Hèrmes tanto amava e com a qual o Coronel Josef Franco queria se redimir depois que caiu em si quanto às atitudes insanas da filha perversa. Tudo para proteger aquela a quem Pilar Franco fez tanto mal. Provas irrefutáveis que advogado algum conseguiria contestar.

— Lei do retorno? Ou o mal batendo à porta do autor para cobrar-lhe o seu preço? Àquela altura, que importava a resposta? Bastava saber que o Dr. Rodrigo estava certo quando prenunciou que o julgamento levaria anos para acontecer, como era de se esperar, porque, durante os 35 anos da ditadura franquista, o país de autoritarismo fascista foi marcado por violações constantes aos direitos humanos. No entanto, felizmente, nosso advogado se enganou quanto à decisão final proferida pelo juiz: sentenciada por unanimidade num julgamento menor do que se previa, mas que se tornou histórico, a filha legítima de Josef Franco e Angelina Hèrmes, enfim, foi condenada. Coincidência ou não, no ano em que a Espanha pôs fim à sua ditadura franquista, Pilar Franco perdeu a liberdade e o direito à fortuna que herdou por meio de seus crimes. Fortuna essa que, sem que esperássemos, passou às nossas mãos e levaria, num futuro próximo, a Fundação Rosa Branca a cuidar de muitos corações ao redor do mundo.

Algemada no próprio tribunal, de onde saiu desatinada direto para a prisão, tia Pilar desacatou os policiais, humilhou os seus advogados, praguejou contra os jurados e fez ameaças de morte a mim e ao juiz. Tudo em vão! Destituída de poder e de dinheiro, dos quais sempre fez uso para cometer seus crimes, ela perdeu a liberdade e a dignidade. Viveria anos na prisão e viraria seu centenário em um sanatório, onde morreria sozinha, doente, louca e atormentada por seus fantasmas.

Jornais de vários países publicaram em suas manchetes a foto do julgamento daquela que se achava intocável. Na legenda, o veredito e a condenação: A morte em vida decretada daquela que não conhecia limites e se achava acima de Deus e dos homens.

Retornar ao Brasil foi mais difícil do que eu pensava e viver sem Maxine foi e seria mais, muito mais penoso do que eu supunha. Meu luto permaneceria por anos.

A dedicação a Rosa ajudou-me a superar a solidão, mas não tirou a sombra que a ausência de Max me trazia.

O Dr. Lamartine veio nos visitar e ficou conosco por meses, antes de retornar à França, para onde Júlio passaria a ir com frequência.

O coração de Rosa, que resistiu mais do que qualquer especialista poderia prever, avisava que não aguentaria, mesmo com a ajuda dos aparelhos e com alimento de amor diário. Eu, como médica, sabia dos limites da medicina e, por isso, apegava-me à fé na esperança de conseguirmos um doador, ao mesmo tempo em que reconhecia que, como irmã, eu morria um pouco com ela todos os dias, mesmo vivendo um dia de cada vez.

A casa creme de paredes e janelas azuis abrigava um quarto de hospital para Rosa, que nunca lamentava. Ao contrário! Mantinha sempre a humildade e a resiliência características. A vida de todos passou a girar em torno dela, não porque ela quisesse ou pedisse, mas porque nós optamos por isso. E porque sabíamos que o fio de vida que a mantinha conosco tinha nome e se chamava "milagre".

Era final do ano de 1975 quando Lia e Júlio, com 18 e 19 anos respectivamente, passaram no vestibular para medicina. Influência minha e de Maxine? Jamais. Mas inspiração, talvez.

Em nossa celebração familiar, uma revelação inesperada: Júlio confessou a Lia o seu amor. Amor de uma vida que começou no berço. Não o amor de irmãos como pensávamos, e sim o amor que une um homem a uma mulher. Amor de procriação. Lia, por sua vez, revelou que já havia buscado nos braços de outro a cura para sentimento igual que tinha medo de assumir. Não porque fosse proibido, já que irmãos, de fato, não eram. Nunca foram. Mas por receio de Júlio se afastar diante de sua confissão. Por receio de perder aquele por quem guardava amor reprimido e verdadeiro. Uma semana mais tarde, o pedido de noivado e a celebração benfazeja.

Capítulo XXI

Nos últimos meses, eu e tia Manena passamos a dormir no quarto de Rosa. Mesmo cansada, minha irmã não desistia da vida. Dizia que não era questão de resistir à morte, contudo, lutar, para ela, era a melhor forma de honrar a vida e todos os que a amavam.

Quanto a mim, daria tudo para não deixar se esvair a areia do tempo. Daria minha vida, se possível fosse, para salvar a dela. Porém, não seria preciso tanto! Na madrugada de janeiro de 1976, o meu telefone tocou. Do hospital, o Dr. Igor de Souza, que acompanhava de perto o tratamento de Rosa, veio ao telefone:

— Dra. Branca Rosa, perdoe-me tirá-la de seu descanso, mas é por boa causa! Acabamos de receber uma doadora para sua irmã e...

— Já estamos a caminho, doutor! — interrompi quase sem dar-lhe oportunidade de terminar a frase, tamanho era meu entusiasmo.

Havia mais de ano que me preparava para este momento. Meses em que eu direcionava minhas orações e movia toda a rede de contatos para conseguir um coração para minha irmã.

Com uma felicidade que não sentia há muito, acordei Rosa dizendo baixinho em seu ouvido:

— Vamos para o hospital, querida, porque seu coração novo te espera!

Ela, tanto quanto eu, tentou conter as lágrimas que desciam a despeito. Tia Manena colocou os joelhos no chão e agradeceu com o terço em punho. Lia e Júlio se abraçavam em meio a soluços contidos naquela madrugada bendita. Uma ambulância nos pegou em menos de 30 minutos. Tia Manena e Lia seguiram para o hospital de carro com o Júlio. Pelo caminho, fui pedindo a Deus que eu não falhasse...

O desejo de que Maxine estivesse ali foi maior do que nunca. Afinal, era a primeira vez que eu voltaria a fazer um transplante sem o meu parceiro de caminhada, com quem aprendi e desenvolvi a técnica. Tive que vestir os paramentos duas vezes, face à necessidade de me recompor pela emoção que aflorava. Enquanto vestia a roupa e colocava as luvas pela segunda vez, respirei fundo e disse a mim mesma que eu era capaz, que havia me preparado durante uma vida para aquele momento e que o universo era prova disso... E tudo daria certo!

Antes de entrar onde Rosa já me aguardava anestesiada, a oração, a respiração profunda e a concentração.

Tudo pronto, às 3 horas da manhã, eu dava entrada no bloco cirúrgico para realizar o transplante de coração em minha irmã. Lá, três enfermeiras experientes estavam à minha espera junto à Dra. Catharina Guimarães, jovem cirurgiã cardíaca, humanizada e bastante habilidosa. No bloco ao lado, o coração saudável da jovem que morrera num acidente, aos 24 anos de idade, já estava sendo removido pelo Dr. Igor, cirurgião renomado.

Pouco antes de abrir o peito de minha irmã, a vida passou em flashes em minha mente: a nossa infância, o momento em que prometi curá-la, a nossa separação e a minha entrada na faculdade de Medicina. A primeira cirurgia da qual participei, a primeira troca de válvula, o primeiro transplante de coração, a dedicação às cirurgias complexas... Tudo para me preparar para aquele momento. Pura arquitetura do destino! Os pensamentos se acalmaram e a médica se concentrou e assumiu o comando.

Tudo cronometrado na cirurgia longa e delicada da paciente que trazia no histórico o nascimento complicado, a anemia acentuada e a febre reumática na infância, a vida emocionalmente privada, uma gestação difícil e duas trocas de válvulas em procedimentos de peito aberto. Sete horas ininterruptas foi o tempo que decorreu a operação desafiadora, realizada por mãos que treinaram por anos e contaram com a ajuda de outros anjos de branco. Operação essa que, sem dúvida alguma, foi conduzida por Aquele que mantinha a paciente viva pela graça do milagre.

Deixei o bloco cirúrgico exausta. Fui pessoalmente falar com tia Manena, Lia e Júlio, que não arredaram os pés do hospital. Depois de os tranquilizar, comecei a tremer. Toda a tensão começou a sair por meio de uma febre repentina e um choro intermitente. A Dra. Catharina veio em meu auxílio e colocou-me num quarto, de repouso. Soro na veia, antitérmico e remédio para tranquilizar-me.

Acordei no dia seguinte já perguntando por Rosa. Lia e Júlio haviam ido para a faculdade e retornariam para o hospital após a aula. Tia Manena, ao meu lado, com a feição melhor do mundo, disse que o Dr. Igor e a Dra. Catharina passaram para dar a notícia de que Rosa havia acordado e que reagia bem.

Embora soubesse que os primeiros 30 dias eram cruciais e só depois então é que saberíamos se a cirurgia havia sido ou não um sucesso, o fato de Rosa ter acordado e perguntado por todos me dava uma alegria imensa já que atestava que eu não havia falhado.

Sem febre, tomei um banho, um bom café para me refazer e fui ter com Rosa. No tratamento intensivo, onde permaneceria pelos próximos 28 dias, Rosa reagia dentro do esperado. Sonolenta por causa dos medicamentos, ao me ver, estampou o seu mais doce sorriso.

— Obrigada por ter cumprido o que prometeu, Branca! — exclamou num tom baixo e pausado.

— Essa promessa foi o que me trouxe até aqui! — retornei sorrindo e beijando sua testa.

Rosa sorriu de volta, antes de se entregar ao sono.

Tia Manena foi para casa com Lia e Júlio. Eu praticamente morei no hospital durante os dias em que Rosa ficou lá. E em 25 de fevereiro de 1976, no dia do nosso aniversário de 38 anos, Rosa, com o seu coração novo e eu, com a paz de quem trazia o dever cumprido, voltamos para casa.

Celebração em família e vida que recomeçava para todos.

Seis meses depois, eu já havia retomado minha intensa agenda de cirurgias e viajado aos Estados Unidos para me encontrar com o Dr. Lillehei e minha antiga equipe em um Congresso de Cardiologia. Rosa passou a trabalhar na Faculdade de Letras da Universidade Federal de Minas Gerais — UFMG, e tinha uma vida praticamente normal, guardadas as devidas proporções. Tia Manena fazia parte do grupo de costureiras voluntárias da Santa Casa de Misericórdia e dirigia a nossa casa como sempre. Os natais voltaram a ser alegres e as férias de janeiro passaram a ser maiores.

Em 3 de dezembro de 1982, Lia e Júlio se formaram. Lia iniciaria residência em cardiologia e Júlio, em cirurgia geral. Na semana seguinte à formatura, eles se casaram. Casamento que encheu de gratidão a mim e a Rosa por vermos nossos filhos tão felizes, aliançados num amor que já vinha de longe. Amor validado no Alto e mais íntimo que qualquer outro.

Só que em janeiro de 1983, sete anos depois que Rosa havia recebido o coração novo e que eu acreditava que a vida só nos separaria na velhice, veio novo arrastão do destino. Dessa vez, com veredito lá de cima.

Rosa começou com uma dor intensa nas costas, tosse rouca e falta de ar. No hospital, os exames atestaram que seu jovem coração, fonte de nossa atenção constante estava bem, mas os órgãos principais de seu aparelho respiratório apresentavam uma mancha preocupante. Internada no mesmo dia, nenhum medicamento parecia fazer frente à pneumonia severa que se tinha apossado dos dois pulmões. Os imunossupressores haviam evitado a rejeição do novo órgão, porém, cobraram um preço alto em sua imunidade, a qual, mais do que nunca, carecia de um milagre para reagir à inflamação ocasionada pela invasão de bactérias oportunistas em seu organismo.

Nas duas semanas em que permaneci com Rosa no hospital, definhei mais do que ela. De joelhos no chão, na capela anexa ao seu quarto e sem ter o que fazer como médica, supliquei a Deus um tempo mais. Pedi que me levasse no lugar dela. Pedi que passasse suas dores para mim, que não a deixasse sofrer... Que não a levasse.

Na manhã de sexta-feira, 4 de fevereiro de 1983, próximo ao nosso aniversário de 45 anos, ela, já bem debilitada, chamou-me:

— Branca, quero lhe pedir um presente de aniversário!

Como Rosa raramente me pedia algo, aquelas palavras congelaram minha alma, apesar de terem tido o condão de fazerem sentir-me útil.

— Peça o que quiser, Rosa!

— Leve-me à São Sebastião. Quero voltar em vida onde eu fui mais feliz!

Aquele pedido inesperado desesperou-me. Como poderia fazer isso? Ela não tinha condições de enfrentar uma viagem de carro pela estrada que, além da distância, não era das melhores, ainda que fosse na melhor ambulância.

Diante do seu pedido, não consegui conter a emoção.

Ela, bem fraca, pôs uma das mãos sobre a minha e, emotiva pela minha reação, exclamou:

— Não chore, minha irmã! Tá tudo certo se não der!

Com o corpo sobre o dela, abracei-a forte como que tentando contê-la em meus braços por mais tempo. Ela correspondeu-me o abraço com a pouca força de que dispunha. Lutei para segurar as lágrimas que desciam sem comando.

— Iremos juntas, Rosa! — reagi.

Sem tempo a perder, pedi a ela uns minutos e deixei o quarto. "O que fazer, meu Deus?", pensei. Só um avião para levá-la! Mas como conseguir um equipado em tão pouco tempo? Não sabia como, mas não poderia deixar de fazer isso por ela...

Liguei para a nossa casa. Tia Manena havia saído cedo para as compras da semana no Mercado Central e não tinha hora para voltar. Lia estava na casa dela, prestes a dar à luz, e Júlio, de plantão em outro hospital. Eu tinha que pensar rápido e a primeira pessoa que me veio à mente foi o Dr. Carlos Augusto. Há anos não nos víamos nem nos falávamos, e nem sei em que situação ele se encontrava, mas conhecedor e influente que era haveria de mostrar o caminho para que eu conseguisse um avião adequado naquele momento. Busquei seu telefone na antiga agenda que trazia na bolsa e, na segunda tentativa, fui atendida. Por sorte, ele estava em casa.

Disposto a ajudar, ouviu minha necessidade e, antes que eu terminasse de falar, proferiu:

— Entendo, Branca! Vamos poupar tempo! Vá ajeitando sua irmã que providenciarei o avião. Você consegue transportá-la até o aeroporto Carlos Prates?

— Sim, doutor.

— Então já pode ir para lá, onde nos encontraremos dentro de alguns minutos.

Voltei ao quarto já com minha maleta e uma muda de roupa.

Rosa me acompanhou com ansiedade e dificuldade de respirar.

— Aguente firme, querida! Vamos trocar sua roupa para você ir linda à São Sebastião — disse aumentando-lhe o oxigênio.

Ela sorriu.

Dois enfermeiros, com a ajuda de uma maca, colocaram-na na ambulância. O caminho para o Aeroporto Carlos Prates levou mais tempo do que se previa por causa das ruas fechadas pelos bloquinhos de carnaval.

No aeroporto, o avião com motor ligado já nos esperava com seu piloto a postos e o copiloto nos aguardando na porta. O Dr. Carlos Augusto veio nos encontrar e desejar boa sorte. Enquanto eu acompanhava os enfermeiros transportarem Rosa para a aeronave na luta contra o tempo, num unir de mãos, agradeci ao Dr. Carlos de longe. Ele fez um gesto e apontou para a aeronave, numa mensagem que eu não compreendi no momento. A correria e a ocupação com o estado de Rosa não me deixaram perceber os anjos que nos ajudavam naquele instante. E foi somente no interior do avião — muitíssimo bem equipado para os padrões da época —, no momento em que o piloto disse que a decolagem estava liberada, é que eu me atinei para cumprimentar a voz que eu bem conhecia.

Com os cabelos grisalhos e óculos escuros, o piloto das Forças Aéreas Brasileiras e também médico, o Dr. Galdino Silva, olhou para trás para checar se estava tudo certo. E com a segurança que a experiência lhe provia, exclamou:

— Fique tranquila, Dra. Branca Rosa, levaremos sua Rosa Branca para casa!

Eu estava completamente voltada para as necessidades de minha irmã, mas não podia negar que o destino estava me surpreendendo novamente. Para que aquela situação? Por que ele naquele momento? E como explicar a sensação de proximidade depois de tantos anos? Intimidade na dor era surpresa que desconcertava...

De mãos dadas, eu e Rosa nos olhávamos numa cumplicidade única de saudade antecipada. Prelúdio de despedida entre o sol e a lua, entre o dia e a noite... Lágrimas que escorriam a despeito. Palavras dispensadas por direito. Silêncio e reverência necessários àquele momento singular depois do qual nenhum amanhecer seria o mesmo. Despedida de amor fraterno e incondicional entre duas irmãs que cresceram no mesmo ventre e nunca quiseram se separar.

— Senhoras, 11 horas. Tempo bom. Manhã ensolarada. 23 graus. Pouso liberado. Estamos descendo!

Não sei da parte de Rosa, mas quanto a mim, chegar à São Sebastião com ela nos braços quase me enfartou.

A mesma pista de pouso. As mesmas árvores margeando o descampado. Nossos olhares que, do alto, extasiados, contemplavam o palco onde vivemos o trecho mais inocente e feliz de nossa história.

O carro do Sr. Honorato já estava lá, com Teobaldo a postos, assim que pousamos. Enquanto a colocávamos no automóvel, Rosa exibia no olhar a transparência própria de quem estava prestes a virar louva-a-deus. Na face, o semblante único de quem se jubilava por estar de volta ao lar.

— Para onde? — perguntou Teobaldo, com engasgo na voz.

— Para a vila — respondi, torcendo para que chegássemos a tempo.

Rosa sorriu.

Galdino amparava o cilindro de oxigênio e resguardava os sentidos dela. Era puro devotamento a mim e a ela. Era ele o médico que a acompanhava. Eu, apenas a irmã.

Com velocidade reduzida, o carro tocava o chão com reverência. Na vila, vidros abaixados e olhares emocionados. Dela, o olhar mais azul do que qualquer outro que aquelas terras vislumbraram. Meu, o olhar mais negro do que qualquer outro que a noite concebeu. Retinas que percorriam as casas num sincero reconhecimento de felicidade vivida... De mãos dadas comigo, Rosa sorria e deixava escorrer sua alegria santa. Água que lavava a alma e sanava as dores. Água benta de um coração que se curou em vida.

Em frente à casa que foi nossa — e para nós seria eternamente —, Teobaldo parou. Da parte de Rosa, a apreciação profunda e o choro guardado... Choro de desabafo. Depois, um suspiro e o pedido, quase sumido, para que fôssemos para o Campo Santo.

Com semblante pueril, Rosa não perdia um palmo do caminho, ao passo que eu, voltada para ela, sentia meu coração reduzir-se a quase nada. Não demorou para que parássemos junto a uma cancela, à beira do pasto, onde, lá no meio, descansava a maior árvore da fazenda, a grande gameleira que plantamos. Carro ali não entrava, nunca entrou, por questão de respeito.

Sem nenhum comando, Galdino desceu, deu a volta e perguntou à Rosa Branca:

— Posso?

Ela gesticulou que sim com a cabeça e pediu que a tirássemos do oxigênio.

Sem interferir, aguentei firme enquanto um maremoto me devastava por dentro. Teobaldo abriu a cancela. Galdino pegou-a no colo com a segurança de quem sabia bem o que estava fazendo. Com a frágil flor nos braços, inquiriu-me com o olhar para onde iríamos. Apontei para o túmulo de nossa mãe.

Os braços finos e o corpo franzino de minha irmã não escondiam os açoites da vida, mas também não ofuscavam sua beleza. Seus olhos, naquele instante, furta-cores, estavam mais lindos do que nunca enquanto ela abria e fechava as pálpebras, acompanhando a cadência do inspirar e expirar lentamente o ar santo da vida. Ar de infância. Ar que a fazia se regozijar num que bom estar ali.

Próximo ao túmulo de nossa mãe, eu me sentei. Galdino deitou Rosa amparada em meu colo. À nossa frente, sobre a grama macia e orvalhada, descansava a terceira rosa branco-azulada. Não consegui conter minha emoção e o coração disparou novamente.

Galdino afastou-se e deixou-nos ali, no momento que era só nosso. Apertei Rosa Branca junto ao meu peito, num abraço último de amor. Amor que urrava dentro de mim e escorria em líquido de dor. Amor que não queria deixá-la partir.

— Branca?! — ela proferiu em tom miúdo, fazendo-me folgá-la. — Obrigada por nunca ter desistido de mim!

— Fique mais um pouco! — supliquei.

Ela me olhou profundamente, com semblante doce e sereno.

— Deixei sua história com tia Manena. Falta o último capítulo — falou devagar. — Tia Manena, Lia e Júlio, beije-os por mim.

Com ela nos braços, olhei para o alto e, em prantos, bradei:

— Não a leve, meu Deus! Estou aqui, leve a mim!

Mas a minha Rosa Branca já dava o último suspiro antes de fechar suavemente seus olhos azulíneos, feito passarinho, para dormir o sono profundo.

De minha parte, o desespero e a dor de perder aquela a quem eu tanto amava. Da parte dela, a fisionomia serena e a paz de quem já seguia na eternidade.

Apertando o seu corpo junto ao meu, eu gritava de dor quando Galdino se aproximou. Sem nada dizer, ele sentou-se junto a mim e abarcou a nós duas num amplexo cúmplice de amor.

Com a ajuda de Teobaldo e do Sr. Honorato, Galdino tomou todas as providências para o enterro de Rosa Branca. Dr. Carlos Augusto veio de avião trazendo tia Manena e Júlio. Lia acabava de dar à luz a sua Maria de Lourdes, a nova flor de nossa família, que veio ao mundo no momento em que Rosa Branca nos deixava. Coincidência? Quem vai saber? Fato que era a vida renovando as nossas vidas... Alegria que amenizaria a saudade. Bênção que chegou para nós com as feições da nossa Rosa que partiu. Criança de cabelos cor de mel e olhos azulíneos que veio nos mostrar que a vida valia a pena e que continuar era preciso.

Galdino foi o ombro e o abraço que me ampararam. Foi a paciência desmedida e o homem que, depois de oito anos da morte de Maxine, tirou-me do luto e fez meu coração disparar novamente.

Deixou Brasília e retornou para Belo Horizonte de vez. Abriu mão de cargos e carreira para viver a vida que sonhava, pelo amor que acreditava. Entre nós, a paixão que acendeu novamente, o amor que pediu a vez, outra vez. Ele recolocou a aliança em meu dedo. A mesma que despachei pelo correio anos antes e que ele, por algum motivo, guardou.

Passados sete meses, nos casamos. Beijos há muito esperados. Corpos que pela primeira vez se uniram e não mais se soltariam. Almas que reencontraram a vida e jamais voltariam a se afastar. Amor que só a morte separaria.

Galdino, enfim, mudou-se para a casa que um dia foi amarela, que foi nossa e não foi, que recebeu nova reforma e nova mão de tinta. Dessa vez, nem creme com azul, nem amarelo. As janelas e portas foram descascadas para exporem o tom natural da madeira. As paredes brancas trouxeram novo viço e sinalizavam que a vida recomeçava em paz.

Ana Rosa não deixou Brasília e logo se casou com um militar que fez carreira na capital federal. Tornou-se uma filha para mim e não se furtava em confessar que passou anos querendo conhecer a flor tão especial que lhe inspirou o nome e da qual o pai tanto falava.

Lia e Júlio tiveram seis filhos: Maria de Lourdes, Rita de Cássia, Rosaura Maria, Regina Lúcia, Marco Aurélio e o caçula, Carlos Augusto — o Carlinhos. Família unida e linda de se ver.

Tia Manena morreu numa tarde de outubro de 1998, na véspera do seu aniversário de 100 anos. Exemplo de uma vida simples e devotada, ela nos ensinou, desde a infância, o agir "com" e "por" amor. E isso fez toda a diferença em nossas vidas! Partiu em casa mesmo, sem nenhum prenúncio. Saudável e feliz, despediu-se da vida de forma serena, sentada no jardim, feito beija-flor. Foi enterrada no Campo Santo da São Sebastião, junto à mamãe, ao papai, à minha irmã e sob a quarta rosa branco-azulada.

Fazenda São Sebastião, Curvelo, Minas Gerais, Brasil.
35 anos da partida de Rosa Branca.
Março de 2018.

Acordo deitada sobre a grama verde e macia, ao lado das cinco rosas branco-azuladas e com a cabeça no colo de minha sobrinha. Com as mãos trêmulas, solto-me devagar do oxigênio artificial. Lia me olha angustiada e tenta recolocá-lo, porém, não deixo. Digo que não é preciso, não mais. "*A vida dá sinais aos mais atentos. Agir ou não se torna escolha.*" Por isso, quis estar aqui neste momento. Quero partir de onde, com Rosa Branca, fui muito feliz!

Mas Lia não se dá por vencida! Quer disputar queda de braço com o destino... Ainda não entende que a morte não tem a palavra final e que a vida continua na eternidade.

Olho para ela com amor e agradeço:

— Obrigada por me trazer aqui, sobrinha querida! Galdino, meu Júlio, meus netos e Ana Rosa, beije-os por mim. — Respiro fundo e uma lágrima desce.

Com o seu corpo, Lia ampara as minhas costas e me traz para junto dela. Olho-a feliz. Já posso partir. Ela não quer e me aperta em seu abraço. Pede que eu fique mais um pouco. Olha para o céu e grita de desespero. Chama por Deus e suplica que não me leve.

Meu corpo já não responde. Por sobre os seus ombros, vejo finalmente a mamãe — como é linda! — e papai ao seu lado. Tia Manena e Rosa Branca, abraçadas, estendem-me as mãos. Todos vieram buscar a Branca Rosa que faltava no jardim!

Dou sorriso de criança e me desprendo.

Fim.